suhrkamp taschenbuch 5473

AF197680

Es ist das Jahr 1994. In einem Kärntner Dorf am Fuß der Karawanken sitzt die Erzählerin unter einem Lkw und beobachtet
die Welt und die Menschen knieabwärts. Sie ist elf Jahre alt
und spielt Verstecken mit ihrer Freundin Luca. Zum letzten
Mal, denn die Familie zieht um. Der Hof ist zu klein geworden für den Ehrgeiz der Mutter. Nach und nach treffen immer mehr Nachbarsleute ein, um beim Umzug zu helfen, und
das Kind in seinem Versteck beginnt zu erzählen: von seiner
Angst, im Katzlteich ertränkt zu werden, weil es kurze Haare
hat. Weil es Bubenjeans trägt. Weil es heimlich in Luca verliebt
ist. Dabei ist sie nicht die Einzige, die etwas verbergen muss.
In ihrem hochgelobten Roman schildert Julia Jost das Aufwach-
sen in einer archaischen Bergwelt zwischen Stammtisch und
Beichtstuhl – und wie man hier als querstehendes Kind überlebt:
dank einer zärtlichen Freundschaft und durch ein überborden-
des Erzählen, das die Wirklichkeit besser macht, als sie ist.

> »Eine turbulent-burleske Geschichte der Identitätssuche
> eines pubertierenden Kindes und der Kritik an einer
> verlogenen Gesellschaft.« *Frankfurter Allgemeine Zeitung*

Julia Jost, geboren 1982 in Kärnten, Österreich, studierte Philo-
sophie, Bildhauerei und Theaterregie. Sie arbeitete als Regisseu-
rin und Dramaturgin in der freien Szene sowie u. a. am Thalia
Theater Hamburg. 2019 wurde sie für einen Auszug aus *Wo der
spitzeste Zahn der Karawanken …* mit dem Kelag-Preis ausgezeichnet. Der Roman stand auf der Shortlist des ZDF-»aspekte«-
Literaturpreises 2024 sowie des Österreichischen Buchpreises,
Debüt des Jahres 2024. Julia Jost lebt in Wien und Berlin.

JULIA JOST
Wo der spitzeste Zahn der Karawanken in den Himmel hinauf fletscht

Roman

Suhrkamp

Die Autorin dankt dem Goethe-Institut Kigali für die
»Writing Gender residency – organised by Goethe-Institut Kigali
with Huza Press«, dem Österreichischen Bundesministerium
und dem Land Kärnten für Arbeitsstipendien für Literatur,
der Senatsverwaltung für Kultur und Gesellschaftlichen
Zusammenhalt Berlin für ein Arbeitsstipendium sowie der
VG WORT für ein Neustart-Kultur-Stipendium

LAND ▪ KÄRNTEN
Kultur

VG WORT

Die Beauftragte der Bundesregierung
für Kultur und Medien

Erste Auflage 2025
suhrkamp taschenbuch 5473
© Suhrkamp Verlag AG, Berlin, 2024
Alle Rechte vorbehalten.
Wir behalten uns auch eine Nutzung des Werks
für Text und Data Mining im Sinne von § 44b UrhG vor.
Umschlaggestaltung: studio hanli
Druck und Bindung: CPI books GmbH, Leck
Printed in Germany
978-3-518-47473-0

Suhrkamp Verlag AG
Torstraße 44, 10119 Berlin
info@suhrkamp.de
www.suhrkamp.de

Wo der spitzeste Zahn der Karawanken in den Himmel hinauf fletscht

Für Doro und für Lila

EINS

Unweit von dem Tal drunten, das wir Schakaltal nennen und das somit nicht von Anfang an das Schakaltal gewesen war, sondern ganz anders geheißen hatte, ganz anders, steht der Gasthof Gratschbacher Hof meiner Eltern. Von dort, wo der spitzeste Zahn der Karawanken in den Himmel hinauf fletscht, sind es vielleicht vierzig Kilometer zum Gratschbacher Hof. Vom gigantisch alpinen Hochstuhl, der anno dazumal wie heute für viele Einheimische das Ende der Welt markiert, gelangt man zum Flussufer der Drau. Der rabiat plätschernden Drau kann man stromaufwärts folgen. Erst kommt das Dörfchen Bruder Elend, in dem ein römisch-katholischer Bettelorden einer burlesken einheimischen Bauerstochter verfiel, und dann die Brücke namens Jungfernsprung, wo sich seit jeher die Unglücklichen in den Freitod stürzen. Es folgt der Wörthersee, meeresgroß zu deiner Rechten, mit der verwitterten und morschen Seebühne aus Dunst, die im barschen Wind bis in alle Ewigkeit knattert und Stück für Stück bricht. Hör genau hin, und dir entgeht nicht der Kontrapunkt des *klunzenden* Klagens von Alpen und Adria, und wenn dein Gehör besonders gut ist, entdeckst du sogar noch ein paar nachhallende Textfetzen unvergesslicher Konzerte. »Mäh Mäh Mäh Märchenprinz«, stottert es da zum Beispiel aus einem längst vergangenen Jahr herauf. Bleib nicht stehen. Fast ist es geschafft. Geh weiter, ins Innere des Landes hinein. Da sind Maisfelder, Kürbisse und Kohlrabi, je nach Jahreszeit, Wiesenblumen auf unbewirtschafteten Flächen, und man sieht Jagdhunde im Dreisprung über den frisch gepflügten Acker einem Fasan nachsabbern. Dazwischen immer wieder Bäume, zuerst vereinzelt, dann vermehren sie sich und drängen zu einem maßlosen Schatten eng aneinander, es ist nur noch Nadelwald. Hier bist du richtig. Geh ruhig tiefer hinein. Immer dem Dunkel nach. Und der Stille. Wird einem schon ganz bänglich, lichtet sich das Geäst, und ein frei atmendes Grundstück zeigt sich, dessen Schönheit man sein ganzes Leben lang nie wieder vergessen wird, nie wieder. Das ist es. Dieses Grundstück gehörte meinen Eltern, und genau hier steht der Gasthof Gratschbacher Hof.

Und du trittst hinaus aus dem Wald, mit goldenem Schuh, denkst du zuerst, wegen des edlen Lichts, das ihn trifft. Nach links hinüber gehst du. Wo eine entwurzelte Urfichte den Waldrand kreuzt wie ein bemoostes Tier im Winterschlaf. An diesem Baum entlang gehst du, und geh ruhig mit sicherem Schritt. Du läufst weiter, rechts von dir rotglühender Sand am Tennisplatz, die Luft darüber flirrend umsäumt vom dumpfen Klang des Abschlags und von den Geräuschen bremsender Stan-Smith-Schuhe. Zur Heimat einiger Schwalben-Clans, zur Pfettendachgarage, kommst du, die der Alte, der Stubenhofopa Louis Bressler, über ein halbes Jahrzehnt von Hand gezimmert hat. Baum für Baum aus eigener Kraft zu den Brettern dieser Bedachung schlägernd. Bis in die Gegenwart hörst du seine pochende Axt aus dem Forst heraus, im zögernden Off-Beat, und mit jedem Hieb springt irgendwo ein Tier. Du vernimmst das heilige Trommeln eines Spechts und siehst ein Rehkitz auf seinen Stelzenbeinen hechten. Duft umspült dich. Von Hölzern, Wildblumen und Wasser. Von weit weg überhitztes Hundegebell, spitz, geil, hechelnd zum Rasseln einer Kette. Bienen mäandern unter dem Gewicht der Blütenstaublast über die Felder wie Betrunkene. Du spürst die Grashalme gegen deine Beine peitschen, wenn du über die Wiese zum Schwimmbecken zwischen Gasthaus und Wohnhaus läufst. Ein schillerndes Landschaftsgewebe. Insekten in den Hecken.

Die Gratschbacher Gegend ist ein Wald ohne Augen. Ohne Sträucher und Äste, die sich hinter deinem Rücken raschelnd zusammenbiegen, um die Todesangst vorzubereiten, die sie gleich in dir auslösen werden. Einen sprechenden Wolf gibt es auch nicht. Der dir geifernd dabei zusieht, wie du in ein Tellereisen jagst. Hinterlist und Bosheit sind, auf diese Fauna wie Flora bezogen, *Kokolores*. Mit einem Wort meiner Mutter ausgedrückt. Der Gratschbacher Wald und die Felder, die Wiesen, der Teich sind eine ganz übliche Summe aus Pflanzen, Wasser und Tieren, die darin wohnen. Sonst nichts. Das ist alles, was es mit der Gratschbacher Gegend auf sich hat.

ZWEI

Der dritte Zahn links oben fehlte mir, als das Foto in meiner Hand neunzehnhundertneunundachtzig aufgenommen wurde, und der Wirbel an der Schläfe stellt ein kleines Haarbüschel spitz nach oben auf. Topffrisur, Hochwasserjeans, türkiser Nickipullover. Ich rümpfe die Nase, so dass die Augen ganz klein werden, und feixe verkniffen und frech zur Fotografin, die mir, nach meinem Gesichtsausdruck zu urteilen, gefallen hat. Den Klassenältesten, den fast schon neunjährigen Andreas, sieht man in der Mitte der letzten Reihe von dreien stehen. Er trägt einen gelben Pullunder mit großer, weißer *Champion*-Aufschrift über einem grauen Kurzarmhemd. Ein Bein winkelt er majestätisch auf der Bank vor sich ab, zeigt uns die Spitze seiner nigelnagelneuen Adidas-Jogging-High-Schuhe, die ihm ein halbes Jahr später vom Winzling Frieder aus der Umkleidekabine der Turnhalle gestohlen wurden. Am nächsten Tag stolperte der kleine Frieder in seinen erbeuteten Siebenmeilengaloschen zum Unterricht, was danach passierte, verdeutlicht ein Blutfleck auf der Wange des Kurt-Waldheim-Portraits, das direkt unter dem Jesuskreuz prangt. Der Religionslehrerin fiel der Blutfleck, »*Heiligemariamuttergottes, a Wunda!*«, zuerst auf, woraufhin sie standesgemäß und ohne Verzögerung den Pfarrer Don Marco alarmierte, der mit einer vatikanischen Delegation ins Klassenzimmer prozessierte und das Waldheim-Mirakel fachgerecht prüfte.

Andreas' Jeanshose auf dem Foto ist hellblau, wie das *Flinserl*, das er im rechten Ohr trägt, seine kurzen, aschblonden Haare waren immer zu einem Mittelscheitel gekämmt. Über Andreas erzählte man sich, er habe seinen Zwillingsbruder Kopernikus im Leib ihrer Mutter mit einem einzigen Happen verschluckt. Und dieser Zwillingsbruder lebe fortan in Andreas weiter, weswegen er auch die Stärke von zwei Buben hat. Sein Elternhaus steht drei Kilometer nördlich vom Gratschbacher Hof, in Dirnbach, und Dirnbach setzt sich aus einem verlassenen Bauernhof, drei Buschenschenken und sieben Einfamilienhäusern zusammen, wovon an vier Postkästen Andreas' Nachname Kuchnig steht und an dreien der Name Wallach. Die *Buschenschank*-Besitzerin Marlene Wallach ist Andreas' Tante, aber das tut hier nichts zur Sache.

Auf der Bank vor Andreas sitzt Karla in der ganz schön kurzen, aber maßgeschneiderten Bleiberger Festtracht mit der Halskrausenbluse, die sie absolut immer anhatte, im Wald, in der Schule, zum Kirchgang, beim Skifahren und bei achtundzwanzig Grad auch als Sonnenschutz am See. Unter dem Kleid trägt sie von ihrer Oma selbst gehäkelte weiße Strümpfe, die das Muster der Halskrausenbluse aufnehmen. Wenn man vom Gratschbacher Hof meiner Eltern in Richtung Dirnbach der Traktorspur folgt, kommt man nach zweieinhalb Kilometern zu einer Kapelle. Karlas Vater hatte diese Kapelle der Diözese abkaufen können, vielleicht auch, weil er sich mit dem verantwortlichen Geistlichen sehr innig verstand, und zum Wohnhaus umgebaut, nachdem sich seine Frau, Karlas Mama, eines Tages einfach in Luft aufgelöst hatte und nie wieder auf dieser Erde, weder von Menschen noch von Tieren, gesehen ward. Könnte man in das Foto hineinzoomen, würde man durch die Strumpfmaschen erkennen, dass Karla von ihrem Vater im Alter von drei Jahren, wie sich jedenfalls herumsprach, mit heißem Fett übergossen wurde, nachdem sie sich geweigert hatte, brav zu sein. Seit sie aus dem Krankenhaus gekommen war, wo sie sechsunddreißig Wochen in Lebensgefahr auf der Kinderintensivstation verbracht hatte, ging Karla zum Ballettunterricht, denn ihre verbrannte Haut musste ständig, ja ständig, gedehnt werden. Als dieses Foto entstand, neunzehnhundertneunundachtzig, im zarten Alter von sieben Jahren, hatte sie bereits das Potenzial zur Primaballerina, aber mit diesen ungustiösen Narben am Bein war da leider nichts zu machen.

Vor der Bank am Boden, zu Karlas bestrumpften Füßen, liegt Ludwig, den wegen seiner außergewöhnlichen Länge und nadelöhrgerechten Schlankheit viele als »*He du Lindwurm!*« verspotteten. Vor dem Fototermin hatte er seine schneeweißen Haare, wie jeden Monat, einen halben Zentimeter kurz abrasiert bekommen. Von seinem Offiziersvater. Von diesem stammte übrigens auch die von Ludwig übernommene Bezeichnung *Hamgong* für das Klingeln der letzten Schulglocke oder der Begriff *Kasernierung* für Ganztagsunterricht.

Im Schneidersitz rechts außen sitzt Franzi. Er trägt eine zimtfarbene Flatterhose, ein pastelllila T-Shirt und die blauen Puma-Schuhe mit dem Klettverschluss-Geheimfach. Er grinst breit in die Kamera. Franzi war damals der Neue in der Klasse, er war von Tirol nach Kärnten emigriert, wegen einer wirklich äußerst delikaten und geheimnisvollen Geschichte, die nur dem Allerheiligsten vollständig bekannt war. Soweit ich aber einmal Franzis Mutter und meine Mutter belauschen konnte, war es so: Der Franzi sei in Innsbruck in einer katholischen Volksschule von äußerst gutem Ruf gewesen, von äußerst gutem Ruf, und durch diese Schule kam er zu der Ehre, als Messdiener arbeiten zu dürfen. Doch einmal tauchte der Franzi nach der heiligen Messe nicht und nicht aus der Sakristei auf, und da blieb seiner Mutter nur übrig, sich ohne Erlaubnis auf diese Hinterbühne des Gotteshauses zu schleichen. Und als sie ihren Jungen sah, stieß sie einen solchen Schrei aus, dass die Hostien im heiligen Gral zu Staub zerfielen. Der Franzi stand splitterfasernackt mit gespreizten Beinen da, unter seinem Schritt der Pfarrerskopf mit geöffnetem Mund, in den der Franzi hineinpinkelte. Neben den beiden lagen drei leere Flaschen Römerquelle. Der Geistliche rempelte Franzi zur Seite und fuhr seine Mama an, was sie eigentlich glaube, sich unbefugt in die Sakristei zu schmuggeln, als Frau noch dazu, dies sei ein Haus Gottes und als solches nur mit Befugnis des Gottesgesandten, nämlich seiner, zu betreten. Die Mutter packte unversehens ihren nackten Putto, schaffte ihn ins Auto und rauschte nach Hause in ihre Reihenhaushälfte. Gleich am nächsten Tag zogen sie um. So Franzis Mama zu meiner Mama, sich fortlaufend bekreuzigend, während ich unter der Ruck'schen Kücheneckbank halb mit einem Spielzeugauto beschäftigt lauschte.

In Frau Rucks Küche hing der Druck eines Ölgemäldes von Matthias Holländer, ein abgemaltes Schulfoto aus dem Jahr achtzehnhundertneunundachtzig. Exakt hundert Jahre bevor unser Schulfoto aufgenommen wurde. Nach hinten, zu den letzten Reihen hin, wurde das Bild dunkler, duster. Als gäbe es unendlich viele Reihen dieser Menschenkinder, immer weiter in die Dunkelheit hinein, in Richtung Jenseits gezählt. Ich habe, wenn Frau Ruck auf mich aufpasste, das eine oder andere Mal in die Augen dieser Gleichaltrigen geblickt, auf der Küchenbank stehend, eventuell mit einem Extrawurstbrot in der einen Hand und in der anderen eine Essiggurke, hörbar kauend oder schmatzend schaute ich mir die Gesichter immer wieder an. Im Grunde genommen gab es für alle Kinder, die ich kannte, ein Äquivalent auf diesem Bild, ein Double. Dadurch entwickelte das Bild einen bösen Sog. Quecksilber, das Quecksilber anzieht wie ein Magnet. Kinder, verbannt in eine zeitlose Vergangenheit. Der links unten, der Junge, wollte ich sein. Der Kittel über dem Bauch aufgebogen, der Kragen schief, ein Strumpf wirft Fältchen unterm Knie. Zuerst dachte ich, er linst in die Kamera, aber beim genaueren Hinsehen zeigte sich mir, das tut er nicht. Vor hundert Jahren brauchte man längere Belichtungszeiten als heute. Deswegen konnten die Kinder nicht lächeln. Ihr Gesichtsausdruck passte zu ihrer Vergänglichkeit.

Auf meinem Klassenfoto lachen alle. Achtzehn lachende Münder. Andreas lacht mit nach unten gezogenen Mundwinkeln. Adi lächelt mild wie der Schmerzensmann über dem Waldheim-Portrait, die Lippen geschlossen, den Kopf zur Seite geneigt. Karlas Lachen offenbart beide Zahnreihen inklusive Lücken, als wollte sie klarstellen, dass in ihrer Mundhöhle nichts verborgen liegt.

An jenem Klassenfototag nahmen wir Franzi erstmalig mit zum Waldhaus. Mein neun Jahre älterer Bruder Thomas hatte das Waldhaus gebaut. Zunächst sägte er eine Lichtung in den Lärchen-Jungwald, auf den Zehenspitzen sei er dabei gelaufen und habe jede einzelne Lärchennadel unter den Füßen brechen gehört, so hoch war seine Konzentration, wie er öfter vor mir angab. Die Tiere hätten eine Biege gemacht, so dass es in den Sträuchern nicht wie sonst gewuselt habe, und die Eichkätzchen hätten die Luft angehalten, die Ameisen ihr schweres Gerät niedergelegt und sich zu einer Leiter übereinandergestellt, um ihn bei der Arbeit zu bestaunen. Die Sonne brannte überdies gleißender als normalerweise, er aber blieb unbeirrt, baute die Waldhütte mit einer Toilette, auf der die Notdurft über eine

Rinne aus Holz in eine eigens dafür ausgehobene Jauche-grube abgeleitet wurde, Wasser zum Spülen holte man aus dem Brunnen. Über eine Leiter kam man in die erste Etage. Hier lagen Matratzen zum Schlafen, leicht modrig riechen-des Bettzeug, und Thomas hatte die Wände mit alten Sex-heft-Postern austapeziert.

An dem Tag war auch Volker, die Schmeißfliege, dabei. Er taucht auf unserem Klassenfoto nicht auf, weil er der kleine Bruder von Ludwig, dem Lindwurm, und eine Stufe unter uns war. Die beiden Offizierssöhne Ludwig und Vol-ker wohnten am Maltschacher See. Der Maltschacher See liegt vier Kilometer südwestlich vom Gratschbacher Hof, mit Privatstrand und Pferden und einem Obstgarten so groß wie ganz Unterkärnten. Die Birnbäume tragen Fla-schen über der Frucht, was ich lange Zeit für eine Kunst-installation hielt, in Wahrheit aber das Werk des Williams-Birnenschnaps-Geistes ist. Der Großvater der Hütterer Buben, wie Volker und Ludwig auch genannt werden, ist mit meiner Mutter im Jagdverein und die Stube im Hütte-rer Wirtschaftshaus so geräumig, dass alle dreißig Jäger aus dem Jagdverein, inklusive meiner Mutter, gut um den Tisch Platz haben und singen können. Hier lernte ich mein ge-samtes Volksliedgut. *» Wonns Dirndle a Hoslnussstandle war, mächat I gern des Achkatzle sein. Di Nussn de brockat I olle ob, die Blattln di lässat I bleim«*, sang ich zum Beispiel, mit der stolz geblähten Brust eines Jägers mit Weidmannsglück, am Heimweg von der Volksschule. Ich musste in der Hüt-tererstube oft, und ganz besonders nach einer Treibjagd, die eine oder andere Runde Schnaps, meistens Slibowitz, der singenden Jäger und meiner Mutter, der Jägerin, abwarten, bevor wir nach Hause konnten. Währenddessen lag ich auf den Schaffellen, die wiederum um den Kachelofen lagen.

Von hier aus zählte ich die Gamsbärte in den Jägerhüten, schaute mir die vergilbten Fotos in den sonderangefertigten Rahmen an, die alle den Opa von Ludwig und Volker zeigten, mit dem Lauf der Flinte über dem Unterarm geöffnet, neben einem immer anderen toten Tier posierend. Oder ich dachte mir Geschichten zu den Abzeichen aus, die in gläsernen Boxen auf dem Regalbrett über dem großen Stubentisch thronten. In der Regalmitte prangte das goldene Mutterkreuz und daneben ein poröser Zettel, dessen altdeutsche Aufschrift ich erst entziffern konnte, als mir das Lesen schon lange flüssig gelang: »Ahnentafel zum Nachweis arischer Abstammung für fünf Generationen« stand da. An einem Nagel darüber hingen ein gleichseitiges silbernes Kreuz und zwei münzgroße goldene Adler. Kriegsverdienstzeichen des Großvaters, wie man mir erklärte. Die Adler schauten finster drein, und fast immer, wenn meine Mutter unter diesen Orden saß, hatte ich Angst, einer der Raubvögel könnte sich automatisieren, auf die Mutter herabstürzen und sie davontragen. Sich im Flug hämisch nach mir umdrehen und mir ihren Jubelpsalm *Beatus vir* in mein rundes Halbwaisengesicht klatschen wie einen nassen Fetzen. Aber so weit war es glücklicherweise nie gekommen.

Ludwig und Volker hatten sich während dieser Treffen zumindest einmal, »*Buaman ontonzn!*«, der Gemeinschaft zu zeigen und die eine oder andere Frage zu beantworten, bevor sie spielen oder zu Bett gehen durften. Meistens waren es Fragen wie: »*Eia Großvota hot heit an kapitaln Hirsch gschossn, an kapitaln! Ihr weats a amol Jäga werdn, ga?!*« Mit einem eiligen »*Jawohl*« schälten sich die beiden aus dieser Situation, aber nicht bevor ihnen ordentlich fest die Wange gezwickt oder der Hinterkopf getätschelt wurde. Zu mir waren die Jäger anders: »*Schau amol, olles Manda! Außa deina Muata. Du weast ka Jaga bittschän!*« Lautes Lachen. Die Antwort meines Vaters darauf hätte gut sein können: »*Woatats lei, mei Dirndle schiaßt eich jez schon die Erpelschnecken vom Huat oba!*« Wieder hätten alle gelacht, und der Vater hätte nicht gewusst, wie recht er mit seinem Witz hatte, schließlich trainierte ich mit den anderen vor dem Waldhaus regelmäßig mit der Steinschleuder und seit kurzem auch mit einem sehr besonderen Messer.

Damals, am Tag des Klassenfotos, führte ich den Franzi mit der größtmöglichen Gastfreundschaft durch unser Waldlager und erklärte ihm alles. Mein Bemühen war, mich derart offen zu zeigen, dass er sich, aus Angst, ich könne aus mir herausfließen und in ihn hineinkriechen, verschließen und verriegeln musste. Wenn Franzi seine staunende Anerkennung nicht für sich behalten konnte, grinste ich verstohlen und gab einen gekünstelt neutralen Laut von mir. Richtig Augen machte er aber erst, als ich ihm die Tapete der Schlafetage zeigte. »*A gfolln da de Bülda von meine Freindinnen?*«, fragte der Lindwurm, zu uns heraufkraxelnd, als sein siebenjähriger Kopf gerade so durch die Luke ragte. Der Lindwurm schob den aus Verlegenheit eingefrorenen Franzi beiseite und griff nach seinem sehr besonderen Messer mit der Gravur *Meine Ehre heißt Treue*, das er der großväterlichen Waffenkammer heimlich entnommen hatte, um eines der Poster von der Wand zu schneiden. Er erwischte jenes mit der Frau, die laut Bildunterschrift Christy Canyon hieß. In nichts als spitzen weißen Lederstiefeln lag sie auf einer Harley-Davidson-Maschine, eine Hand umklammerte fest den Lenker, die andere bohrte sich in den Rücken eines hosenlosen Mannes, die rot lackierten Fingernägel ragten zwei Zentimeter über ihre Fingerkuppen hinaus. Ludwig überreichte Franzi das Poster, lachte dazu lautstark über unseren gleichermaßen neuen wie unbedarften Mitschüler und bedeutete uns beiden streng, ihm nach unten zu folgen.

Dort nahm Andreas Franzi das geschenkte Poster ab und fragte: »*Gfollt si da?*« Franzi zuckte mit den Schultern. »*Tirolaknedl, ziag amol die Hosn obe, damit da Ludwig und I schaun kennan, ob des übahaupt gäht mit da Kristi. Wenns passt, stöll ma si dir fur.*« Der Franzi wollte sich seiner Hose aber nicht freiwillig entledigen, weswegen die Brüder Ludwig und Volker zu, wie Andreas beteuerte, Franzis Bestem nachhalfen. Volker setzte sich auf Franzis Brust und bohrte die Knie fest in seine Oberarme, woraufhin Ludwig dem so zur Kapitulation Gebrachten mühelos den Hosenbund unter das Gesäß fummeln konnte. Andreas inspizierte nun die vor ihm liegende Körpermitte Franzis aufs Genaueste mit dem Ast, mit dem er vorher einen Ameisenhaufen malträtiert hatte, und gestand fürsorglich, wie ein Arzt, dass er die Einwilligung Frau Canyons in eine Verehelichung unter diesen Umständen für unwahrscheinlich halte. Dann wandte er sich ab, um ein paar nachdenkliche Schritte zu tun. Zeichen für Ludwig und Volker, den Tirolerknödel von seiner Drangsal zu befreien. Der zog sich blitzschnell seine Hose hoch und erhob sich zitternd.

Kurz darauf kehrte Andreas zur Gruppe zurück und legte seinen Arm um ihn. Der Franzi begann zu strahlen, weil ihm diese Geste zeigte, dass sich die Strapazen gelohnt hatten. Seine Entblößung hatte Freundschaft zur Folge. Er wischte seine Tränen in den Pulloverärmel und lachte Andreas erleichtert zu. Und Andreas erklärte seinem Franzi daraufhin, dass er die Eignung als Christys Ehemann auch mit Mut und Geschick unter Beweis stellen könne und aufgrund seiner physischen Untauglichkeit auch müs-

se. Dafür sollte er seine linke Hand auf dem Tisch spreizen und mit Ludwigs besonderem Messer in höchstmög-
licher Geschwindigkeit zwischen seine Finger stechen. Die
Wucht, mit der er dabei vorgehe, sei für die Bewertung
seines Mutes nicht unerheblich. Franzi tat, wie ihm befohlen wurde. Er zeigte sich sogar so fähig, dass die Auf-
gabenstellung erschwert werden musste. Nun sollte ich
meine Finger spreizen, und Franzi sollte bei mir wie bei
seiner eigenen Hand zustechen. In jeder Runde von dreien
müsse er sowohl Geschwindigkeit als auch Festigkeit des
Stichs verdoppeln. Ich war einverstanden. Aber beim dritten Mal war Franzi unkonzentriert, ich sah schon das Ent-
gleiten des Messers und das Durchtrennen meines Ring-
fingers voraus, bevor ich ihm mit der instinktiven Wucht
einer Weltklasseboxerin die Waffe aus der Hand schlug. Jedes unserer sechs Augenpaare war auf das gestohlene Messer gerichtet, das in gefühlter Zeitlupe, einem Federball
in zielsicherer Flugbahn nicht unähnlich, in den Brunnen
segelte. Unsere Richtung Brunnen gereckten Hälse zogen
wir erst wieder ein, als Ludwigs asthmatisches Röcheln uns
aus der Erstarrung befreite. Er malte sich seinen Großvater aus, der über den Verlust seines Messers so wütend
würde, dass er sein Enkelkind vor allen Jägerkollegen zum
Abschuss freigäbe, und geriet in Panik. Das Messer musste
zurückgeholt werden! Ich rekonstruierte den Flug der Waffe und durchsuchte die Brunnenöffnung, ob sie hier vielleicht hängen geblieben wäre oder doch danebengefallen
war. Dabei erschien ein Rotkehlchen in meinem Blickfeld,
das unentwegt den Warnruf »Ziiiiiib« von sich gab und,
von Furcht geritten, in der Luft herumwirbelte. Vielleicht
sah das Waldhaus im rötlichen Licht des vertrockneten
Lärchennadelbodens wie ihr größter Feind, die Eule, aus,

oder vielleicht kamen sogar generationenübergreifende Erinnerungen in ihm hoch. Denn als Jesus vor über zweitausend Jahren am Kreuz hing, zog der Vorfahre dieses Rotkehlchens, der damals noch aussah wie ein gemeiner Sperling, nämlich grau, genauso herzzerreißend *ziiiibend* dem Gottessohn einen Dorn aus der Stirn, woraufhin ein christlicher Blutstropfen dem Vogel Hals und Brust überhaupt erst rot färbte. Unser Rotkehlchen schaute nun auf Andreas hinunter und beobachtete, wie er ein Seil aus der Hütte holte und Franzi um die Hüfte band. Der begann Kopfsprung-Trockenübungen zu machen, indem er den Kopf fest zwischen die erhobenen Arme klemmte und mit den Fußgelenken den Absprung trainierte. Dann war es so weit. Franzi stellte sich todesmutig an die Brunnenöffnung, streckte die Arme gerade nach oben aus, wie er es geübt hatte, und ließ sich kopfüber in den Brunnen fallen. Wir Übrigen hielten das andere Ende des Seiles fest und ließen den Tirolerknödel Stück für Stück weiter hinunter in den Schacht, der gerade so schmal war, dass ein Kübel Toilettenspülwasser oder eben die schmächtigen Schultern vom Franzi durchpassten. Einen Meter nach dem anderen seilten wir ihn ab ins dunkle Loch, in Richtung Erdmittelpunkt hinunter. Das panische Rotkehlchen segelte ihm hinterher. Ich stellte mir vor, wie Franzi und der Vogel den Wind über das Brunnenloch pfeifen hörten und dass ihnen der Geruch der feuchten, Kälte abstrahlenden Erde und die dumpfen Geräusche im Schacht gefielen. Währenddessen lauschte ich mit der Aufmerksamkeit einer Bombenentschärferin in den Brunnen hinein: Plitsch, plitsch, plitsch. Und dann folgte nach einer Weile das Platsch, zu dem wir schlagartig nach hinten kippten, das nun lose Tau in unseren Volksschulhänden.

Ludwigs Pupillen wurden weit, als hätte er sich soeben eine gehörige Portion Hustensaft verabreicht, und so starrte er auch auf das schlaffe Seilende zwischen seinen ungläubigen Fingern. Karla, die gerade noch zum *Ailes de Pigeon* angesetzt hatte, stürzte zur Brunnenöffnung und rief zaghaft ein »Hallo?« in den dunkeln Schacht hinab, dessen Echo der Brunnenschlund, »Hall hall lo lo o o?«, zurückschwappen ließ. »Franzi? Kleines Rotkehlchen?«, rief Karla hinunter, und auf einmal schoss der Vogel heraus und Karla direkt ins Gesicht, glitt an ihrem Körper entlang auf den Boden und blieb reglos liegen. Der Vogel war tot. Blut tropfte aus Karlas Nase auf ihre Halskrausenbluse. Dann hörten wir es gurgeln und zuckeln aus dem Brunnen, bevor es still wurde im Wald. Oder weltweit, wer weiß?

Andreas, Karla, Ludwig, Volker und ich standen bewegungslos an der Brunnenöffnung. Ich weiß noch, dass es sich anfühlte, als würde sich die Zeit schuppen, irgendwie so fühlte es sich an. Als stünde ich in einer Kulisse aus hohlen Pappmaschee-Lärchen. Alles war hohl, schuppte sich, und die Akustik passte plötzlich überhaupt nicht mehr zur Optik. Bis mich eine Fliege irritierte, sie krabbelte durch den Riss in der Lärchenwald-Fototapete, rieb ihre Vorderpfoten aneinander und hob zum Flug an. »Bitte sei vom Rotkehlchen-Kadaver angelockt und nicht vom Franzi«, war alles, was ich denken konnte. Die Goldfliege setzte zum Flug an, als wäre sie zu dick, um überhaupt abheben zu können. Sie brummte schwerfällig auf Andreas zu und landete auf seiner schweißigen Wange. Damit kam wieder Bewegung in uns fünf. Andreas fuchtelte vor seinem Gesicht herum, das weckte Karla auf, die geistesgegenwärtig und wie der Teufel in den Gratschbacher Hof rannte, wir anderen blieben am Brunnen, um Franzi nicht allein zu lassen. Karla alarmierte dort die Erwachsenen, eine Kellnerin nahm ihre Bestellung der Polizei auf und verständigte Franzis Mutter.

Fliegenweibchen riechen totes Fleisch über Hunderte von Kilometern. Unsere Fliege damals schaute, nachdem Andreas sie vertrieben hatte, von einem Lärchenast aus auf das Rotkehlchen, auf den Kadaver. Jedes ihrer Einzelaugen, die man auch Ommatidien nennt, stellte ein geringfügig anderes Bild her. Dreitausend Bilder pro Sekunde auf dreitausend Einzelaugen machte sich die Goldfliege von uns und dem toten Rotkehlchen. Dreitausend unterschiedliche Bilder pro Sekunde ergeben hundertachtzigtausend Bilder pro Minute. Dann ließ sie sich auf dem Rotkehlchen-Kadaver nieder und wartete geduldig auf alles Weitere.

Ich hörte Sirenen heulen. Die Freiwillige Feuerwehr St. Martin Lafnit heulte ihre Männer zusammen. Dann kamen die Erwachsenen, zuerst kam Franzis Mama, dann die Rettung mit einem Hubschrauber, die Feuerwehr mit zwei Autos, und bald trafen auch Schaulustige ein. Der Propeller des Hubschraubers bewegte die Wipfel der Lärchenbäume, den Weizen und die Wiese. Wie Haare im Föhnwind bogen sich die Grashalme am Boden.

Schockstarr habe ich Franzis Mama angeschaut, die sich so lange neben dem Brunnenloch auf den Boden geworfen und vielleicht auch geschrien hat, bis der Rettungshubschrauber gelandet war. Der Arzt lief gebückt im Propellerwind zu uns, er hatte im Laufen schon die Spritze mit dem Beruhigungsmittel vorbereitet, das er unverzüglich Franzis Mama injizierte. Danach leuchtete er uns Kindern in die Augen, hämmerte auf uns herum und wickelte uns in Aluminiumdecken, die sehr schön schimmerten und raschelten, bis die freiwillige Feuerwehr samt Ehefrau des

Obmanns aus dem Nachbarort kam. Sie fragte uns, wie es in der Schule sei und eine Menge originelles Zeug. Unter den Schaulustigen war auch die *Buschenschank*-Besitzerin Marlene Wallach, Andreas' Tante, die an die Feuerwehrmänner Liptauer, Salzstangen und Apfelmost verteilte. Dem adretten Feuerwehrmann mit dem Schmiss im Gesicht, Gernot Pfandl, war sie besonders zugetan, ihn fütterte sie sogar, während er die Geräte aus dem Feuerwehrauto räumte. Dann kamen unsere Eltern. Mein Vater trug mich auf seinen Schultern nach Hause, wo ich einen Apfel und ein Kressebrot bekam, bevor meine Mutter mich schlafen legte. Die Kinderzimmertür blieb offen, und ich schaute durch den Spalt auf das Dirndlkleid, das im Flur hing.

Währenddessen, erzählte mir mein Bruder Thomas, passierte im Wald Folgendes: Die Feuerwehr verbreiterte den Brunnen, um Franzis Körper zu bergen. Eine Aufgabe, die gut eine Stunde in Anspruch nahm und die der im Leichenwagen angereiste Pfarrer Don Marco mit Gebeten und Gesängen begleitete. Dazu schwenkte er üppig den Weihrauch. Als sie Franzi fanden, kopfüber im Wasser, und der akkurate Feuerwehrmann mit dem Schmiss im Gesicht ihn herauszog, war Franzis Kopf schon ein wenig aufgedunsen. Aber das Überraschende war, dass in seinem Bauch das *Meine-Ehre-heißt-Treue*-Messer steckte. Es war so dank Franzi wieder aus der Versenkung herauf an die Oberfläche geholt worden. Die Mutter kniete sich vor ihren toten Jungen hin und riss mit kraftloser Hand das Messer aus dem Kinderbauch heraus. Daraufhin hörte man sie jaulen. Durch ganz Kärnten tönte es. Ein entsetzliches Jaulen, bis hinunter in jenes Tal, das wir von nun an Schakaltal nannten und das davor ganz anders geheißen hatte, ganz anders.

Aber das ist lange her. Jetzt ist Juni neunzehnhundertvierundneunzig, der Sommer unseres Umzugs fünf Jahre nach Franz Rucks Tod. Ich spiele mit Luca Verstecken. Vorhin, als ich sah, wie mein Bruder Thomas meinen *Alf*-Handarbeitskoffer nach draußen zu den Umzugskartons trug, wie die Kofferschnalle aufsprang und mein Klassenfoto herausfiel, rannte ich wie der Blitz an meinem Bruder vorbei und schnappte mir das Foto, ehe ich mich wieder unter einem der Lastwagen verschanzt habe. Jetzt liege ich im kühlen Gras, die Rohre und Kabel über mir sehen aus wie Würmer. Der Lkw, dessen Motor eben noch ratterte, strahlt Wärme ab. Seine Scharniere, Gelenke und Bleche knistern. Rundherum gedämpfte Stimmen von Erwachsenen, die nach und nach auf unserem Hof eintrudeln. Ich sehe eine Welt knieabwärts. Es riecht nach Diesel, und um den gerade noch in Betrieb gewesenen Auspuff scheint das Licht zu schwitzen. Ein Erwachsener streift an einem Löwenzahn vorbei, Sporen wirbeln in die Luft. Ich presse meine Füße gegen die Lastwagenunterseite, als wollte ich den Sattelschlepper auf den Sohlen meiner hellblauen Puma-Schuhe balancieren. Ich bin Atlas.

Meine Eltern haben unseren gesamten Grund, das mittlerweile verfallene Waldhaus mit dem zugeschaufelten Brunnen, den Gasthof, Teich, Schwimmbad, Tennisplätze, Discoschuppen, Pavillon, Spielplatz, Wälder, Wiesen, Pfettendachgarage, Obstbäume und Wohnhaus, an einen Deutschen aus Berlin verkauft, der die Nähe des Anwesens zum privaten Sportflugzeug-Landeplatz »*dufte*« findet, wie er bei der Unterzeichnung des Kaufvertrags zu meiner Mama, der bisherigen Eigentümerin, gesagt haben soll. »*Dufte*« und »*knorke*« soll er gesagt haben.

Luca lehnt an einer Mauer unseres Wohnhauses und zählt von hundert herunter. Sie ist ein Jahr älter als ich und wohnt in der zweiten Etage unseres nunmehr ehemaligen Gasthauses. Ihre Familie wird auch umziehen müssen, jetzt. Luca mag skurrile Witze, wie jenen über strickende Wurstsemmeln oder den Witz mit dem schnorchelnden Hasen. Wenn Luca betet, freitags, hockt sie auf ihren Schienbeinen, und ihr Lieblingsessen ist wie meines neben Kletznudeln Ćevapčići. Sie mag Whitney Houston, aber das steht unserer Beziehung nicht im Wege. Ich höre sie leise durch das Menschengemenge: »einundneunzig, neunzig, neunundachtzig …«, in die Mauer unseres nunmehr ehemaligen Wohnhauses zählen. »*Kukurikanje!*«, ruft sie zu meiner Erheiterung zwischen zwei Zahlen. Wir hatten am Vortag nämlich festgestellt, dass bosnische Hähne und österreichische Hähne in unterschiedlichen Sprachen kuckern. Beziehungsweise sind wir vielmehr dazu übergegangen, anzunehmen, dass es in bosnischen und österreichischen Menschenköpfen unterschiedlich kuckert, wenn ein Hahn kräht. Die Vorstellung vom Hahn in Lucas Kopf, der einen Kuckuck imitiert, einen ganz kleinen, aus Flandern stammenden »*Kukurikanje*«, mochte ich.

Ich lege mein Klassenfoto ins Gras neben mir und schaue auf die Beine der Nachbarsleute und Umzugshelfenden aus den angrenzenden Dörfern, die im Garten ankommen. Ich sehe, wie die Erwachsenenfüße Gras platttreten. Weidelgräser, auch Ausdauernder Lolch genannt, Rispen, Honiggras. Ich sehe Kisten über Kisten, Kartons über Kartons, Möbel und Säcke und meine Mutter, die von einem Berg aus Dingen zum nächsten hastet. Sie schreibt letzte Markierungen auf die Kartons und Säcke: »Halt! Diese Kiste muss ich erst noch beschriften!«, bevor sie im dunklen Schlund eines Anhängers verschwinden.

DREI

Ich höre die Stubenhofoma Lone Bressler mit viel Schimpf im Gepäck in den Garten laufen: »*Ihr bringts den toten Louis a zweites Mol um! Mörder seids! Mörder, Carl!*«, und strecke meinen Kopf reflexhaft unter dem Auto hervor, anstatt Reißaus zu nehmen oder mich tiefer unter dem Lkw zu verschanzen.

Jetzt hat sie mich gesehen! Ich kann nichts machen. Sie kommt auf mich zu, und ihr Tonfall ändert sich: »*Jo Servus, wos mochst du denn unter dem Lkw, du weast jo gonz dreckig, Mädale!*«

»Hallo Oma!«, ruft mein vier Jahre älterer Bruder Johan, den wir auch Hani nennen und der in meinem Ministerium für Erwachsenenangelegenheiten die Position des Prellbocks innehat. Er grinst verdächtig. »*Oma, scheen dass du do bist! Wir brauchn jede Hülfe! Du kummst jo zum Kistn trogn, oda?*« Hani lacht. Die Oma *tschopfazt* sein Haar etwas fester als gewöhnlich und lacht mit.

Die Stubenhofoma heißt so nach dem Sankt Fratener Gasthaus, das mittlerweile meine Tante Brunhild betreibt. Im Stubenhof, der ursprünglich meinen Großeltern mütterlicherseits, Lone und Louis Bressler, gehörte, riecht es nach Sauerkraut und abgestandenem Hauswein, oder die Oma riecht so. Schon im kalten Steingewölbe des Flurs riecht es nach Sauerkraut und abgestandenem Hauswein und manchmal auch nach *Tschik*, wenn der alte, ledige Hausmeister, den alle »*Inschpektor*« nennen, dort an etwas werkelt. Der Inspektor, dessen richtigen Namen ich nie erfuhr und der sein »R« immer auf der Zungenspitze rollt, flucht, so viel er repariert, und wird nicht nur von mir als die stets zur Explosion bereite Hausseele des Stubenhofs wahrgenommen. Seine Arbeit sei wertvoll wie ein Ölfass, sagt sogar unser Vater. Während man die Stubenhof-Stube durch das dunkle, weil völlig fensterlose, kalte und basilikaartige Steingewölbe betritt, öffnete sich unser Gratschbacher Hof seinen Gästen mit einer sonnigen Rezeption, an der immer eine fast schon an Irrsinn oder Idiotie grenzende Freundlichkeit von den dort ausharrenden Praktikanten und Praktikantinnen ausging. Während im Stubenhof oft niemand hinter der Theke steht, weil alle Arbeitsberechtigten selbst am Stammtisch sitzen, befand sich im Gratschbacher Hof immer jemand hinter dem Tresen und putzte zum Beispiel jeden Tresenmillimeter, wenn die Wünsche der Gäste sie unzureichend beschäftigten. Der Gratschbacher Hof war in allen Belangen gut, während der großelterliche Stubenhof in fast allen Belangen nicht gut ist. Nur mit einem Stammgast kann der Stubenhof auftrumpfen, nämlich mit Herrn Kaldera, von dem ich meine erste Angel, eine blaue, geschenkt bekam. Herr Kaldera brachte mir außerdem unzählige Kartentricks und weitere Magie bei, die mir oft zu Beachtung und einer kleinen Aufbesserung meines Taschengelds verhalfen, aber das ist eine andere Geschichte.

Jetzt händigt die Stubenhofoma Johan zwei Packungen Schokobananen vom Hofer aus. Eine ist für Thomas und eine für mich. Hani geht bei der Stubenhofoma immer leer aus. Weil das mittlere Kind in der Omawelt nur ein Reservekind ist. Falls das älteste stirbt. Thomas ist aber in Bestform.

Jetzt kommt auch die Mutter im Laufschritt auf uns zu. Kaum ist sie neben meinem Lkw, zwischen Zwetschgenbaum und Marillenbaum, angelangt, beginnt die Großmutter sie zum wiederholten Mal über den Umgang mit Besitz zu belehren. »*Besitz vamindert man nit! Der Opa hot sich die Händ wund gschäpft für enk! Und ihr schmeißts olles weck! Olle Oarbeit umsunst!*«, *sempert* die Oma, der Mutter die Liste ihrer Schandpunkte in Bezug auf den Verkauf des Gratschbacher Hofs aufzählend.

Der Stubenhofopa Louis war zunächst, nach einem einschneidenden Erlebnis, »*A Förstererscheinung hot a ghobt!*«, in die *Höhere Forstlehranstalt für die österreichischen Alpenländer* in Bruck an der Mur eingetreten. Nach der Wirtschaftsführerprüfung wurden den besten Schülern vakante Stellen in den umliegenden Dörfern, und dem Großvater »*sogoar in Deitschlond draußen*«, angeboten. Der Stubenhofopa nahm sein Zeugnis und das von der Schulleitung dazugeschenkte Heidegger-Buch *Sein und Zeit* mit Stolz entgegen und machte sich auf den Weg nach Bayern, denn zum Bundesheer musste er nicht, der allgemeine Wehrdienst war seit dem Friedensvertrag von Saint Germain verboten, klärte der Opa, als er noch lebte, immer alle ungefragt auf.

Später wurde mir gesagt, das Buch sei vielleicht doch eher *Sein und Haben* von Erich Fromm gewesen, was aber unmöglich ist, weil *Sein und Haben* erst neunzehnhundertsechsundsiebzig veröffentlicht wurde, als der Opa ja längst maturiert hatte.

Mein Großvater fing also neunzehnhundertvierunddreißig in der Nähe von München seinen Dienst als einfacher Förster an, neunzehnhundertfünfunddreißig war er Oberförster und noch im selben Jahr der Gutsverwalter der ganzen Länderei. Die Arbeit und der Heidegger erfüllten den Stubenhofopa so sehr, dass er in der Zeit keine einzige Frau anschaute, wie er anständig beteuerte, wurde er zu seinen jungen Erwachsenenjahren befragt: »*Nit amol mitn Ruckn!*«, nicht einmal mit dem Rücken hätte er ein *Weib* angeschaut.

Dann brach der Krieg aus. Bundeskanzler Schuschnigg war zurückgetreten, und in Sankt Fraten und Villach kam es zu Demonstrationen der Nationalsozialisten, die schon vor ihrem Verbot in Kärnten und über das Verbot hinweg ein stimmenstarkes Sagen hatten. Alleine die Hälfte aller Verbindungsbrüder trat schon neunzehnhundertzweiunddreißig der Partei bei. Auch wenn Hitler Bündnisse neben seiner Partei leicht missfielen. Die NSDAP ließ sich jedenfalls vom Landeshauptmann das Amt übergeben, und am nächsten Tag, am zwölften März neunzehnhundertachtunddreißig, konnte Kärnten als erstes Bundesland Österreichs die vollständige Machtübernahme verkünden. In Kärnten stimmten neunundneunzig Komma dreiundachtzig Prozent für den Anschluss, hörte ich die Stubenhofoma noch in den Neunzigern anerkennend sagen, neunundneunzig Komma dreiundachtzig Prozent, frönte sie. In hundertfünf Gemeinden gab es kein einziges Nein. Die Oma wird zeit ihres Lebens bei jeder Gelegenheit anmerken, dass sie aus einer dieser sogenannten *Führergemeinden* stammt.

Der Stubenhofopa soll seine Kriegsuntauglichkeit damit erklärt haben, dass ein Russe ihm eines Nachts von hinten auf den Kopf geschlagen hätte. Aber alle wussten, dass kein Russe und auch sonst niemand – außer vielleicht die Stubenhofoma – ihm jemals auf den Kopf geschlagen hatte, sondern seine sehr ausgeprägten Platt- und Spreizfüße für die Ausmusterung verantwortlich waren. Als der Stubenhofopa jedenfalls nach Kriegsbeginn von Deutschland nach Kärnten heimkehrte, nannten ihn einige Leute den *Grofn*. Die Sankt Fratener glaubten nämlich, er sei jetzt etwas Besseres. Wegen der paar Begriffe, die der Opa nun *hochdeitsch* aussprach. Oder weil er bei einem waschechten Grafen angestellt war. Die Leute dachten wohl, etwas vom Grafendasein wäre auf meinen Großvater übergesprungen.

Der Großvater kehrte samt seinem Grafenantlitz nach Kärnten zurück und kaufte das seit vielen Jahren geschlossene und von Staub bedeckte Gasthaus Stubenhof, gleich neben dem Fußballplatz, einem kinderlosen und buckligen Ehepaar ab. Das Ehepaar handelte allerdings, »*teppata Fruchtgenuss!*«, Wohnrecht bis zu seinem Ableben aus, was den Umzug meiner Großeltern verzögerte. Den Rest seiner Ersparnisse investierte der Opa in ein Stück Land am Ende der Welt, wie manch einer spottete. Auf dieses Stück Land am Ende der Welt setzte der Opa über dreißig Jahre lang Stein für Stein, Balken für Balken den Gratschbacher Hof samt Wohnhaus und Pfettendachgarage.

Auf halbem Weg zu seinem Stück Land gab es einen Bauernhof, der dem Großvater ins Auge fiel, weil vor der Stallmauer ein großer Haufen Ziegelsteine lag. Eines Tages hielt er an und fragte den Bauern, was er für die Ziegelsteine verlangte, die beiden Männer schlugen ein, und der Bauer legte sogar noch seine Tochter Lone obendrauf, so dass der Stubenhofopa mit Ziegelsteinen im Traktoranhänger samt Oma davonfuhr.

So soll der Opa jedenfalls zeit seines Lebens über das Kennenlernen der Oma berichtet haben, und die Oma widersprach ihm nicht. Lones Vater, mein Urgroßvater, war ein grober Mann, ein sehr grober Mann, der zu allem in der Lage war. Er hasste seine Frau, die ihm nur ein Kind, eine Tochter, gebar, und verfluchte Gott dafür, weshalb er nicht mehr in die Kirche ging und sich dort folglich auch keinen

Segen mehr abholte. Deswegen waren die Frauen so fromm wie nur möglich, ein wenig für den Patriarchen mitgläubig, auf dass nur alles gutgehe im Haus.

Mein Opa Louis war ein Ticket in die Freiheit für Lone. Weg von der stinkenden Stallarbeit und ihrem groben, sehr groben Vater, hin zu der stinkenden Küchenarbeit. Ein paar Jahre wohnten sie noch in der Stube von Louis' Eltern, bis sie endlich heirateten. Der Stubenhofopa nahm meine Oma zur Frau, obwohl ihr bereits ein dreijähriges Kind von einem anderen, meine Tante Emilia, anhing. Wer der Vater von Emilia war, die Oma Lone mit siebzehn zur Welt gebracht hatte, blieb unausgesprochen, aber es machte das Gerücht die Runde, der Priester könnte der Vater sein, denn Gott wollte nicht selten, dass junge österreichische Mädchen das Kind von einem alten Geistlichen gebären. Oder in der Logik unseres Nachbarbauern *Focknhocker* ausgedrückt: »Gegen die Bedürfnisse der Körper ist Gott machtlos.« Nach Emilia bekam die Stubenhofoma Lone noch drei weitere Mädchen von meinem Stubenhofopa Louis. Erst Brunhild, dann meine Mutter Margarethe und zuletzt Carlotta, die ich außerordentlich gern mag.

Aber zurück zum Antlitz. Ausgelöst durch die Reaktionen der Sankt Fratener Bevölkerung auf sein Grafenantlitz, beschloss der Stubenhofopa, dass er und seine Familie zumindest höchstbürgerlich seien und demnach nicht um ein Familienwappen gebracht werden dürften. »*Er hod es von eigena Hond entworfn!*«, plärrt die Stubenhofoma meine Mutter an. Dann ließ er es achtfach oder neunfach weben und in schwere Holzrahmen fassen, die er an jeder möglichen und unmöglichen Stelle aufhängte. Eins kam dreißig Jahre später sogar als Fresco über unseren Hofeingang. Das war neunzehnhundertachtundsiebzig, mein

Bruder Johan kam fast zeitgleich zur Welt, und das Gasthaus Gratschbacher Hof war endlich bezugsfertig. Der Stubenhofopa Louis übergab es meinen Eltern als verspätete Aussteuer. Damit blieb der jungen Familie nichts anderes übrig, als von Villach, der Gerbergasse, um genau zu sein, nach Gratschbach bei Feldkirchen umzuziehen. In den Gratschbacher Hof, den der Großvater dreißig Jahre lang mit jedem zur Verfügung stehenden Groschen gebaut hatte. Das Geld dafür sparte er sich ab. Seine Töchter bekamen kein Taschengeld mehr, sein Sonntagsrock, »so *zafleddat!*«, wurde nicht erneuert, Klassenfahrten der Kinder wurden verboten. Keine bekam neue Schuhe, die alten wurden provisorisch repariert. Das Familienauto wurde verkauft und den Töchtern das Geld für den Führerschein versagt.

Soweit überliefert, arbeitete der Stubenhofopa Louis selbst nicht in seinem Gasthaus mit, sondern saß, Heidegger lesend, immer im Extrazimmer neben der Gästestube. Nicht er, sondern die Stubenhofoma Lone führte die Wirtschaft, Tag und Nacht, bis ihre vier Mädchen ein arbeitsfähiges Alter erreicht hatten, denn sowie Emilia, Brunhild, Margarethe und Carlotta alt genug waren, Verantwortung im elterlichen Betrieb zu übernehmen, wurde sie ihnen auch übertragen. So kam es, dass meine Mutter Margarethe schon im Alter von zwölf Jahren von Montag bis Sonntag kochen musste, alle gut dreißig Gerichte der Stubenhof-Speisekarte kochte sie und täglich kochte sie, für rund achtzig Gäste. Die Hausaufgaben wurden später erledigt, sobald das Mittagsgeschäft abgefertigt war und das Abendgeschäft anfing, um das sich Brunhild kümmerte.

Die Stubenhofoma Lone trank jedenfalls, da es für sie im Gasthaus ja sonst nicht mehr viel zu tun gab, jetzt öfter ein Glas mit einem der Gäste, und es machte wohl des Weines

Laune und die Lust an der Freiheit, dass auf dem Schoß des einen oder anderen ihr Rock etwas höher rutschte, die Backen sich röteten und die Bluse ihre Knöpfe verlor. »*Herumgehurt hot sie in da Stubn!*«, hat ein Verwandter einmal zu mir über sie gesagt, aber ich kann mir unter dem Wort *herumgehurt* wenig vorstellen.

Nur um meine Eltern zu belehren, war die Stubenhofoma heute aus Sankt Fraten nach Gratschbach gefahren, obwohl die gesamte Sippe ihr davon abgeraten hatte, sich in ihrem Alter und mit ihrer Sehschwäche und Verwirrtheit noch hinters Steuer zu setzen. Aber die Stubenhofoma lässt sich nichts sagen. Sondern hat sich, im Gegenteil, vor wenigen Wochen ein nigelnagelneues Auto gekauft, an dessen Jungfernfahrt sie hupend, damit alle hinschauten, in die Stubenhofeinfahrt einbog. Gelacht hat sie beim Aussteigen und sich ihre Wolldecke mit Eleganz und Schwung um die Schultern geworfen, bevor sie die Autotür zuwarf. Mit diesem Auto – ein kleiner, roter Fiat – ist sie zu uns nach Gratschbach gekommen, um ihre Tochter an die Sitten, den Besitz betreffende Sitten, zu erinnern. Meine Mutter Margarethe steht voller Reue vor der Stubenhofoma, voller Reue zwar, aber ohne sich dem Verlangen ihrer Stubenhofmutter zu beugen. Die würde ihre Tochter jetzt erschlagen, wenn meine Mutter nicht zu groß und sie selbst nicht schon zu altersschwach wäre.

»*Findest du a, dass die Bresslers so a moarsches Ausgschau hobn, a schludriges?*«, flüstere ich meinem neben mir hockenden Bruder Johan zu. Fahle und schlaffe Gesichter hat die Stubenhofsippe. Gequälte Gesichter, könnte ich auch sagen, anstandslose, mich selbst mit ihrer Fahrigkeit quälend. Meine Abneigung dem gesamten Stubenhof gegenüber kommt von der Stubenhofoma Lone her. Ihr morscher

Gesichtsausdruck ist die Wurzel meiner Aversion. Und weil sie ständig versucht, mich in ein Kleidchen hineinzupressen. Wenn meine Mutter mich der Stubenhofoma übergibt, presst sie mich regelmäßig in ein prähistorisches Kleid hinein, das schon so marode ist, dass es bei jeder meiner Bewegungen zu zerbrechen droht, weswegen mir jede Regung und auch zu starkes Atmen verboten werden. Dann macht sie Fotos von mir und meinem schmerzverzerrten Gesicht. Ihr Flur ist mittlerweile eine Fotogalerie. Mein Glück ist, die Großmutter bekommt nie Besuch, nie, so dass niemand die Bilder sieht. Außer meine Familie. Zweimal im Jahr oder höchstens dreimal fahren wir zu ihr.

Die Großmutter ist eine unbewegliche Großmutter. Immer sitzt sie in einem throngleichen Eschenholzstuhl, den sie mit selbstgehäkelten Decken gepolstert hat, und nie steht sie oder geht sie, ich habe sie nur selten aufrecht gesehen. Heute ist eine Ausnahme. Obwohl sie »a drohtiges Gestöll« hat, also recht trainiert wirkt. Ein drahtiges Gestell, das mit dem Eschenholzstuhl verwachsen ist. In ihrer Wohnstube befinden sich neben dem Stuhl eine Bauernkredenz, in der sie Plastikpuppen in Häkelkleidern drapiert hat, ein dunkel furniertes Einbauregal mit Gesangs- und Gebetsbüchern sowie Zeitungsartikeln *aus dem Jahre Schnee*, wie meine Mutter immer sagt. Der Fernseher steht auf einem Hausaltar, und den Esstisch verbirgt eine INRI-Häkeldecke. Die Ostertischdecke hat bei der Stubenhofoma Lone das ganze Jahr über Saison. Über der INRI-Tischdecke liegt eine transparente Plastikfolie. Hier erhielten und erhalten wir zu jedem Anlass Schokobananen vom Hofer, Schokobananen in unappetitlichen Mengen bekamen und bekommen wir hier.

Die Großmutter, die sonst nie aus ihrem Thron aufsteht,

belehrt jetzt meine Mutter auf das Pingeligste darüber, dass sie sich von meinem Vater nicht zum Verkauf des Anwesens hätte verleiten lassen dürfen. Mit erhitztem Gesicht steht meine Mutter da und weint bald Sturzbäche, mit eingedrehten Fußspitzen steht sie da, vor der Stubenhofoma, von der jetzt Zornesblitze ausgehen. Dann schwenken ihre Tiraden auf meinen Vater um, der gerade auf uns zukommt. Dass sie wisse, dass mein Vater meine Mutter zum Verkauf gezwungen habe, weil er nicht damit umgehen könne, im reichen Besitz seiner Frau zu leben, und dass Louis, wenn er nicht schon tot wäre, jetzt auf der Stelle Suizid beginge und mein Vater dafür die Verantwortung trüge, mein Vater trüge die alleinige Verantwortung für den Suizid des Großvaters.

An dieser Stelle hat mein Vater genug gehört und jagt die Stubenhofoma, »*Schleich di!*«, vom Grund. Die Stubenhofoma schaut meine Mutter an, aber meine Mutter kredenzt ihr kein Ankergesicht, und so *tscherfelt* die Stubenhofoma jetzt von der Wiese zu ihrem Auto zurück, das sie beim Ausparken aus der Pfettendachgarage gegen einen der Pfosten lenkt, das hintere Licht bricht. So rauscht sie davon, das Lämpchen baumelt bis zur Stoßstange hinunter. Ich winke der Oma stumm mit meinem Zeigefinger unter dem Lkw heraus, während sie hinter der Buchsbaumhecke verschwindet.

Alle Familienmitglieder hatten und haben ihre eigene Version des großväterlichen Versterbens. Angeblich hatte der Stubenhofopa Louis einen Zweitschlüssel zur Großelternwohnung im ersten Stock des Gasthofs anfertigen lassen, den er im Palisanderschrank deponierte. Nachdem die Großmutter Lone einmal bis in die Nacht, bis in die späte Nacht hinein nicht und nicht nach Hause gekommen war, holte der Großvater den Schlüssel aus dem Schrank, steckte ihn ins Schlüsselloch, drehte den Schlüssel auch fast schon um, um sie auszusperren, doch dann setzte Zögern ein. Er dachte an sich selbst als unnützen Mann – unnütz nicht nur für seine Frau –, der nämlich kriegsuntauglich gewesen war, und er merkte gar nicht, wie es ihn rüttelte bei diesem Gedanken, dass der Schlüssel im Schlüsselloch nur so klirrte. An sich als Mann dachte er, der nicht einmal in der Lage war, an den geselligen Runden im Gasthaus teilzunehmen, der sogar die Flucht ergriff vor dieser Geselligkeit, um im Extrazimmer alleine zu sein mit seinem Heidegger-Buch, mit seinem *Sein und Zeit*-Buch, und wie er da so schauderte, packte ihn der Impuls, den Schlüssel einfach zu schlucken. Aber der Schlüssel war natürlich groß und sperrig, so dass er ihm im Hals stecken blieb. Schnaufend polterte er rückwärts, warf sich auf den Boden und fingerte nach dem Ding in seinem Rachen. Auf allen vieren hampelte er dann ins Schlafzimmer, wild herumrempelnd, mit Schaum vor dem Mund. Er griff blind um sich und ertastete das Telefonkabel, und ohne zu wissen, was das sei und was er damit machte, wickelte er es sich einfach um den Hals, seine Hände wickelten das Kabel einfach um den Hals, damit er sich einen anderen, einen weiteren Schmerz zufügte, der ihn vom Drangsal des ersten befreien sollte. Dann zuckte er noch ein paar Mal, bis er an dem schweren Eisenschlüssel, der in seiner Kehle haftete, erstickte.

In Gedanken an seine niedere Herkunft und Beschaffenheit hatte er das Schlüsselloch etwas malträtiert, so dass die Großmutter, als sie nach drei Tagen zurückkam, das Schloss nicht gleich aufbrachte. Die Oma hat in die Wohnung gerufen, nichts gehört und eine abstrakte Angst bekommen. Sie ging zum Haustelefon im Flur, läutete ins

Gastzimmer hinunter, dass jemand hochkommen müsse, sofort, es sei etwas Schreckliches, vielleicht, passiert, sie wisse nicht, stammelte sie in den Hörer und steckte mit ihrer Aufregung den kleinen Sebastian, meinen Cousin, an, der am anderen Ende der Leitung war und seinen Vater verängstigt und verunsichert bat, ihn hinaufzubegleiten, denn so außer sich hatte er die Oma noch nie erlebt. Lone bemühte sich weiter darum, das Schloss aufzubringen, und kurz bevor Onkel Erich und Sebastian um die Ecke bogen, gelang es ihr auch, und sie plumpste förmlich in das Wohnzimmer hinein und stieß dazu ein »Endlich« hervor, das Erich gerade noch hörte, als er vor ihr zum Stehen kam. Er ging dann gleich weiter, an der Großmutter vorbei und sah den Toten zuerst, noch bevor die erleichterte, weil sie doch noch die Wohnungstür aufbekommen hatte, Großmutter den Leichnam entdeckte. So soll sich das Sterben des Großvaters ereignet haben, auch in diese Richtung vermutete man. Bis auf die Großmutter, sie gab immer allen anderen die Schuld an Louis' Tod. Selbst Jahre später schaffte sie es immer wieder, ihren Willen durchzusetzen, indem sie, »wegen dir wollt da Opa neama!«, Todesreferenzen herstellte.

Es gingen bald zahlreiche Gerüchte über sein Ableben herum, Suizid-Gerüchte hauptsächlich, die Todesarten des Stubenhofopas kamen oft zur Sprache oder tauchten in meinen Träumen auf. Er soll sich neunzehnhundertachtzig, so mein Vater an irgendeinem Tag, das eine Ende des Telefonkabels um den Hals und das andere Ende um den Knauf der offenen Wandschranktüre im großelterlichen Schlafzimmer gebunden und mit einem Tritt gegen die Wandschranktür den gewünschten Genickbruch herbeigeführt haben. »I was jo nit, wie des gehen soll«, schloss der Vater die Geschichte, die mir bis heute Rätsel aufgibt.

Mein Onkel Erich sprach jedenfalls laut meinem Vater seit dem Tage des merkwürdigen und Rätsel aufgebenden Todes meines Opas nicht mehr und wirklich nicht mehr, kein einziges Wort, mit meiner Großmutter, ja er schaute sie nicht einmal mehr an, wenn sie den Raum betrat oder sie sich zufällig in der Stadt begegneten.

Der Stubenhofopa, so hat es wiederum mein Bruder Thomas gewusst, stand in der Früh auf, kam von der Wohnung im ersten Stock die felsklippenhaft steile Steinstiege heruntergeschlurft, ließ sich ein Vierterl Rotwein mit warmem Wasser und einem Löffel Zucker anrühren und anreichen, welches er dann im Extrazimmer mit einer Tablette einnahm, während er über dem Buch *spekulierte*. Mit Heidegger vergingen die Stubenhofopa-Tage im Extrazimmer. Und mit kleineren und größeren Unterbrechungen durch Nahrungsaufnahmen, Zeitung lesen oder *Zeit im Bild*-Schauen, und ganz selten gönnte er dem einen oder anderen Mann Audienz bei sich. Meistens jedoch war er allein und brüllte zornig in Richtung Gaststube, wenn jemand es wagte, die Türklinke zu ihm, zu seinem Extrazimmer, auch nur zu berühren. In diesem Extrazimmer, so Thomas, sei der Stubenhofopa Louis tot mit seinem Heidegger-Buch in der Hand gefunden worden. Er sei an den Buchseiten erstickt. Er habe die Buchseiten mit einem Lineal eminent ordentlich herausgetrennt und sie dann in seinen Mund und Rachen gestopft, bis er sich seinem Lebensende ergab.

Mein anderer Bruder, Johan, erzählte mir, dass die Großmutter Lone nach Hause gekommen war und beim Aufsperren mit ihrem großen, schweren Schlüsselbund geraschelt hatte. Dass sie den Stubenhofopa Louis in einem beispiellos depressiven Zustand vorgefunden hatte, einem beispiellos depressiven Zustand, aber anstatt ihn zu trösten, soll sie ihm eingeredet haben, der Tod wäre eine Lösung für ihn, immer und immer wieder soll sie auf ihn eingeredet haben, bis der Stubenhofopa Louis endlich das Telefonkabel nahm und sich damit am Türstock, der hoch genug für seine Körpergröße war, für die Körpergröße der Großmutter wäre er vermutlich zu niedrig gewesen, erhängte. Deswegen gab es auch keine einzige Spur, die auf etwas anderes als auf einen Selbstmord hingedeutet hätte. Aber auch ob diese Variante stimmte, wusste niemand, außer vielleicht der schweigende Erich und die Großmutter. Ihre Varianten könnten ganz anders aussehen, voneinander völlig verschieden, und dabei könnten sie beide zugleich recht haben, dachte ich.

Einmal träumte ich, dass die Großmutter Lone meinen Großvater Louis von hinten erdrosselte, wobei das Telefonkabel in seinen Hals schnitt und er wie eine Sau röchelte, während der Oma ein Schnaufen entwich und sie ihr Becken gegen den Hintern vom Opa drückte. Alles war blutverschmiert, und die Großmutter roch an der Lache wie ein brunftiger Hirsch.

Aber vielleicht wurde er nicht erdrosselt, vielleicht ging der Stubenhofopa Louis auch während der blauen Stunde die felsklippenhaft steile Steinstiege hinauf. Es war zu dunkel. Er verstieg sich und fiel rückwärts hinunter, sein Kopf päppelte über die Stufen wie ein Tischtennisball und öffnete sich wie ein Ei.

Oder der Stubenhofopa Louis hatte gelacht. Wegen der Oma, wegen eines Kreuzworträtsels oder am ehesten, weil er Gedanken von Heidegger geknackt hatte, eine Erkenntnis hatte. Sein Körper hatte gelacht, sein Körper hatte den Impuls dazu, während sein Hirn damit beschäftigt war, Synapsen zu schlagen, und dann war das Hirn fertig mit den synaptischen Verbindungen, und der Stubenhofopa

Louis hatte etwas verstanden. Und die Welt, die ja immer das eigene persönliche Umfeld ist, war plötzlich eine ganz andere, wurde vom Stubenhofopa Louis aus einer ganz anderen Perspektive gesehen, und so war das, und als er das merkte und begriffen hat, was er da sah, wollte sein Verstand nur noch kollabieren. Mit tödlichem Ausgang.

Wieder ein anderes Mal habe ich den Großvater aus unserem Wilderer-Gemälde heraussteigen sehen, einen blutigen Hals hat er gehabt und ein aufgedunsenes Gesicht. Aber ich weiß nicht, ob es sein eigenes Blut gewesen ist oder das Blut des toten Murmeltiers, das er mit seinen runzligen Fingern umklammerte. Der Großvater ist aus dem Wilderer-Gemälde herausgestiegen und auf den Zehenspitzen mit rundem Rücken schnurstracks im dunklen Flur verschwunden. Seit diesem Tag existierte der zweite Stock des Gratschbacher Hofs nicht mehr für mich, und es konnte passieren, was wollte, ich würde nie wieder auch nur eine einzige Stufe hinauf in die zweite Etage des Gasthauses, wo das Wilderer-Gemälde hing, betreten, nie wieder.

Auch beim Angeln sah ich den Großvater manchmal vor mir, am Teichufer, zappelnd und zuckelnd wie ein Fisch. Er schnappte nach Sauerstoff, nach Wasser eigentlich, und röchelte. Seine hintere Flosse war so kräftig, dass er den Uferboden beim Strampeln eindellte. Die rosa Kiemen öffneten und schlossen sich ungleichmäßig flatternd, dann wurde der Boden nass. Der Stubenhofopa pinkelte sich ein. Seine einzige Überlebenschance war, sich eine Pfütze zu urinieren, in die er abtauchen könnte. Aber er schaffte es nicht, er konnte sich nicht ausreichend einpissen, um seine Kiemen anzufeuchten. Sein Hecheln wurde leiser und zart, bis sein Körper einfach schwieg.

Nach dem Tod des Stubenhofopas hatte sich Brunhild

streng nach testamentarischer Verfügung um die Großmutter Lone zu kümmern, mit kleiner Unterstützung der Stubenhof-Bediensteten, die sich auch gefragt haben werden, warum sie eigentlich die Alte mitversorgen mussten, wo sie doch als Kellnerin oder Köchin angestellt waren. Aber weil Brunhild musste, mussten auch ihre Angestellten. Um die damals maximal fünfundfünfzig Jahre alte und gesundheitlich und in gewisser Weise auch geistig unversehrte Großmutter mussten sie sich kümmern, die seit dem Tod des Stubenhofopas in ihrer Wohnung auf einem throngleichen Eschenholzstuhl saß und sich mit der Bibel oder ihrem höchst schiefen Gitarrenspiel beschäftigte. Niemand mochte die Stubenhofoma Lone. Weil sie niemanden mochte. Immer wurde gestritten, mit langen Tiraden.

Einmal nach einem solchen Streit, das ist nicht lange her, fuhren wir nach Sankt Fraten, um der Großmutter einen versöhnlichen Besuch abzustatten. Meine nervöse Mutter suchte in der Garage nach einer transportfähigen Vase für die Blumen, und der Vater rauchte derweil eine ganze Zigarette in drei Zügen. Nach jedem Zug sagte er »*gemma bittschen*« zu einem anderen von uns.

Bei der letzten Kreuzung zum Stubenhof wurde mir wie immer schlecht. Als wir ankamen, gab mir die Mutter die Blumen in die Hand, die ich meiner Großmutter zu überreichen hatte, Hani bekam ein Psalmbuch als Geschenk. Mir blieb fast die Luft weg, als wir das Steingewölbe zur Großmutterwohnung betraten. Die Mutter hockte sich vor mich hin, zupfte am Kragen meiner Bluse herum und scheitelte mir die Haare ordentlicher, während ich über ihre Schulter ins Leere starrte. »*Groß bist gwurdn!*« und »*so a fesches Mädale*«, weckte mich die Großmutter aus meinem *Narrenkastl*, ich war in ihrem Wohnzimmer gelandet: Plastikpuppen, Gebetsbücher, Hausaltar, INRI-Tischdecke mit Plastikfolie. Ich schaute auf die Fingerabdrücke an meinem Wasserglas, mit dem ein Forensiker nur so eine Freude gehabt hätte. Die Oma überreichte mir zusätzlich zu den obligatorischen Schokobananen ein Packerl bunte Miniostereier aus Zucker, die sie immer gebunkert hielt. Mit einem verächtlichen Blick auf Zuckerostereier und Schokobananen sprach meine Mutter ein Verbot aus, diese zu essen, weswegen ich sie nach Farben sortierte. Meine Mutter verfolgte einen strengen Ernährungsplan für uns Kinder. Süßigkeiten gab es nur in äußerst maßvollen Rationen, als Zwischenmahlzeit kam höchstens ein Apfel mit einem Butterbrot in Frage, es gab keine Limonaden, meine erste Cola habe ich mit einundzwanzig getrunken, es gab keine Pommes, dafür jeden Tag Salat, und als Nachtisch genügte ein großer Löffel Joghurt mit selbstgemachter Marmelade. Mein Körper wurde von meiner Mutter gesund gehalten. Und ich stand regelmäßig vor dem Spiegel, um meine Muskeln zu begutachten, die unbedingt von der Ernährungsstrenge meiner Mutter profitieren sollten. »Na, Arnold?«, neckte mich mein Vater irgendwann, als er mich vor dem Spiegel ertappte. »Carli, bitte!«, mahnte ihn meine Mutter. Aber eine Süßspeise, die in Kärnten Tradition hat, wurde dennoch oder gerade wegen der Verbote zu meinem Lieblingsessen. Der Kärntner Kletznudel. Kletzen sind gedörrte Birnen, die in Wasser weich gekocht, passiert und anschließend mit Topfen und Gewürzen vermischt werden. Die Masse kommt auf ein Blatt Nudelteig, dessen eines Ende über das andere geschlagen wird, die offenen Seiten werden gekrendelt, was so viel heißt wie die Enden in kleinen Abständen übereinanderschlagen und mit den Fingerspitzen fest aufeinanderpressen, so dass eine

Art Kordelrand entsteht. Das Krendeln, muss man dazusagen, ist eine Tätigkeit, die von sehr vielen als *in-den-Wahnsinn-treibend* beschrieben wird, und kein lebender und kein toter Mensch wird je erklären können, wie meine Großmutter väterlicherseits es geschafft hat, stets Kletznudel und Käsnudel für das ganze Gasthaus zu krendeln, die meine Mutter dann eingefroren hat und nur noch ins Wasser werfen musste, wenn jemand sie bestellte, wie die Oma, »*des gibt's nit!*«, so viel krendeln konnte, ohne vom Wahnsinn eingeholt worden zu sein. Die Mutter meines Vaters krendelte, ohne wahnsinnig zu werden, die Mutter meiner Mutter krendelte nie und wurde trotzdem vom Wahnsinn eingeholt. Krendeln sei für den Wahnsinn zwar hinreichend, erläuterte der Vater, aber der Wahnsinn komme auch auf andere Art, wie man an der Stubenhofoma sehen könne.

Vor mir lag jedenfalls nichts Gekrendeltes. Vor mir lagen die bunten Zuckerostereier, nach Farben aufgereiht. Hinter mir stand mein Vater, der sich nie setzte, wenn wir bei der Großmutter waren, ich erinnere mich nicht, dass er sich jemals gesetzt hätte, immer stand der Vater, meist hinter mir oder hinter meiner Mutter, zuerst ruhig oder in Gedanken versunken, dann nervöser werdend und schließlich aus der Haut fahrend. Ich mischte die bunten Miniostereier wieder und sah dem väterlichen Explodieren hoffnungsvoll entgegen. Denn sobald er explodierte, fuhren wir wieder nach Hause. Ich musste nicht lange warten. Die Großmutter bezeichnete meinen Vater als Schande. Nur die durch und durch linken Kommunisten würden den Wert von Besitz leugnen, und wegen des Verkaufs unseres Gratschbacher Hofs würde mein Vater sich in diese verlotterte Gemeinschaft einreihen.

Nachdem die Großmutter meinen Vater einen Kommunisten geschimpft hatte, schrie mein Vater nur »*Adios*« und flog zur Tür hinaus, die steile Steintreppe hinunter. Meine Mutter folgte ihm. Uns Kinder einsammelnd, mit pitschnassen Augen. Verschreckt saßen mein Bruder Johan und ich am Rücksitz. Johan nahm meine Hand, und ich war in der seinen geborgen. Wahrscheinlich saß die Großmutter noch eine Weile in ihrer Stube und wetterte vor sich hin. Abwechselnd den Rosenkranz auf und ab betend und meine Familie verfluchend. Bis sie selbst nicht mehr wusste, was Gebet und was Fluch war, und in ihrem Eschenholzstuhl ein klein wenig zusammenschrumpfte.

VIER

Nachdem die Großmutter davongefahren ist, setzt sich die Mutter auf die Bank vor dem Haus. Und ich rolle mich wieder tiefer unter den Lastwagen. Ich sehe die rastlosen Füße meiner Mutter. Sie sitzt vor dem Gratschbacher Haus auf der Bank, die unser Hausmeister und Förster Emir aus Fichtenholz getischlert hatte. Sie steht an der Wand, unter der Terrasse und hinter dem Zwetschgenbaum. Von der Pfettendachgarage aus betrachtet, riegelt eine Buchsbaumhecke das Gelände zum Schotterweg hin ab. Die Hecke reicht vom Spielplatz über Pavillon, Gasthaus, Schwimmbad, Wohnhaus bis zum Teich. Nur auf Höhe des Eingangsportals, zu dem Waschbetonplatten hinführen, ist die Buchsbaumhecke unterbrochen. Recht nahe am Gasthauseingang, vor dem zweiten Fenster, steht die Rotbuche. Von ihrer Krone aus kann man auf den Stammtisch hineinsehen. Die saftigen Blätter zupfte ich jährlich im Mai und Juni aus, um sie als Geldscheine zu nutzen, wenn ich mit Luca ein Leben im Überfluss spielte beziehungsweise übte. Neben der Buche steht die Birke, aus deren Rinde man angeblich Spaghetti kochen kann. An der Birke trainierten Luca und ich regelmäßig unsere Schwertkampftechnik. Der Baumstamm wurde mit der Zeit allerdings morsch, morsch wie die Gesichter der mütterlichen Bressler-Sippe wurde er wegen Lucas und meiner Gefechtsübungen. Vor dem Schwimmbecken, zwischen Wohnhaus und Gasthaus war die Wiese. Hier lagen die Bäuche unserer deutschen Touristen, hier wechselten die deutschen Bäuche langsam die Farbe, wurden rot und krebsrot oder olivfarben, dottergelb und melangebraun. Auch unter der Trauerweide neben der

Baumgruppe, die in ihrer Mitte eine Höhle bildete, in der man sich nicht schlecht verstecken konnte, lagen unsere Gäste. Dahinter ist der Garten mit den Obstbäumen, wo jetzt Lastwägen stehen. Es gibt mehrere Apfelbäume, zwei Marillenbäume, den Birnbaum und den Zwetschgenbaum vor der Bank, auf der meine Mutter jetzt Platz genommen hat. Ihr rechter Fuß wippt wie ein zuckelnder Fisch, wie ein toter Fisch, dessen Nerven einfach noch nicht aufgeben wollen. Luca zählt von hundert herunter. Es riecht nach Motoröl und Wiese.

Meine Mutter sitzt auf der Bank unter dem Zwetschgenbaum und flattert mit den Füßen, als würde sie versuchen, Starre und Flucht zu vereinen, während ihr das Großhirn die Zunge schärft und ihre Augen aufreißt. Sie ist Richtung Umzugspersonal gewandt. In meiner Mutter lebt ein Hominide, der eine Großkatze oder ein Mammut wittert. Das limbische System ließ die Hominiden vor einer Gefahr immer zuerst stillstehen wie eine Säule und, wenn sich das Mammut nicht *verzupfte*, bei Gelegenheit blitzartig davonrennen. Nur im äußersten Fall diktierte das limbische System den Kampf. Der Umzugsstress zeichnet meine Mutter. Kritzi, kratzi.

Es ist der Sommer neunzehnhundertvierundneunzig, und meine Familie zieht von Gratschbach nach Klosterberg, um alles hinter sich zu lassen, was nicht in das neu zu entwerfende Selbstbild passt. Ich will nicht. Die Möbel im Umzugslastwagen starren einander an, leichenblass, stelle ich mir vor. So gestapelt ihrer Nützlichkeit beraubt, warten sie im Anhänger über mir auf ihr neues Zuhause. Und mir ist, als könnte ich sie durch den Anhängerboden hindurch atmen hören. In Klosterberg werden die Gegenstände nicht mehr kleine, von Mauern begrenzte Räume definieren: der Herd die Küche und die Kredenz das Esszimmer. In Klosterberg werden die Möbel in einem gefühlt firmamentlosen Raum frei stehen, und das durch die Glasdecke fallende Sonnenlicht wird ihnen schmeicheln. Die Fotos der Ahnentafel verschwinden in der Garage. Stattdessen wird ein großer Spiegel über dem kleinen Marmortisch angebracht. Alle Farben werden aus den Sesseln und Vorhängen verbannt und durch dezente Malventöne auf Samt oder Seidenstoffen ersetzt. Oder durch zurückhaltendes Beige und Granit. Und auch die Kleider der Mutter werden nach und nach verändert. Die Schürzen der Trachten bekommen gedeckte Farben oder werden schwarz. Unauffällig will man in Klosterberg sein, mit Diskretion den eigenen Stil unterstreichen. Im Klosterberger Eltern-Badezimmer werden die Fliesen in Pastell gehalten sein, die grünen Fliesen des Gratschbacher Badezimmers, in dem ich mich mit Vaters Kamm rasierte, bleiben kahl zurück. Nur das neue Kinder-Badezimmer darf bunt sein. »Das tabakfarbene Skai des Sessels kommt neben das geölte Tischchen mit den verchromten Beinen, so dass warme und kalte Elemente sich gegenseitig zum Tanz auffordern«, wird die selbsternannte Dorfinnenarchitektin zu meiner Mutter sagen, während sie zwanghaft die verdorrten Blätter von Mutters Terrassenpflanzen zupfen wird. Und dass die warmen Farben die kalten brauchen und umgekehrt, damit sie überhaupt als solche zur Geltung kommen. Meine Mutter wird der Dorfinnenarchitektin vorgaukeln, dass sie das alles längst weiß und sie deswegen nur bestätigen könne, was diese sage. Drei Minuten nach ihrer Abreise wird die Mutter schon am Weg nach Feldkirchen sein, um im Textilgeschäft neue Stoffe zu besorgen. Alles wird sie jetzt neu beziehen wollen. Einschließlich uns Kindern. So wird der Stress meiner Mutter sie auch noch nach dem Umzug zeichnen. Kritzi, kratzi.

In Gratschbach wurde die Mutter von unserem oder ihrem Besitz regelrecht misshandelt. Wochenlang war sie damit beschäftigt, ihn gemeinsam mit Emir so zu organisieren, dass das Umziehen, »*wie von allan!*«, ein Klacks werden sollte. Also versuchten die beiden, Ordnung in das Chaos zu bringen, das die Mutter in den letzten Jahren und Monaten fabriziert hatte. Keller, Pfettendachgarage, Wohnhaus und Discoschuppen, alles musste ausgeräumt und sortiert werden.

Auf Stapel eins landete das Zwiebelmuster-Geschirr, das die Stubenhofoma Lone mir zu jedem Anlass schenkte und das von der Mutter als Ersatzteillager für ihr eigenes Service genutzt wurde. Denn ich zeigte weder Interesse noch Dankbarkeit für diese Dinge, was mir einen schlechten Ruf bei der Stubenhofoma einbrachte. Zuerst lagerte die Mutter das Geschirr in der Bauern-Hochzeitstruhe, aber die Truhe wurde schon nach zwei Jahren zu klein, und so mussten weitere Plätze für das sich unkontrolliert vermehrende Porzellan gefunden werden. Ich hätte es in den *Katzlteich* geworfen. Aber meine Meinung war nicht gefragt.

Stapel zwei besteht aus Zeitungsausschnitten. Die Mutter bewahrt alle Interviews oder Portraits von Menschen auf, die wir kennen oder die im Alter von uns Kindern sind. Um uns auf den Erfolg anderer aufmerksam zu machen und uns das zu Erreichende einzubläuen. Menschen, die in der Kärntner Regionalzeitung erscheinen, sind in ihren Augen heldenhaft. Häufig geht es auch um das Aussehen der Interviewten: »*Schau, da Kuchnig Bua, so fesch!*« oder: »*Schau amol, was für liabe Mädchen die Weger Mädels sind, so liab, mit ihren langen Haaren, und so blond und gescheit, wahnsinnig gescheit, und schau einmal, wie liab die Gerlinde ist, so gute Noten die Gerlinde, fleißig, nein, und die Christine, aus der wird, und gescheit, lange Haare, schau einmal, so ordentlich die Manuela Hafner, resch, du, fleißig, schau, und die Haare, nein, wirklich top, weißt du was, das Kleid, spitze, ehrlich wahr, du!«* Die Mutter betont gern, wie hübsch der oder diejenige sei, um uns zum Lesen und Schauen aufzufordern und zum Werden wie die Abgebildeten.

Zu diesem Stapel wurden auch Postkarten mit unbekanntem Absender und Fotos fremder Leute sortiert, die sie auf Flohmärkten und bei Trödlern erwarb. Ein Foto aus dem neunzehnten Jahrhundert, eine Daguerreotypie mit drei herrschaftlich dreinschauenden Bürgerdamen, wurde sogar gerahmt und im Flur zu unseren Familienfotos gehängt. So betrieb die Mutter Ahnenfälschung. Die Bürgerdamen schmücken ganz weiße Krägen, unglaubwürdig weiße und mit Zuckerwasser gestärkte Krägen liegen auf den Schultern der drei Damen.

Zwanzig Meter oder höher ragt dieser babylonische Stapel mit den Zeitungsartikeln und Abgebildeten in den Himmel hinauf und wirft einen gigantischen Schatten über das gesamte Gratschbacher Anwesen, einmal quer durch. Von der Rotbuche bis über den Teich und von dort mit dem jeweiligen Sonnenstand über unser Grundstück wandernd. Aus der Vogelperspektive, die in China Storchenperspektive heißt, müsste dieser Zeiger aussehen, als würde er den Gratschbacher Hof durchstreichen.

Auf den dritten Stapel kamen Möbelstücke, unzählige.

Stapel vier besteht aus schönen und weniger schönen Uhrenbewegern für die ungefähr hundert väterlichen Automatikuhren, darunter auch mehrere Rolex, Breitling und Glashütte-Uhren. Aber auch Pendeluhren und andere

Wanduhren stapeln sich hier. Die Pendeluhr mit dem ostentativ nervensägenden Ticken ausgenommen. Ich hielt ihr Pendel nämlich immer heimlich an. Die Eltern brachten sie dem Uhrenmacher Beuschelwieser, um das Mysterium zu lüften, aber der fand natürlich keinen Defekt. Die Uhr bekam eine zweite Chance, aber ich hielt ihr Pendel immer weiter heimlich an, und so landete sie schließlich nicht auf dem Uhren-Stapel, sondern auf dem Müll.

Auf den fünften Stapel wurden Kleidungsstücke abgelegt, in die die Mutter irgendwann wieder hineinzupassen beabsichtigte oder die umgenäht werden sollten.

Stapel sechs war für Handtaschen und Wanderrucksäcke. Hauptsächlich Aigner-Handtaschen hat die Mutter.

Stapel sieben besteht aus Medikamenten, aus Salben, Pflastern, Binden. Aber auch Heimtrainer sind hier gelagert, Rollschuhe und Hantelgewichte, Bumerangs, Drachen, ein Skateboard und ein Expander, drei Springschnüre und ein Poster von Jane Fonda im Aerobic-Suit.

Der achte Stapel ist der Jagdstapel, hier versammeln sich Felle, Geweihe und ausgestopfte Tiere. Das präparierte Murmeltier und der Brachvogel zum Beispiel. Zähne, Gamsbärte, Äste und Patronenhülsen als Erinnerung an eine besondere Jagd befinden sich hier auch.

Der neunte Stapel ist am kleinsten, weil die Mutter sich weigert, wirklich großzügig auszumisten. Er ist für Müll. Den die Umzugshelfer schon seit heute Morgen in einen der drei gemieteten Container werfen.

Und der zehnte und letzte Stapel ist eigentlich kein Stapel, sondern ein Wäschekorb voll mit Schmuck. Meine Mutter sammelt nämlich Ketten. Ich bin der Meinung, dass die Mutter unter der Last ihrer Ketten im Laufe der

Zeit zu leiden begann. Ihr Körper wurde vom Kettengewicht in Mitleidenschaft gezogen, während sich ihr Geist weiterhin durchsetzte und sie noch mehr Schmuck anhäufte. Einen regelrechten Haltungsschaden bekam die Mutter von all dem Silber, Gold, den Trophäen und Schmucksteinen, die sie um Arme, Handgelenke und Hals geschlungen trägt oder an die Kleidung montiert. Vielleicht hat ihre Skoliose aber auch andere Ursachen, überlege ich, komme jedoch schnell wieder auf meine Klunker-Theorie zurück.

In den letzten Jahren ließ sich die Mutter aus fast allen Jagdtrophäen Schmuck anfertigen. Aus den Grandln wurden Ohrringe, die ihre Ohrlöcher kontinuierlich vergrößerten, aus Hirschgeweihen ließ sie opulente Ketten schnitzen, und Hauer wurden zu extravaganten Kränzen gefügt. Fuchs- und Murmeltierzähne verwandelte ihr Juwelier in Broschen, und ihr ebenso handgefertigtes Charivari ergänzte sie nach jeder erfolgreichen Jagd um einen neuen Anhänger, bis das Charivari ihr bis zum Bauchnabel hing und mehrere Kilogramm schwer war. Wie ich herausfand, bedeutet der griechische Ursprung des Wortes *Charivari* so viel wie Kopfschwere oder Kopfschmerz, was mir logisch erschien. Wenn ich den Vater jetzt allerdings *des Schmuckwandl* hochheben sehe, tun mir eher seine Bandscheiben leid. Er trägt es nur ein paar Meter weiter, dann bleibt er stehen, wahrscheinlich gerät er in ein Gespräch.

Die Mutter ist derweil im Haus verschwunden und transportiert nun höchstpersönlich ihr Hochzeitskleid heraus, das heute Morgen noch in Plastik eingewickelt auf einem Kleiderbügel im Wohnzimmer hing. Sie verstaut es auf der Rückbank ihres Wagens, die Autotür versperrt sie doppelt. »Warum ist das Kleid eigentlich in Plastik und nicht hinter Panzerglas?«, habe ich sie beim Frühstück gefragt. Nur mein Vater hat mitgelacht.

Einmal hatte ich das Hochzeitskleid der Mutter selbst an. Das war vielleicht neunzehnhundertzweiundneunzig. Ich lag bäuchlings auf dem Kinderzimmerboden und konzentrierte mich auf die fetten Regentropfen, die behäbig an die Fensterscheibe trommelten und dort dumpf explodierten wie ein weit entferntes Feuerwerk. Neben mir lag die Halskette meines Bruders Hani, die mit dem Haifischzahnanhänger. Unser uraltes Kindermädchen Katharina hatte uns einmal auf eine Wandertour mitgenommen, mich am Rücken, auf der Johan tatsächlich diesen drei Zentimeter langen und an der Spitze abgebrochenen versteinerten Haifischzahn gefunden hatte, durch den der Vater zu Hause ein Loch bohrte. Ich legte mir die Kette um, schloss die Augen und versuchte mir die Zeit auszumalen, in der ganz Österreich unter Wasser stand – unter Salzwasser stand Österreich – und der ursprüngliche Haifischzahnbesitzer martialisch im heutigen Wolkenbereich des Unterwasserösterreichs schwamm. Ich stellte mir vor, dass das Meer jetzt mit diesem Regen zurückkehrte und alles wieder unter Wasser setzte, feixend sprang ich zum Fenster hin und schaute auf den langsam überschwappenden Swimmingpool hinaus, die Luftmatratze bereits unter die Arme geklemmt.

Aber dann stand plötzlich Luca vor meinen Gemächern. »Wollen wir miteinander spielen?«, flüsterte sie durch den Türspalt. Schon saßen wir vor dem Einbauschrank im Elternschlafzimmer und suchten uns Kostüme heraus. »Was ist das denn? Das musst du anziehen!«, munkelte Luca, ihren Kopf von einer Schachtel ganz weit hinten und ganz weit unten im Schrank, ganz hinten und ganz unten, schlucken lassend. Sie zog den Kopf aus dem Schachtelbauch zurück und schubste den weißen Karton mit Goldverzierung zu mir herüber. Ich sollte das Hochzeitskleid meiner Mutter anziehen, während Luca sich einen Fellschal umgewickelt hatte, der Fuchskopf hing ihr über die Stirn. Diese Aufforderung regte mich im ersten Moment ungeheuerlich auf und erinnerte mich an meine Erstkommunion.

Traditionsgemäß sollte ich am weißen Sonntag mit all meinen Klassenkameradinnen ins Vernunftalter eintreten, wie man sagt, auf das ich wochenlang im Religionsunterricht vorbereitet wurde. Und auch meine Mutter hatte gut damit zu tun, denn sie musste nicht nur die Feierlichkeit im Anschluss an die kirchliche Zeremonie ausrichten, sondern auch ein erstklassiges Kleid für mich finden. Hartnäckig hat sie versucht, mich mit ihrer Freude auf meine Erstkommunion und das Kleid anzustecken, aber es war natürlich naiv von ihr zu glauben, dass sie mich überzeugen könnte, ich war immun.

Je näher der Tag rückte, desto unglücklicher wurde die Mutter, weil sie begriff, dass ihr mein Widerstand, ein Kleid anzuziehen, die Erstkommunion verleiden würde. Noch schrecklicher als die Vorstellung von mir selbst als Miniaturbraut war ihr Blick auf mein letztes »Nein!« hin. Ihre sichtbaren Gedanken, die hinter der zornigen Stirn pochten. Nur weil ich in ihren Augen meinen drohenden Tod ablesen konnte, gab ich schließlich doch noch w.o., wie mein Vater sagen würde, anstatt mich erfolgreich, aber dafür tot, zu verweigern. Ich kapitulierte und zog das Erstkommunionkleid an. Am Tag der Feier habe ich es dann geschafft, den Stoff noch im Umkreis der Kirche mit Erde zu beschmutzen und erfolgreich so gut wie jedes Foto zu umgehen, außer einem Portrait und einem Gruppenfoto.

Auf beiden sehe ich verkleidet aus, entstellt und als hätte ich in einen wurmigen Apfel gebissen. Zu Hause angekommen, lief ich schnell in mein Zimmer und zog eine Jeanshose und meinen blauen Pullover an. Jetzt durfte man mich wieder fotografieren. Das Essen rührte ich kaum an, sondern kletterte unverzüglich auf meinen Lieblingsbaum, die Rotbuche, in dessen Rinde Luca einmal mit ihrem Fingernagel mühselig L+J geritzt hatte.

In jene Situation vor der Erstkommunion hatte mich Luca, wie man sich vorstellen kann, mit ihrer Idee, das Brautkleid meiner Mutter zum Spielen zu tragen, zurückverfrachtet. Ich stellte mich mausetot, während Luca das Kleid auf dem Boden ausbreitete. Der gerade Schnitt verrät, wie schlank meine Mutter mit einundzwanzig im Sommer neunzehnhunderteinundsiebzig war. Es ist aus schwerem Brokat, in den Goldfäden eingearbeitet sind, die mich an Mandelbrot erinnern, an Fraktale, immer kleiner werdende, selbstähnliche Muster. Mein Vater ließ das Kleid für meine Mutter maßanfertigen, nach ihren Wünschen, und sie webte in den Stoff ihre Träume von der Flucht aus ihrem Elternhaus mit ein.

Meine Mutter Margarethe Elisabeth Bressler wurde am Bauernhof ihrer Großeltern geboren. Den Eltern meines Stubenhofopas Louis Bressler. Dieser Bauernhof beherbergte zwei Kühe, Hühner und drei Ziegen in einer winzigen Scheune unmittelbar neben dem Bauernhaus. Im Bauernhaus roch es gleich wie im Stall, aber im Stall war es in der Regel wärmer. Als meine Mutter geboren wurde, bröckelte der gelbe Putz schon vom Ziegelhaus, und der Schotterweg als einzige Zufahrtsstraße war ramponiert. Meine Urgroßeltern konnten sich keinen Traktor, nicht einmal einen Einachsschlepper und schon gar keine Pferde leisten, weswegen sie auch keine Felder, sondern nur einen kleinen, unkrautüberwucherten Gemüsegarten mit ein paar Obstbäumen bestellten. Im Herbst brannte mein Urgroßvater aus dem Fallobst Schnaps und war in der Regel bis zum Ende des Brennvorgangs dauerbetrunken. In diesem Zustand legte er sich manchmal zur Magd des nachbarlichen Großbauern, die einige Kinder gebar, Gott allein weiß, wie viele von meinem Urgroßvater stammten. Da der Bressler Uropa davon aber nichts wissen wollte, bezahlte der nachbarliche Großbauer für diese Kinder und jagte meinen Urgroßvater oft mit der Mistgabel in der Hand und viel Geschrei vom Hof.

Auch meine Stubenhofoma Lone war das einzige gemeinsame Kind meiner Urgroßeltern. Später kümmerten sich die Urgroßeltern jedoch auch ein paar Jahre um Lones uneheliches Kind Emilia, nachdem Lone und Louis längst geheiratet hatten und mit meiner Mutter und ihrer älteren Schwester in den Stubenhof umgezogen waren. Emilia störte das junge, legale Familienglück, indem sie an Lones Vorleben erinnerte.

Aber bevor es so weit war, drängte meine Mutter Margarethe zur Welt. Man richtete der Schwangeren Lone ein Wochenbett in der Stube. Die blutige und kotverschmierte Geburtsmatratze stellte der Bressler Uropa in den Hof, bis die Frühlingssonne sie getrocknet hatte. Mein Großvater und meine Großmutter wollten so schnell wie möglich ein eigenständiges Leben außerhalb der winzigen, nach Stall stinkenden Wohnstube und weg von meinen ebenso nach Stall stinkenden und einengenden Urgroßeltern führen. Kaum starb das alte Stubenhof-Paar, zogen meine Großeltern auch schon nach Sankt Fraten um, die buckligen Körper der Vorbesitzer sollen noch warm gewesen sein, als der Großvater den ersten Koffer in die Einfahrt räumte.

Ich bin mir ziemlich sicher, dass die Stubenhofoma Lone ihre Töchter nicht mag oder mochte, am wenigsten die jüngste, Carlotta. Carlotta war auch die einzige der vier Schwestern, die nicht in Weiß heiratete, was meine Stubenhofoma zu viel Geläster veranlasst hätte, wäre sie auf die Hochzeit eingeladen gewesen. Lotti aber war, sobald sie konnte, nach Niederösterreich gezogen, um dort als Sekretärin zu arbeiten, und hatte den Kontakt zu den Eltern gänzlich abgebrochen. Ich erinnere mich dunkel daran, wie meine Großmutter schimpfte, dass sie Lottis Entscheidung, meinen Onkel Helmut zu heiraten, nicht verstehe, »*warum wüllst du an Krüppl heiratn?*«, denn Helmut ist querschnittsgelähmt. Meine Tante sagte nur: »Lieber heirate ich einen Krüppel als einen, der mich im Streit irgendwann Krüppel nennt!« Carlotta kam nämlich mit Kinderlähmung auf die Welt und war, weil ein Bein weniger an Länge maß als das andere, seit immer und für immer auf einen Gehstock angewiesen. Ich mochte sie so sehr, dass ich auch gerne ein kürzeres Bein gehabt hätte. Aber meine Täuschungsversuche in der Osteopathie-Praxis, in die ich eigentlich wegen meiner mir mühsam antrainierten O-Beine musste, haben nichts gebracht.

Meine Tanten und meine Mutter haben nie eine Osteopathie-Praxis von innen gesehen. Ihre Rücken wurden krumm, ihre Gelenke abgewetzt. Schon als Kinder hatten sie körperliche Verschleißerscheinungen wie Erwachsene. Und sie schämten sich. Sie genierten sich dafür, und noch mehr genierten sie sich wegen ihrer Verwahrlosung, die sie anhand der Reaktionen anderer bald an sich selbst entdeckten. Unfähig, selbst dagegen vorzugehen. Sie wurden ständig wegen ihres Aussehens und Emilia zusätzlich wegen ihrer *Schond* getadelt. Noch bevor die Kinder oder kleinen Erwachsenen das Alphabet konnten, spannte man sie wie Pferde ins Gasthaus, spannte man sie fest ein. Und schickte sie in löchrigen Strümpfen, mit Fett im Haar und schwarzen Fingernägeln in die Schule. Ihre Ballerinas waren mit Deckweiß retuschiert und alle Röcke kaputt, kein einziger Rock ohne Loch. In dieser Zeit träumte meine Mutter bereits von sich selbst im Hochzeits-Brokat mit edler Haarsprayfrisur, ab der Mittelstufe, mit elf. Damals holte sie am Weg zur Schule täglich ihre Mittelstufenfreundin Erika, ihre neue beste Freundin, ab. Sie klingelte an ihrer Haustüre, und die Mutter der besten Freundin öffnete. »*Wie schaustn du aus?*« Sie bat meine Mutter ins Haus. Drinnen kämmte Frau Habicht ihr die Haare, schnitt und reinigte ihr die Fingernägel, zog ihr ein sauberes Gewand an oder stellte sie bei Bedarf sogar noch schnell unter die Dusche. Bald wurde daraus ein heimliches Ritual, bis meine Mutter zwölf Jahre alt war und allumfassend für sich selbst sorgen konnte.

Mit siebzehn lernte sie in der Gaststube meinen fünfundzwanzigjährigen Vater kennen. Die Beziehung ihres Kindes zum verheirateten Carl König kam nicht gut an bei den Stubenhofgroßeltern. Da er aber meiner Mutter schon bald das Studium an der Universität Innsbruck finanzierte, war sie sowieso und unwiderruflich an meinen Vater verloren. Mit einundzwanzig wurde sie schwanger und heiratete meinen nun geschiedenen Vater schnell. Margarethe und Carl König zogen in eine Wohnung in der Kleinstadt Villach, zwanzig Minuten nordöstlich der italienischen Grenze. Das Hochzeitskleid hing für eine Weile im Wohnzimmer, anstelle eines Gemäldes. Als Thomas, ihr erster Sohn, ein Jahr alt war, konnte meine Mutter es kaum erwarten, ihrem Studium gemäß als Lehrerin zu arbeiten. Sie fand allerdings keine Anstellung. Mein Vater riet ihr, der sozialistischen Partei beizutreten. Und die Mutter ließ sich, wie man sagte, ein Parteibuch machen, woraufhin sie keine Woche später eine Zusage von der *Schule für Frauenberufe* Villach erhielt, die bald in *Höherbildende Lehranstalt für wirtschaftliche Berufe* umgetauft wurde und wo sie bis zu ihrer Pensionierung, zuletzt als Studienrätin, bleiben sollte. »Keine Woche nach der Parteimitgliedschaft«, gaben sich die Eltern erleichtert wie empört.

Das in Plastikfolie eingewickelte Brautkleid legte die Mutter für den Umzug von Villach nach Gratschbach in eine goldverzierte Schachtel, die sie im Schlafzimmerschrank verstaute. Als sie dann fünf Jahre später mit mir schwanger war, drapierte sie es an einem Herbstabend über ihrem Schoß und flüsterte zu ihrem Bauch: »Wenn du ein Mädchen wirst, vererbe ich dir mein Hochzeitskleid.« Ich werde es nicht brauchen, denke ich. Vielleicht will es Luca haben, aber eher nicht. Die Mutter ist deswegen unglücklich mit mir. Langsam versteht sie, dass ich niemals in ihre für mich geschneiderten Träume hineinpassen werde. Träume, materialisiert in diesem Kleid. Die Großmutter ist unglücklich, weil ihr materialisierter Traum für ihre Tochter, der Gratschbacher Hof, meiner Mutter nicht passt. Und die Mutter meiner Stubenhofoma Lone war unglücklich, weil die Oma das uneheliche Kind Emilia bekam, um das sie sich einige Jahre kümmern musste, während Lone mit Louis im frisch bezogenen Stubenhof das Eheglück auskostete, wie sie gesagt haben soll. Ich bin auch unglücklich. Mir passt gar nichts. Kein Kleid und auch nicht die Welt außerhalb des Gratschbacher Grunds, den wir mit dem heutigen Tage verlassen werden.

Luca stülpte mir jedenfalls an jenem Nachmittag das materialisierte Traum-Brokat-Kleid einfach über, und nach viel Gezeter war auch der Reißverschluss zu. Ich wollte mich an Luca rächen, lief ihr aufs Bett nach, und da machte es einen Riss, und der Brokat war entzwei. Das war, schonend ausgedrückt, nicht so gut. Ich bekam für den Rest meines Lebens Hausarrest, den ich nur mit Hilfe von Johans rhetorischem Geschick in lebenslängliches Geschirrspülen (Johans Engagement für mich war sicher nicht ganz uneigennützig) umwandeln konnte.

Glücklicherweise war die Mutter neunzehnhundertzweiundneunzig vom Geld des Vaters höchst beschäftigt und vergaß ihr Toben über das zerrissene Kleid, nachdem sie es flicken ließ, bald. Und auch, dass ich lebenslang Geschirr spülen sollte. Sie kaufte mit seinem wie mit ihrem eigenen Geld andere Kleider. Und Möbel. Und Küchengeräte. Und Silbernes und Goldenes. Spätestens seit mein Vater sich entschlossen hatte, sein Geschäft zu expandieren, expandierten auch Besitz und Dienstleistungen, die meine Mutter in Anspruch nahm. Mitunter waren es Dinge und Dienstleistungen, dank derer sie die Anstrengungen ihrer Arbeit verbergen konnte. Die Maniküre beseitigte die Schwielen an der Hand, die Massage die Knoten im Ischias. Einmal die Woche fuhr sie mit ihrem weißen Volvo 960 zum Frisör. Der Frisör hieß Lenz und befand sich am Busbahnhof der Zwölftausend-Einwohner-Stadt Feldkirchen. Mit frischer Frisur trippelte sie dann von der Pfettendachgarage über die Waschbetonplatten zum Gasthaus hinüber, stets in Eile, denn sie kam immer zu spät.

Ich musste warten, während die Mutter sich vom »witzigen« Mitarbeiter Manuel die Haare schneiden ließ. Manuel war der Liebling meiner Mutter, und »witzig« war ein Synonym für schwul, wie sich erst viele Jahre später herausstellen sollte. Generell musste ich nun viel warten.

Montags musste ich warten, während die Mutter bei der Massage war. Der Masseur praktizierte im Obergeschoss unseres Hausarztes, weshalb ich das Gebäude stets mit einem grippalen Gefühl betrat. Mittwochs begleitete ich sie zu Maniküre und Pediküre und half ihr, schwere Einkaufstaschen nach Hause zu tragen, wahlweise mit neuen maßgeschneiderten Dirndlkleidern oder Designerblusen und -röcken. Freitags wartete ich auf sie, während sie Maß nahm für ihr neues Kleid oder sich durch die frisch eingetroffene Ware ihrer Lieblingsboutique in Villach probierte. Ich wartete im Volvo 960 und hörte Radio. Deswegen weiß ich ganz genau: Im Jahr neunzehnhundertneunundachtzig führte *Girl I'm gonna miss you* von Milli Vanilli, neunzehnhundertneunzig *Ding Dong* von der EAV, neunzehnhunderteinundneunzig *Innuendo* von Queen, neunzehnhundertzweiundneunzig *Rhythm is a dancer* von Snap!, neunzehnhundertdreiundneunzig *What's Up?* von den 4 Non Blondes und neunzehnhundertvierundneunzig *I'd Do Anything for Love* von Meat Loaf die österreichische Hitliste an. Oder ich legte eine von Mamas Kassetten ein. Es gab Rainhard Fendrich, Stefanie Werger und Ludwig Hirsch.

Ich wartete auf den Stufen vor dem Modegeschäft oder auf einem Schemel neben der Kasse, auf dem Fensterbrett des Frisörladens wartete ich, wo ich kleine, mit Schokolade gefüllte Menthol-Zuckerl lutschte und allerhand Magazine durchblätterte, die *Vogue* oder den *Bussi Bär* zum Beispiel. Ich wartete im Vorzimmer des Masseurs. Ich wartete regelmäßig, wenn sie mich von der Schule abholen wollte, manchmal sogar über Stunden. Ich wartete, wenn sie mich von Karlas Zuhause abholen sollte. Sie war grundsätzlich immer zu spät, und nicht selten überhörte ich dann Diskussionen zwischen ihr und Karlas Tagesmutter, die das Zuspätkommen meiner Mutter nicht länger dulden wollte. Aber vielleicht beunruhigte Karlas Papa und die Tagesmutter zudem, dass ich Karla im Vater-Mutter-Kind-Spiel als Vater küsste. Bald darauf wechselte ich jedenfalls zu einer anderen Betreuung, zur Mutter des toten Franzi. Sie war verständnisvoller den fast täglichen und unangekündigten Verspätungen meiner Mutter gegenüber und den darauffolgenden immer gleichen Ausreden. Eigentlich freute sich Frau Ruck sogar über jede Minute mehr, die sie mit mir verbringen konnte.

Mein Vater kam währenddessen auch täglich etwas später nach Hause, jeden Tag etwas später, manchmal mit Lippenstiftspuren am Unterhemd. In dieser Zeit floh die Mutter oft unvermittelt in den Discoschuppen, um dort ihre Überforderung herauszuweinen, oder zum Grab vom Franz Ruck. Einmal fuhr die Mutter nach Villach und kam am Abend nicht zu spät, sondern überhaupt nicht nach Hause, um nach ihrem Nachmittagsunterricht und ihren Einkäufen oder Wellness-Unternehmungen im Gratschbacher Hof unsere Bediensteten abzulösen. Die Kellnerin sah sich gezwungen, meinen Vater anzurufen. Der ist daraufhin ins Dorf gefahren, um nach dem weißen Volvo der Mutter Ausschau zu halten. Erst fragte er meinen Bruder Thomas, ob er die Mutter gesehen habe. Es war schon dämmrig, und Thomas schraubte an seiner Puch Maxi herum. Wenn Thomas nicht im Internat seines Sportgymnasiums war, nicht auf Trainingslager oder gerade eine Meisterschaft gewann, schraubte er immer unter der Pfettendachgarage an seinem Moped herum, es sollte immer noch schneller, noch besser werden, ein Puch-Maxi-Abbild seiner selbst. Thomas hatte die Mutter jedoch nicht gesehen.

Auch Johan wusste nichts über ihren Verbleib. Er half an diesem Abend wegen dem Fehlen der Mutter im Gasthaus aus, wo der *Focknhocker* jede Schnapskarten-Partie gegen den Pfarrer Don Marco gewann, jede Partie. »Beim heiligen Geist nocheinmal!« oder »Missetat!« fluchte der Pfarrer bei so gut wie jeder Karte, die der *Focknhocker* ausspielte. Ich war inzwischen vom Teich zurückgekommen, um in der Speisekammer ein Gemälde im Eigenauftrag anzufertigen. Auch ich konnte dem Vater nicht sagen, wo die Mutter sich aufhielt. Die Speisekammer der Gratschbacher Betriebs-küche war unter anderem wegen der Nähe zur Eiscreme-Truhe begehrt. Die großen Säcke mit Getreide und Reis nutzte ich als Sitz oder wahlweise auch als Liege, die Sem-melbox mit einem Fassungsvolumen von fast einem Kubik-meter diente mir als Tisch. Wer mich suchte und nicht fand, wusste, ich bin in meinem Büro. An jenem Abend zeichnete ich Luca. Ich zeichnete sie als Regenbogenforelle, die kaiser-lich aus unserem Teich heraussprang, und mich selbst zeich-nete ich halb so groß, mit meiner Angel am Ufer hockend.

Johan servierte dem Hochwürden und dem Bauern Bier und Schnaps, Thomas schraubte, und ich malte, derweil fuhr der Vater im Detektivtempo alle Dörfer mit seinem Mercedes-Benz ab, den Heimweg trat er über St. Martin Lafnit an, vorbei an meiner Volksschule und Richtung Dorfkirche, wo die Wutzegaunigs das Unkraut an der äuße-ren Friedhofsmauer jäteten. Er bog zum Kircheneingang ab, und da sah er den mütterlichen Volvo 960. Er öffnete seine Autotür und hörte es wimmern oder schnaufen, es sei schwer zu deuten gewesen, wie von einem Tier soll es geklungen haben. Keine zehn Sekunden später sah er, »*so a Fiasko!*«, das Malheur. Die Mutter hatte am Friedhof ein Loch gegraben, neben dem Grab vom Franz Ruck hatte sie gegraben, mit ihren Händen in die Erde hinein. Dann legte sie sich in dieses Loch und lag wie ein Engerling in ihrer Mulde drin. Sie sei nicht mehr ganz bei sich gewesen, sei in einer Art manischen Ekstase gewesen, orientierungslos kauernd und lustvoll oder verausgabt, das wusste der Vater einfach nicht zu präzisieren, hechelnd. Er habe sie dann an die Hand genommen, woraufhin sie ihren Hals aus der Mulde reckte »*wie a Eichkatzl*« und zuerst durch ihn hindurchschaute, bevor sie endlich Notiz von ihm nahm. Der Vater setzte die Mutter auf den Beifahrersitz seines Wagens, legte ihr den Gurt an und fuhr sie nach Hause. Den entgeisterten Beobachtern, Frau und Herrn Wutzegaunig, gab er zweihundert Schilling, damit sie das Loch wieder schlossen und keine große Sache draus machten. Als meine Eltern im Gratschbacher Hof ankamen, war die Mutter wieder nüchtern und gesellte sich zum Pfarrer Don Marco. Der Vater aber fuhr weiter zur *Buschenschank* von Marlene Wallach – nach dieser Aktion hatte er sich einen Schnaps verdient.

Im Gratschbacher Hof fingen währenddessen einige Gäste an, miteinander zu singen, und das »*Holladireituldioh*« jodelte der Pfarrer außerordentlich pastoral, so dass ich aus der Speisekammer ins Gastzimmer gelockt wurde, um zuzuhören. Die Mutter lehnte sich sanft und still an die vom Jodeln zum Wippen gebrachte Pfarrersschulter an, ihr Kinn nahe an der Brust, die Augen ganz klein. Sie schaukelte mit der Pfarrersschulter mit, und es entwich ihr eine Träne aus dem Augenwinkel, eine einzige Träne flüchtete aus Mutters Tränen-Nasen-Gang nach draußen, ohne von ihr bemerkt zu werden, so kam es mir vor. Ganz heimlich büxte sie aus, dachte ich. Aber schließlich wusste die Mutter ihrem Unbehagen über den noch sehr frischen Vorfall beizukommen, indem sie den Pfarrer Don Marco am Rock zog und ihn am Stammtisch bat, ihr zuzuhören. Sie zog den Pfarrer am Rock und versuchte, mit ihrem rechten Knie den Boden zu berühren. »Vater unser im Himmel, vergib mir, denn ich habe gesündigt.« Don Marco schaute verdutzt, aber die Mutter war fest entschlossen, sich die Beichte abnehmen zu lassen.

Dass sie eine solche Unruhe empfinde, gestand sie Don Marco. Eine Unruhe, über die sie sich nicht beklagen wolle, denn sie habe mit den ihr zugedachten Aufgaben zu tun, die ja allesamt ehrenvoll wären. Dass sie in der Regel gegen vier Uhr in der Dunkelheit aufstehe, um ihren Unterricht vorzubereiten oder noch schnell schriftliche Mitarbeitsüberprüfungen und Tests in ihrem Fach Ernährungslehre zu korrigieren. Dann würde sie in die Schule fahren, um einer Meute junger Menschen etwas beizubringen, was sie liebe und aufblühen lasse und wofür sie dankbar sei. Schon alleine, wenn sie daran denke, dass sie ohne ihren Carl wie ihre ältere Schwester nicht hätte studieren und Lehrerin werden dürfen, sei sie dankbar, aber Energie brauche diese Aufgabe schon auch. Und dass sie auch sehr dankbar sei für das Gasthaus, in das sie in Windeseile nach der Schule fuhr, jeden Tag fuhr sie nach Hause zum Gratschbacher Hof, um hier zu kochen. Sie sei wirklich stolz und dankbar und ihrem Vater verbunden, dass er sie so reich mit diesem Gasthaus bescherte. Aber zuerst zu kochen und nach Küchensperrstunde hinter den Tresen zu wechseln, bis die letzten Säufer gingen – das gönnte ihr nicht genug Schlaf, und sie wolle sich wirklich auf keinen Fall beklagen, aber ab und zu mehr als vier Stunden wäre eine so heilsame Aussicht. Und zwischen all diesen Verpflichtungen hatte sie auch noch Lücken zu finden, um uns Kinder zu versorgen und ihren Mann. Um ihm und uns die Wäsche zu waschen und zu bügeln und morgens herauszulegen und den Haushalt sauber und ordentlich zu halten. Es könne ja nicht alles von den Gasthof-Bediensteten erledigt werden. Außerdem müsse sie dem Jagdverein und dem Trachtenverein und der heiligen Kirche ihren Dienst erweisen. Und sie gebe zu, das seien alles so ehrwürdige, zu Dank verpflichtende Tätigkeiten, und ohne sich in Misskredit bringen zu wollen, merke sie einfach nur an, dass sie ein wenig müde sei, manchmal. Nicht immer. Aber vielleicht läge es ja auch an ihr, vielleicht wäre es anderen Frauen ein Leichtes, mit der ihr zugedachten Verantwortung fertigzuwerden. Sie beobachte das durchaus an anderen Frauen und schäme sich. Und dann sei da eben noch der verunglückte Bub, dieser schicksalhafte Tod, nachdem die Familie gerade erst nach Kärnten gezogen war. Eine Tragödie. Und sie sei oft getrieben von dem Gedanken, dass sie sich schuldig gemacht hätte, weil der Unfall auf ihrem Grund passierte, sie frage sich, ob sie ihre Aufsichtspflicht verletzt hätte. Und von solcherlei Überlegungen geleitet, fühle sie sich nicht selten in der Pflicht, noch einem Ehrenamt hier oder einer kleinen Diensterweisung dort zuzustimmen. Und dann auch noch das Messer im Bauch des Jungen, so ein unheilvolles Mysterium. Jedenfalls spüre sie oft ein Unwohlsein in der Brust und schlafe nicht mehr tief und erholsam und vermute einen Zusammenhang zwischen alldem und ihrer Unruhe. Ohne sich beschweren zu wollen. Denn alle ihre Aufgaben verlangten Dankbarkeit, und auch, dass es nicht ihr Kind traf damals am Brunnen, mache sie dankbar und demütig gegenüber Gottes Plan. Jedenfalls sei sie irgendwie verschwunden gewesen – sie wisse es nicht besser zu formulieren –, als sie die Mulde neben dem Grab des Verunglückten grub. Sie erinnere sich nur noch daran, auf ein *Vaterunser* in die Kirche gefahren zu sein, und bei dieser Gelegenheit warf sie kurz einen Blick auf die Gräber und goss die Blumen da und dort und zupfte eben auf Franzis Grab das Unkraut. Und der Pfarrer wisse ja bestimmt, wie das sei, fängt man einmal an, könne man schlecht aufhören, denn man sehe überall noch einen Halm und ein kleines Würzelchen, das gejätet gehöre, und so jätete sie und jätete sie und geriet in einen Strudel, und das Nächste, woran sie sich erinnere, sei sie selbst im Auto ihres Mannes, der sie nach Hause fuhr.

Mein Vater erzählte seine Version der Geschichte erst Wochen später, er redete tagelang überhaupt nicht mit ihr, dann zuerst über irgendwelche belanglosen Dinge. Bis es doch irgendwann im Streit aus ihm herausplatzte, warum die Wutzegaunigs meine Mutter nach dem Kirchgang immer sehr merkwürdig anschauten, »*gmustat hobn se mi*«. Er gestand ihr, wie er sie vorgefunden hatte. In einer Mulde, die Finger voller Dreck, eingeringelt schlummernd.

Spätestens als die Mutter ihre Version des Vorfalls um die Version des Vaters ergänzt hatte, um den Blick von außen, setzte – zusätzlich zum Unbehagen – ihre Scham ein. Von nun an beichtete sie fast täglich. Sie suchte danach, sich ihrer Scham und Schuld zu entledigen und von ihrem Unwohlsein und dem Drücken auf der Brust befreit zu werden.

Damals, bei der ersten Beichte am Stammtisch, musste Don Marco während der fast zwei Stunden lang andauernden Rede meiner Mutter kein einziges Mal mit motivierenden Worten oder Fragen nachhelfen, um ihr Sprechen im Fluss zu halten. Er bestätigte meiner Mutter lediglich ab und an sein Dasein und Zuhören. Mit heiserer Stimme und ihrem Gewahrwerden, dass sie sich zu wiederholen begann, endete die Beichte, und die Not, sich zu erklären, wich dem Gefühl der Erleichterung.

Nun war Don Marco an der Reihe, und er wusste, er müsse mit einem verständlichen und dennoch weltumspannenden philosophischen Satz den Geist meiner Mutter wieder einfangen. Dafür sprach er zuerst ihren Namen aus: »Margarethe.« Dann machte er eine Pause und fuhr fort: »Margarethe, opfern können wir uns nur Gott. Dieser verlangt aber seit Abrahams Beweis seiner Liebe keine Menschenopfer mehr. Unsere Prüfung auf Erden ist die Enthaltsamkeit von irdischen Gelüsten und Verführungen. Verfehle deine Gläubigkeit nicht, indem du dein Dasein opferst, und zwar den Gelüsten und Verführungen anderer, deines Mannes zum Beispiel. Verzicht ist nicht dasselbe wie Aufopferung an den Willen anderer. Tue Buße, indem du die nächsten sieben Wochen täglich ein Ave-Maria in unserer Kirche zu Gott sprichst. Gehe hin in Frieden.«

Meine Mutter leistete dem Gebetsbefehl Folge, und ihr manischer Ausbruch blieb einzigartig oder wiederholte sich jedenfalls nicht in einer solch rauschigen Intensität wie damals an Franzis Grab. Sie gab sich lediglich manchen Einkäufen zu sehr hin, fragte man meinen Vater, aber zumindest verursachten diese Einkäufe keine Erinnerungslücken. Sie waren Mutters Auslegung der Aufforderung, sich um sich selbst zu kümmern. In dieser Zeit war sie mir gegenüber milde. Deswegen gab sie meinem Drängen, auf den Sankt Fratener Wiesenmarkt zu fahren, rasch nach. Kaum war der Wunsch ausgesprochen, saßen wir schon im Volvo. Die Mutter fuhr diesmal gern mit mir auf den Jahrmarkt. Sie nahm meine Hand, damit ich in der Menschenmenge nicht verloren ging. Zwischen den Fahrgestellen quetschten sich junge Menschen am Weg zum *Autodrom* oder *Autoscooter*, wie die *Deitschen* sagen, aneinander vorbei. Dreizehnjährige wankten vor lauter, »*a wea ma noch an Sturm*«, Achterln Frühwein. Gebleichte Haarsträhnchen hingen über hellblaue Augenlider und kirschrote Münder. Die Leggings mit Tigermuster, die Hacken der Schuhe nicht gemacht für das erdaufgeschüttete Marktgelände. Die Erwachsenen eilten zum nächsten Wurststand oder Bier. Die Mutter wartete, während ich mit der *Schnellsten Maus von Mexiko* fuhr. Sie wartete, während ich mein Gesicht in einer Wolke Zuckerwatte vergrub, und sie wartete, während ich *Tagada* fuhr. Sie wartete vor dem Ausgang und winkte mir auf Zehenspitzen, als ich von meinem Abenteuer zurückkam. Sie wartete mit einem kandierten Apfel oder einem Langosch-Fladen. Sie wartete und applaudierte, wenn ich eine besonders gefährlich aussehende Fahrt hinter mich gebracht hatte, und sie wartete, bis ich aufhörte zu erzählen, hörte mir zu, fragte nach. Die Mutter ging mit mir in das Spiegelkabinett, wir lachten vor unseren verzerrten Abbildern, oder sie begleitete mich in die Geisterbahn, wo ich mich hinter ihrem Arm versteckte. Dann kamen wir zum Schießstand. Sie ließ sich vom Budenbetreiber eine Waffe laden und lächelte zahm, als er ihr das Gewehr und die Technik erklärte. Sie legte es an Schulter und Wange an und feuerte auf die quadratische Zielscheibe, fünf Schüsse ins Schwarze, die erste Kugel genau in die Mitte, die weiteren durch das geschossene Loch. Dann lud sie zackig nach und reichte mir das Gewehr. Der Budenbetreiber stand mit offenem Mund fassungslos da. Nun war ich dran. Ich tat, wie ich es bei ihr schon oft gesehen hatte, und bekam viel Lob für meine Versuche, die zumindest die quadratische

Tafel trafen. Wir nahmen unsere Zielscheiben entgegen und uns wieder an den Händen. »Das ist meine Mutter!«, dachte ich bei mir, »das ist meine Mutter!« Und sie dachte vielleicht ausnahmsweise: »Das ist mein Kind!« Ihre Scheibe durfte ich behalten.

Nach der Stammtischbeichte und dem Wiesenmarkt ist meine Mutter jedenfalls öfter ins Dorotheum Klunzenveit gefahren. Die erste Leasingrate aus dem allergrößten Geschäft, das mein Vater jemals abgeschlossen hat, von fünfzig nach Belgrad verkauften Lastwägen, war angekommen und warf mehr Geld ab, als die Eltern ausgeben konnten. Für noch höhere Ausgaben fehlte ihnen schlicht die Phantasie. Meine Mutter kam nur auf Möbel, und der Vater wusste nichts anderes, als Autos, Uhren oder einen neuen Tennisschläger zu kaufen, eine Lokalrunde zu spendieren oder sich einen neuen Anzug schneidern zu lassen. Die Mutter ist gern ins Dorotheum gefahren. Emir und mein Vater hatten ihr allerdings ausdrücklich verboten, ins Dorotheum zu fahren. Jemals wieder einen Fuß ins Dorotheum zu setzen, wurde als illegitim erklärt, weil die Mutter jedes Mal und unausweichlich in einen Kaufrausch geriet, dessen Ausmaß unser Anwesen nicht mehr fassen konnte. Die handgeknüpften antiken Seidenteppiche lagen zum Teil schon übereinander, und auf den Schränken stapelten sich Vasen mit der Prägung einzigartiger, wie die Mutter häufig herausstrich, Marken auf der Unterseite. Zwei Kredenzen musste Emir im Heizraum neben dem Öltank verstauen, und einer unserer Kellerräume war bis zur Decke hinauf mit Sesseln und Stühlen angefüllt. Emir musste sogar die Türe aushängen, so voll war der Raum. In der Palisandervitrine im Wohnzimmer bewahrte sie Engelsfiguren auf, die sich nach Franzis Tod besonders eifrig vermehrten.

Engelsfiguren aus Swarovski-Kristall, aus Keramik, Holz, Gips, Ton, bemalt und unbemalt, und aus Materialien, die so wertvoll waren, dass ihre Ordnungszahl im Periodensystem – aus Angst, jemand könne die bloße Ordnungszahl stehlen – nicht vorkam. Es dürfte sich um noch göttlichere Materialien gehandelt haben, als Gottes diesseitige Schöpfung beinhaltet.

Das Verbot der Männer missachtend, fuhr die Mutter wieder einmal ins Dorotheum und erstand gleich drei Möbelstücke bei einer Auktion. Eine Rokokovitrine aus einem sogenannten exotischen Holz, die so groß war, dass ich selbst darin hätte einziehen können, und eine Barockkommode aus dem Neuen Palais in Potsdam, die meiner Meinung nach aussah wie ein durch und durch unpraktischer Schreibtisch. Noch bevor irgendjemand aus der Familie das Möbelstück nur zu Gesicht bekam, wurden wir schon gemahnt, niemals etwas darauf abzustellen. Die Kommode sei nämlich nicht dazu da, sie zu nutzen, *semperte* die Mutter. Als Drittes erstand sie eine Chaiselongue aus Edelstahl und braunem Leder, die sie uns mit den Worten, »darauf wird weder getrunken noch gegessen«, präsentierte.

Eigentlich war die Mutter ja nur ins Dorotheum gegangen, »*um kuaz zu schaun*«, wie sie sich selbst hoch und heilig geschworen hatte. In der Regel bestaunte sie dann den ausgemusterten Schmuck altreicher Leute, der in Hochsicherheits-Glaskästen auf neue Trägerinnen wartete. Diese Sonderanfertigungen brachten sie ins Schwelgen. Aber mehr noch genoss sie die Blicke der anderen Dorotheum-Besuchenden. Die Mutter wurde hier, vor den Vitrinen, als eine angeschaut, deren Leben Anlässe bot, dann und wann solcherlei Schmuck zu tragen, und sie wusste diese Rolle zu performen.

An jenem Vormittag wollte sie ihr schauspielerisches Talent vielleicht weiter herausfordern. Sie sah, dass im Auktionssaal Möbel versteigert wurden, und aus »*kuaz schaun*« wurde mitbieten. Geld spielte keine Rolle mehr, seitdem der Vater expandierte, im Gegenteil, es war an der Zeit, die richtige häusliche Umgebung für den neuen Status zu schaffen. Die Mutter bot immer dann mit, wenn jene boten, die ihr gefielen. Männer in schlichten Kaschmirpullovern und handgemachten Lederhalbschuhen, Frauen mit extravaganten Brillen, erdigem Tages-Make-up und unmerklich gefärbten Haaren. Aber meine Mutter gewann.

Der Vater stellte widerwillig einen Lastwagen seiner Firma für den Transport zur Verfügung. Beim Ausladen schlug Emir immer wieder die Hände über dem Kopf zusammen. Dass er nicht wisse, wohin mit dem ganzen Zeug, oder ob sie, meine Mutter, in Erwägung zog, dafür etwas vom Alten zu entsorgen? Meine Mutter erwog nicht eine Sekunde, sich von irgendeinem mit Mühsal angehäuften Besitz zu trennen. Dafür war sie viel zu sehr Tochter der Stubenhofoma. Also sperrte Emir einen Teil der Pfettendachgarage, kürzte somit Vaters geliebte Eisbahn, um dort die älteren Möbelstücke einigermaßen artgerecht zu verstauen und dem Neuen Platz im Wohnzimmer zu verschaffen.

An jenem Tag, muss man dazusagen, hatte sich in der Schule meiner Mutter etwas zugetragen. Der Direktor hat sie in sein Büro gebeten. Und dann hat der Direktor meiner Mutter gesagt, dass für die frei gewordene Stelle des stellvertretenden Direktors, nach dem unvorhergesehenen Aufstieg des Herrn Ratterer zum Unterrichtsminister, ihr dienstjüngerer Kollege Kranzelmacher vorgesehen sei, einer der drei Männer im siebzig Kopf starken Kollegium. Und der Direktor erklärte weiter, dass dieser Posten nämlich Strapazierfähigkeit verlange und Leistungsfähigkeit. Und ob sie nicht auch denke, Kranzelmacher sei dafür geeigneter als sie selbst, für die Überwachung von siebenundsechzig Frauen, wenn man sie mitzähle. Der Direktor fragte sehr eindringlich, und meine Mutter schämte sich ob dieser vom Direktor ausgehenden Eindringlichkeit. Als die Mutter dann nach dem Gespräch in ihrem Volvo saß, legte sie die Hände auf das Lenkrad und stellte sich vor, den Direktor in ein Sofa einzunähen und so zum Schweigen zu bringen. Und noch bevor dieser Gedanke endete, stand sie schon im Dorotheum Klunzenveit und gab viel Geld für eine Chaiselongue aus, versuchte sie sich zu rechtfertigen, während mein Vater und Emir ihre Einkäufe ausluden.

Die Chaiselongue steht heute, am Umzugstag, noch auf der Terrasse. Vermutlich würde die Mutter das Möbelstück wie ihr Kleid gern persönlich einräumen, schließlich befindet sich ihr Schuldirektor als Imagination darin. Die Chaiselongue ist aber zu schwer. Das Kleid hat übrigens nicht ohne Grund Mandelbrot-Muster. Spiralen, die immer kleinere Spiralen beinhalten. Versuchte man die Länge der Fraktale zu messen, würde man damit nie fertig werden, wie bei der britischen Küste: Immer gibt es noch eine Ausbuchtung, die eine noch kleinere Ausbuchtung enthält, und so fort, kein Ende in Sicht. Genau so sollte auch die eheliche Verbindung meiner Eltern sein.

Ich frage mich, wie viel Besitz meine Mutter wohl noch anhäufen muss, bis fraktale Wiederholungen im Chaos sichtbar werden und der Besitz dadurch unendliche Schönheit erlangt. Ich sehe auf die Beine meiner Mutter hinaus, ihre rastlosen Beine, die nun vom Wagen zur Bank zurückkommen, und denke mir die Mutter als Menschen, den

Unübersichtlichkeit ängstigt, weswegen sie so viele Dinge anhäuft, bis zwingenderweise Zufallsstrukturen, Muster darin entstehen. Kritzi, kratzi.

FÜNF

Meine blonden Härchen an Armen und Beinen stehen spitz aus kleinen Kratern hervor. Mir wird langsam kalt unter dem Lkw. Ich löse die oberste, sonnenverbrannte Schicht vom linken Ellbogen und esse die Hautfetzen auf. Sie schmecken nach Erde, vermerke ich im Gedankennotizbuch, drehe mich auf den Bauch und schaue hinaus auf die Wiese. Frau und Herr Wutzegaunig sind angekommen. Der Wutzegaunig ist an seinen geflochtenen Ledersandalen erkennbar, sie am Saum ihres Kleides und an den elefantengrauen Gesundheitsschuhen. Von weiter her mischt sich das Mäuseln eines Sperbers in unsere Gartengeräuschkulisse. Soweit ich mich erinnern kann, ist es das allererste Mal, dass sich das Messnerehepaar wieder bei uns blicken lässt. Seit der Muldengeschichte sah ich sie kaum noch, und wenn, dann ausschließlich im Pfarrhof.

Einmal saß ich mit Luca auf der Friedhofsmauer, als ein streunender Hund vorbeikam. Sein rechter Hinterlauf lahm, das Fell abgewetzter als mein liebstes Stofftier. Ein Ohr hing, das andere, geschlitzte, stand, sein Obacht-Ohr. Der Hund hatschte und knatterte an uns vorbei, rieb sich an der Mauer, und ich spuckte hinunter, um seinen kupierten Schwanz zu markieren. Ich scheiterte. »Der Hund ist wie du«, analysierte Luca. »*Na, des is da Herr Wutzegaunig!*«, flüsterte ich. Weil der Streuner sich genau da in Luft auflöste, wo der Wutzegaunig mit seinem Privatgießkännchen um die Ecke bog. »*Griaß Gott, Hea Messna.*« Er ließ das Gießkännchen fallen, der Inhalt bewässerte Löwenzahn. Der Messner stand relativ blass da. Schließlich saßen wir auf der heiligen Mauer.

Ich bemühe mich zu erkennen, ob der Saum von Frau Wutzegaunigs Kleid die zehn Zentimeter langen Grasspitzen unseres Gartens berührt. Denn Frau Wutzegaunig hebt ihr Kleid nie an, egal ob Schnee oder *Gatsch*, die Knöchel der werten Wutzegaunig, wie Don Marco sie nennt, haben bedeckt zu bleiben. Deshalb ist der Saum ihres Kleides immer verdreckt. Unter den Knöcheln trägt sie offene Orthopädie-Schuhe mit Klettverschluss. Jetzt setzen sich die Wutzegaunigs neben meine Mutter auf die Bank. Sie sitzen da, als hielten sie Leichenwache. Sie können überhaupt nur so sitzen. Wie sie bei Franzis Leichenwache saßen, sitzen sie in unserem Garten, am alten Wohnhaus. Frau Wutzegaunig stellt ihre Tasche neben der Bank ab. Und holt Häkelzeug heraus. Das Garnknäuel fällt auf den Boden, sie hebt es auf.

»Die Frau Wutzegaunig häkelt eine Gardine, auf der eine Kapelle abgebildet ist«, erzählt mir mein Bruder Thomas, nachdem er auf seiner eklatant lauten Puch Maxi in den Hof gefahren kam und sich zu mir neben den Lkw gehockt hat. Langsam kennt wirklich jeder mein Versteck. Ein Teil des Auspuffs wurde Thomas von der Sachs-Gang abmontiert, deswegen ist sein Moped dermaßen laut. Immer demolieren sich die beiden Buben-Gruppen, die Puch-Maxi- und die Sachs-Gang, gegenseitig mutwillig ihre Maschinen. Um dann freudestrahlend und angeberisch der eigenen Bande vorzuführen, wie ausgezeichnet sie ihr Gefährt diesmal repariert und aufgemotzt haben. Meine Eltern hatten Thomas trotzdem verboten, mit der Puch Maxi zu Franzis Beerdigung zu fahren, obwohl er sie dafür extra geputzt und mit einer schwarzen Fahne am Ende des Sitzes versehen hatte. Moped und Beerdigung gingen für meine Eltern nicht zusammen.

Am Morgen der Beerdigung, am neunzehnten September neunzehnhundertneunundachtzig, teilte ich mir, wie so oft, mit dem Vater das Badezimmer, während die Mutter observierend der Putzfrau nachschlich und sich drastisch in Richtung meines Vaters beklagte, das Wohnhaus sei jetzt langsam und unwiderruflich zu klein für unseren angehäuften Besitz, unwiderruflich. Alles roch nach der väterlichen florentinischen Proraso-Rasiercreme, die er sich mürrisch auf die Wangen strich. Die Mutter stichelte, dass selbst die Garage zu klein würde und ob der Vater sich etwa ein Leben ohne Mercedes vorstellen wolle, und zählte weitere unverzichtbare Besitztümer auf sowie das jeweilige Abstrahlen dieser Besitztümer auf die Familie. Wodurch am Ende herauskam, dass die zu gewinnenden Freunde der Familie ganz andere wären, aber wirklich ganz andere, gäbe es das schöne Abstrahlen der Gegenstände nicht. Der Vater, im Kontrapost vorm Spiegel stehend, legte derweil Stück für Stück, mit knisterndem Schnitt, sein Marmorgesicht unter dem Schaum frei. Danach war ich dran. Mit eingeübtem Griff übernahm ich Carl Königs in Gold gefassten Rasierpinsel und kleckste mein Gesicht ordentlich voll. Die Rückseite seines Hornkamms, den er im Leder-Etui aufbewahrte, diente mir als Klinge. Lange und genussvoll schäumte ich mich ein, bevor ich rasierte. Erst die Wangen, dann den Hals. Immer in Bartwuchsrichtung. Zum Schluss schob ich meine Zungenspitze zum unteren Lippenbändchen hin, um mir die Rasur am Kinn zu erleichtern. Am liebsten hätte ich den Vorgang wiederholt. Mich zweimal, dreimal, viermal rasiert. Ich wollte die Schichten meiner Kindheit nacheinander abtragen und so mein erwachsenes und autonomes Selbst, das schon ungeduldig darunter wartete, endlich hervorholen.

Der Vater spülte den Schaum von meiner Kammklinge herunter, während ich durchs Fenster auf unsere kahlen Obstbäume schaute, die niemals auch nur eine einzige Frucht getragen haben, aber jedes Jahr, wenn der Mond dort stand, wo er dafür hingehörte, gestutzt, veredelt und liebkost wurden. Sowie der Vater mein Rasiermesser wieder in seinen *Kampl* zurückverwandelt hatte, scheitelte er meine dünnen Strähnen exakt in der Mitte. Waren meine Haare getrocknet, stand mir ein kleines Büschel an der Schläfe spitz nach oben weg.

»Du verziagst sie jo reglrecht zum Buabn, Carli!«, sagte meine Mutter scharf im Vorbeigehen, als wäre ich taub für solcherlei Sätze, wohingegen ich in Wahrheit höchst sensibel dafür und auf das Allerpeinlichste aufmerksam war. *»Foa ma bitte!«*, raunzte mein Vater zurück, hüpfte in seine frisch aufgebügelte Anzughose und verließ das Haus fluchtartig zum Auto. Während der Motor des Mercedes-Benz 200 bereits lief, rauchte er eine Zigarette. Er zog so fest daran, dass sie mit nur einem einzigen langen und tiefen Zug aufgeraucht war. Ich krabbelte mit meiner Eukalyptus-Rasiercreme-Wolke durch seine Rauchwolke hindurch auf die Rückbank, verschanzte mich unter dem Kopfhörer meines Sony-Walkmans und träumte mich als Faun, zur Popmusik tanzend. So fuhren wir nach St. Martin Lafnit, auf Franzis Beerdigung. Thomas ging zu Fuß, aus Protest wegen seines Mopedverbots.

Die Dorfkirche von St. Martin Lafnit steht gleich neben meiner Volksschule und ist Mittelpunkt des Sechzig-Seelen-Dorfes. Auf dem Friedhof liegen mehr Menschen, als das Dorf Einwohner hat. Wenn man die Kriegsgefallenen mitzählt, vermutlich dreimal so viele unter der Erde und unzählige weitere in der Knochenkammer gleich neben der

Sakristei. Bestimmt Abermilliarden Maden kriechen unter unseren Fußsohlen, wenn wir uns auf einem Friedhof aufhalten, und damit erklärte ich mir auch, warum sich unsere Dorfkirche an der Ostseite leicht abgesenkt hatte. An der Friedhofsmauer befanden und befinden sich zwei große, schwarze Gedenktafeln für alle Gefallenen aus dem Ersten und alle Gefallenen aus dem Zweiten Weltkrieg: *In Ehre für Gott und Vaterland.* Vorbei an dieser sogenannten Ehre für Gott und Vaterland führt der Weg auf katholisches Hoheitsgebiet. Im Kirchenschiff stehen links und rechts jeweils acht Bänke, die so dünn mit rotem Filz gepolstert sind, dass sie trotzdem hart bleiben. Es handelt sich um eine romanische, eine gequaderte Kirche mit Apsis. Die Sakristei ragt rechts etwas über das Schiff hinaus, darüber liegt der Kirchturm. Der Glockenzug wird von Frau und Herrn Wutzegaunig zu jeder vollen Stunde bedient. Egal was ist, die Wutzegaunigs folgen stündlich ihrer inneren Uhr, um ihrem Gott die Glocken zu läuten.

Einmal erzählte Herr Wutzegaunig uns Kindern, dass das Überleben im Dorf, dass es einzig und allein dieser Kirche zu verdanken sei. Er lotste uns an eine Stelle direkt vor der Apsis, wo unter dem Teppich ein schmales Loch im Boden war. Der Wutzegaunig klärte uns auf, dass hier ein Tunnel direkt zum steinernen Kleinviehkäfig vor dem Kircheneingang führe. Und als die Dorfbewohnerinnen und ihre Männer und Kinder sich bei der Türkenbelagerung, wie er sagte, im Jahr vierzehnhundertdreiundachtzig allesamt in der Kirche versteckten, kletterten die Osmanen einer nach dem anderen über den Kleinviehkäfig durch den Tunnel ins Innere, wo dem ersten von ihnen seine Klinge abgenommen wurde, mit welcher allen folgenden Eindringlingen, sowie sie aus dem Loch herauskamen, mit einem sicheren Hieb der Kopf abgesäbelt wurde. Weil die Hinteren nicht wussten, was vorne passierte, drückten und schoben sie ihre Brüder in den Tod. So hat es der Wutzegaunig uns Kindern erklärt, und seitdem schaute ich während der heiligen Messe immer, ob ich irgendwo einen Sprenkel Blut entdeckte. Nur bei der Beerdigung unseres Mitschülers Franzi schaute ich nicht. Es war die erste Beerdigung, an die ich mich erinnern kann.

Bei der Totenwache, drei Tage vor der Beisetzung, hatte sich im Laufe des Abends das halbe Dorf zu den wachenden Wutzegaunigs vor der Kirche gesellt. Gernot Pfandl war nicht gekommen, aber andere Feuerwehrmänner, der Nachbarsbauer *Focknhocker* nahm ausnahmsweise seinen Hut ab, meine Eltern waren mit Thomas, Johan und mir zur Kirche gefahren. Die *Buschenschank*-Besitzerin Marlene Wallach brachte Obst und Schnaps, auch die Eltern von Andreas, Ludwig und Karla standen parat, mit Ausnahme von Karlas Mutter, die nach wie vor als verschollen galt. Die Volksschullehrerin Frau Dolinig ließ sich samt Ehegatten blicken, und der Pfarrer Don Marco war zur Stelle. Nach einer Weile der Ratlosigkeit gingen alle hinein und fingen mit dem Beten an. Herr Wutzegaunig teilte Rosenkränze aus, die Wutzegaunig machte das Kreuzzeichen vor – »Im Namen des Vaters, des Sohnes und des Heiligen Geistes. Amen« –, und das andächtige Gemurmel nahm für die nächsten Stunden seinen Lauf. Mein Vater wusste nicht recht, was er mit dem Rosenkranz anfangen sollte. Er spielte damit herum, bis die Kette riss und alle Holzperlen auf den Boden rieselten. Das klang wie eine Bewässerungsanlage. Herr Wutzegaunig prüfte sein Hörgerät, und meine Mutter boxte meinem Vater fest in die Rippen.

Am Ende der Totenwache schauten alle ein letztes Mal in

den offenen Sarg zum Franzi hinein, bevor der Pfarrer Don Marco ihn für immer schloss, seinen Leib darin einfangend. Die Arme-Seelen-Glocke hallte schauerlich. Franzis Eltern, Herr und Frau Ruck, hatten in der letzten Reihe Platz genommen, dort blieben sie lange sitzen, bis weit über das Rosenkranzbeten hinaus, das beinahe die ganze Nacht in Anspruch nahm, ich glaube, bis zum Begräbnis selbst saßen sie da, drei Tage lang.

Am dritten Tag nach der Leichenwache läutete wieder die Arme-Seelen-Glocke, der Pfarrer Don Marco kam zur Trauerfeier herein, hinter ihm die Messdiener, der Lindwurm Ludwig und Adi aus meiner Klasse. Die Kirche sah an diesem Tag ganz anders aus als sonst, fast bis zur Unkenntlichkeit verändert. Nicht unbedingt wegen der vielen Lilien, deren Duft sich mit dem Weihrauch mischte und mir schwer im Magen lag. Oder wegen des weißen Tuchs über dem Altar mit dem aufgestickten Spruch *Gottes Wille ist unergründlich*, noch wegen der schwarzen Kleidung, die alle gleich aussehen ließ und aus der die Menschen mit fahlen Gesichtern herausschauten. Mir kam es vielmehr so vor, als wäre die Welt aufgebraucht und alles, was aus ihr hervorging. Ich hielt mich am Rock meiner Mutter fest, denn sie war zu aufgelöst, um daran zu denken, mir die Hand zu reichen. Ich hörte es aus allen Richtungen weinen. Die alten Männer in den hinteren Reihen räusperten ihr bassiges Schluchzen vor sich hin. Mein Vater setzte mich auf die Bank neben sich, obwohl ich schon groß genug war, um mich selbst zu setzen. Ein Kleinkind schrie und wurde hinausgebracht. Aber ich hörte seine Schreie noch, hörte es dumpf in die Kirche *zwüln*, fast die ganze Trauerfeier lang. »*Requiem aeternam dona eis …*«, sagten Don Marco und seine Gehilfen auf, während sie nach vorne gingen. Nach

jedem Schritt blieben sie kurz stehen, um erst am Ziel an-
zukommen, wenn keine lateinischen Verse mehr übrig waren. Der Knabenchor Sankt Fraten schmetterte sein Kyrie
von der Galerie herunter:

> »Ewige Ruhe gib ihnen, Herr,
> und ewiges Licht leuchte ihnen; …
> Zu dir wird alles Fleisch kommen.«

Der beste Sänger des Knabenchores ergoss sein dreigestri-
chenes C auf uns herab, plötzlich machte es einen *Rumpler*,
und Franzis Mama lag zwischen den Bänken am Boden.
Herr Ruck half ihr wieder auf, ich glaube, er sah sie kaum
durch die Tränen in seinen Augen. Frau Ruck rappelte sich
hoch, und die Trauergemeinde hustete. Wie sie immer hustete, sobald ein Lied zu Ende war. Nach der Messe, draußen, standen wir noch eine Weile am offenen Grab, bis der
Kindersarg von Herrn Ruck und Herrn Wutzegaunig ins
Erdloch hinuntergelassen wurde, was mich daran erinnerte,
wie wir den Franzi in den Brunnen abgeseilt hatten. Dann
warfen alle eine kleine Schaufel Erde und Blumen hinein,
und Don Marco beendete die Feier, indem er stockend die
Speiseabfolge des Leichenschmauses vortrug und die Küche des Wirtshauses ausdrücklich lobte.

Wir fuhren im Konvoi. Herr Wutzegaunig allen voran.
Kopilotin war seine Frau, und auf der Rückbank entspannte sich der Pfarrer. Gernot Pfandl wartete schon auf
uns. Mit einer windigen Ausrede beteuerte er, warum er
an der Beerdigung selbst nicht hatte teilnehmen können.
Frau Wutzegaunig ging deswegen mit einem Blick an ihm
vorbei, schneidender als die Säbel der Osmanen war dieser Blick, und Herr Wutzegaunig schüttelte auf Gernots

»*Grias Enk*« demonstrativ seinen kahlen Kopf, griff nach der Hand seiner Gattin und hakte die Gattinnenhand bei sich ein. Mein Papa und ich blieben ein paar Minuten länger draußen im Auto und hörten Radio, um von der emotionalen Trauerfeier etwas Abstand zu bekommen. Die Radiostimme erinnerte daran, dass genau vor einem Monat die Grenze zwischen Ungarn und Österreich zum ersten Mal für wenige Stunden geöffnet wurde und ungezählt viele Ostdeutsche zu Fuß ins Burgenland rannten, um aus der DDR drüben zu uns herein zu flüchten. Die Grenzpolizei und das Militär schauten einfach zu. Damals, am neunzehnten August neunzehnhundertneunundachtzig, saß der Nachbarsbauer vulgo *Focknhocker* bei meinen Eltern im Gasthof Gratschbacher Hof am Stammtisch und lauschte den Nachrichten. »*A kumman die Russn eina?*«, fragte er entgeistert. »*Na, nur die Deitschn!*«, gab mein Vater zurück. Darauf sprang der *Focknhocker* kreidebleich auf, kreidebleich, und machte sich eilig davon. Angeblich hatte er sich im Krieg den Partisanen angeschlossen und rechnete nun seit Kriegsende damit, dass ihn die *Deitschn* fassen und einsperren würden. Es ist den deutschen Touristen jedenfalls nicht zu verdenken, dass sie den *Focknhocker* unfreundlich oder zumindest merkwürdig fanden, wenn er sich auf ihr *Moin* oder *Tach* hin bei einer Begegnung am Spazierweg in eine Wolke auflöste oder ad hoc ins Maisfeld abbog und sie ungegrüßt zurückließ. Der Vater und ich hörten uns den Radiobericht über das Paneuropäische Picknick inklusive eines kleinen Radioportraits über Otto von Habsburg jedenfalls zu Ende an und folgten dann den anderen zum Leichenschmaus.

Im Wirtshaus spielte der Sohn und Diskjockey des Hauses *Sleeping with the Past* von Elton John. Zuerst wurde eine

Frittatensuppe serviert, dann ein kleiner Kartoffelsalat zum Wienerschnitzel, und als Nachtisch gab es Eispalatschinken. Franzis Lieblingsmenü. Im Anschluss sangen wir Kinder der zweiten Volksschulklasse St. Martin Lafnit ein mit der Religionslehrerin und Herrn und Frau Wutzegaunig eingeübtes anteilnehmendes Lied, das ich mit der Triangel begleiten durfte. Es war das Lied *Von guten Mächten wunderbar geborgen*. Und bei der Zeile »lass warm und hell die Kerzen heute flammen, die du in unsre Dunkelheit gebracht«, gingen die Wutzegaunigs herum und zündeten die Teelichter an, die wir Kinder in unseren Händen hielten. Das Lied war aus, und wir gaben die Teelichter bei unseren Eltern ab. Dabei verschütteten wir das flüssig gewordene Wachs auf den Laminatboden, die Tischdecke, die Essensreste auf den Tellern, auf unsere Finger und Hosen oder auf die Hände und Kleider der Erwachsenen. Auch der Gesundheitsschuh der Wutzegaunig war betroffen. Von Herrn Wutzegaunig gestützt, humpelte sie zum nächsten Stuhl, setzte sich, zog den Schuh aus und reinigte ihn, unablässig in Richtung ihres Mannes kommentierend: »*Na, so a blede Idee mit die Kerzen, heast!*« Wohl auch wegen ihrer Laune zog es mich aus der Stube weg, hinaus in den Garten, um zwischen Nussbäumen und Stall in der gleißenden Spätsommersonne herumzutollen. Die Brüder Ludwig, der Lindwurm, und Volker spielten mit Andreas draußen Fußball, einige Mädchen, darunter auch Karla, spielten *Gummihupfn*. Am Weg zu den Fußballern zupfte ich am Gummiband der Mädchen, um mich über ihren Ärger zu amüsieren, und stellte mich zu den Buben auf den kleinen Schotterhof mit dem Holzkisten-Tor. Andreas brach das Spiel sofort ab. Er kam auf mich zu und erklärte mir, dass ich heute nicht mitspielen könne, heute sei es eine reine

Männerpartie. Ich solle mit den anderen Gummi hüpfen, empfahl er und drückte mich sanft an der Schulter weg. Ich ging stattdessen zum Stall, der, seit Jahrzehnten außer Betrieb, dem Gasthaus als Getränkelager diente, und entdeckte vor dem Tor eine tote Schwalbe. Ich schaute sie mir genau an, den verdrehten Flügel und das gebrochene Genick, das Blut am Schnabel. Andreas war, versicherte ich mir, langsamer als ich und hatte schlechtere Schulnoten, seine Ideen waren meist unrealisierbar. Ich vergrößerte die Umrisse des Vogels, indem ich mit der Schuhferse in den Boden kratzte. Ein Monster sollte es werden, ein Schwalbenungeheuer mit blutrünstigen Zähnen. Ich kratzte und schaute heimlich vom Boden auf zu den Buben, deren Farbigkeit in der untergehenden Sonne verblasste, deren eigene Schatten sie gefräßig verzehrten. Mir wurde mulmig. Am Weg zurück in die Gaststube zupfte ich erneut am Gummitwist, woraufhin Karla mir nachlief und schrie, dass sie nie wieder mit mir spielen werde, dass ich mit einem lebenslangen Mitspielverbot bestraft sei, ohne Bewährung. Im Speisesaal suchte ich meine Mutter. Sie hätschelte mich, herzte mein vom Vater gescheiteltes Haar, und ich drückte ein Ohr fest an ihre Schulter, das andere sperrte ich in Richtung Trauergemeinschaft auf. Die tratschte nämlich flüsternd darüber, wie das *Meine-Ehre-heißt-Treue*-Messer in Franzis Bauch gelandet sein könnte. Ob er es sich selbst in den Bauch gerammt hatte, während er kopfüber im Wasser steckte, oder ob es erst im Nachhinein, als er schon in den Schacht abgelassen war, in den Brunnen fiel und Franzi erstach.

Marlene Wallach: »*Jetz wea ma des nimma afoan, jetz verwest der Franzi schon unta da Erdn.*«

Gernot Pfandl: »*So ana wie da Franzi verrottet eher, als dass er verwest.*«

Auf diese Aussage hin sprang Frau Wutzegaunig auf und aktivierte ihren Ehemann nach Tarantel-Kunst, gleichfalls aufzuspringen und zu gehen. Die Wutzegaunigs wollten sich an der schlechten Nachrede nicht beteiligen. Obwohl sie an einem anderen Tisch saßen, sprangen sie auf. Als von Gott Geprüfte sind sie der Meinung, dass Er sie mehr liebe als alle anderen Menschen, und möchten auf keinen Fall in Ungnade fallen. Schließlich blicke Gott seinen Musterschülerinnen, seinen Liebsten, genauer auf die Finger als den Nebendarstellern. Das hatte die Frau Wutzegaunig meiner Mutter einmal beim gemeinsamen Kirchen-Osterputz erklärt. Deswegen verließen sie jetzt den lästernden Gastraum, um vorne an der Bar gemeinsam das Brevier aufzuschlagen und mit dessen Hilfe die üblen Nachreden zu bannen.

Gernot Pfandl hatte sich neben Andreas Kuchnigs Tante Marlene Wallach platziert. Er saß derart breitbeinig, dass er immer wieder Marlenes Oberschenkel mit seinem Knie berührte, woraufhin Marlene erdbeerrot anlief und sich kleine Tautröpfchen über ihrer Oberlippe bildeten, die sie mit der *Kronen Zeitung* wegzufächeln suchte. Sie neckte den Burschenschaftler mit Zärtlichkeiten, Franzis Bergung betreffend, und so wurde der Gernot an diesem Nachmittag selbst ein bisschen rot um den Schmiss auf seiner Wange.

Bald darauf stand der *Focknhocker* auf, hielt sein *Stamperl* in die Luft und zerlegte die Gruppe mit nur einem einzigen Satz, den er so nuschelte, dass ich ihn nicht und vermutlich auch kein anderer ihn verstand. Mit »Prost!« stolperte er nach draußen, und auch andere Teile der Gesellschaft sonderten sich allmählich ab und gingen. Auch wir verabschiedeten uns mehrfach von Frau und Herrn Ruck und vom

Pfarrer Don Marco, von meiner Volksschullehrerin Frau Dolinig verabschiedeten wir uns und fuhren nach Hause.

Im Auto spulte ich meine Queen-Kassette zurück zu *I want to break free* und dachte an Schakale. Weil die Erwachsenen davon gesprochen hatten, dass eine dieser Wildhundarten Kroatien neu besiedelte. Der *Focknhocker* hatte sich gefragt, ob die Schakale heraufkommen würden bis zu uns nach Kärnten. Der circa neunzehnhundertzwanzig geborene Nachbarsbauer war ein ausgemergeltes Männchen mit viel zu großen Ohren und einem gewaltigen Zinken. Seinen *zerlemperten* Jägerhut trug er auch beim Schlafen, und drunter schauten unfrisierte schwarze Haarbüschel hervor. Ich glaube, der *Focknhocker* diente Emir als Vorlage für eine Fortsetzungsgeschichte, die er mir gern erzählte. In dieser Geschichte gab es nämlich einen Bauern, der absolut immer betrunken war und auf einem heruntergekommenen Hof lebte. Der dauerrauschige *Focknhocker* hatte so einen Hof. Auf diesem *strawanzte* er mehr herum, als zu arbeiten, weil ihm für herausfordernde und damit wirkliche Arbeit die Tiere fehlten, wie man sagte. Abgesehen von den Katzen. Wenn sich die Katzen auf seinem Hof unkontrolliert vermehrten, brachte er sie zum sogenannten *Katzlteich*, eine Pfütze am Waldrand, ungefähr zwei Kilometer nordöstlich vom Gratschbacher Hof. Der *Focknhocker* packte die frisch geborenen Kleintiere am Nacken und drückte sie so lange unter Wasser, bis sie nicht mehr zappelten. Nur weil ihre Krallen noch nicht ausgebildet waren, verletzten sie ihn dabei nicht. Die Körper warf er dann auf den Misthaufen oder grub sie im Wald ein. Zweimal habe ich ein kleines Katzenskelett in der Nähe des Teichs gefunden. Den Kopf von meinem ersten Fund steckte ich mir auf den Spazierstock, wodurch dem Stock – und mir mit ihm – sehr geheimnisvolle Kräfte übertragen wurden, sehr geheimnisvolle.

Am Heimweg und laut Queen hörend, stellte ich mir vor, wie Franzi von den grausigen *Focknhocker'schen* Schakalen in den Himmel getragen wurde. Frau Dolinig hatte uns nämlich einmal vorgelesen, dass der altägyptische Gott Anubis mit einem Schakalkopf dargestellt wurde und als Begleiter in das Reich der Toten galt. Dass der Ritt Franzi eine Menge Spaß machte, stellte ich mir zur Erlösung von meinem Schrecken vor und wie die Schakale sein Gesicht ableckten. Bis ich mich endlich weniger gruselte, stellte ich mir das vor, und wir im väterlichen Mercedes-Benz zu Hause am Gratschbacher Hof ankamen. Der Thomas ist gleich zu seiner Puch Maxi, um die schwarze Fahne abzumontieren.

Wie Thomas fuhr auch der etwas ältere Heinrich eine Puch Maxi, daher kannten sich mein Bruder und der Sohn der Wutzegaunigs, den alle Wutze nannten. Die Puch-Maxi-Inhaber trafen sich regelmäßig an der Tankstelle in der 10.-Oktober-Straße in Feldkirchen. Die Sachs-Inhaber trafen sich am Amthofparkplatz. Dort rauchten die zwei Bubengruppen Zigaretten und tranken Bier oder Energydrinks. Sie redeten über Mädchen, die sie »besitzen wollten«, wie sie sagten, und belogen sich darüber, welche Mädchen sie schon »besessen hatten«. Kreuzte eines der erwähnten Mädchen einen der Treffpunkte, wurde es peinlich. Weil die Mädchen die Buben und ihre starke Phantasie zumeist auffliegen ließen. Nur für den Wutze wurde es nie brenzlig. »*Weiberei kennt da Wutze nit*«, er interessiere sich nicht für die Frauen, sagten alle. Manche sagten es mit Respekt und andere mit Hohn.

Bevor Herr und Frau Wutzegaunig ihr Leben der Kirche von Pfarrer Don Marco untergeordnet hatten, gehörte ihre massig zur Verfügung stehende Pensionszeit ihrem Wutze. Dem Flicken seiner Socken, dem Besticken seiner Hemden oder dem Umbau des Hauses. Die alten Wutzegaunigs hatten dem Herrn Sohnemann nämlich das Haus überschrieben. Er war ein guter Bub, wie die Wutzegaunigs gern und oft betonten. Nur, dass er noch keine Frau mit nach Hause gebracht hatte, störte sie. Weswegen die beiden immer eindringlicher auf ihren Sohn einredeten, dass es Zeit würde, dass das Dorf sich schon das Maul zerreiße, dass so was nicht geht vor dem Herrn Jesus Christus, dass er an die Zukunft denken müsse, ans Kinderkriegen und an seine Altersvorsorge. Wie ein Perpetuum mobile redeten sie immer und immer wieder auf ihn ein.

Eines Tages fand man ihn in der Kapelle hundert Meter den Wald hinauf. Er baumelte an einem Strick. Der Schlaufenknoten ist eine Variante des sogenannten Piquéstichs, der von beiden Seiten sehr hübsch ist und sich somit für Gegenstände eignet, die keine Kehrseite haben dürfen.

Seit der Sohn der Wutzegaunigs baumelte, betreten die beiden jedenfalls kaum noch ihr Haus. Nur, wenn es sein muss. Zum Kochen oder Schlafen. Die restliche Zeit sitzen sie vor der Kirche auf der Kirchbank, in der Kirche, im Pfarrhaus, im Haus des Pfarrers. Sie häkelt und stickt. Er *spekuliert*, wie man auf Kärntnerisch sagt. Oder sie schauen beide nur. Wie jetzt auf Emirs Holzbank. Sie halten Leichenwache.

SECHS

Lucas Lieblingsspiel nennt sie *Entdecken*. Man schaut sich gegenseitig einfach an. Die Herausforderung ist allerdings, sich anschauen zu lassen, sagt Luca, ohne dass man sich vom Blick der anderen zu einem Verhalten verleiten lässt. Ohne sich zu verstellen und darzustellen. Man hat die Aufgabe gelöst oder das Spiel gewonnen, wenn es in der Brust oder am ganzen Körper, »*in mir kribbelts*«, zu kribbeln beginnt. Wir haben beide gewonnen, neulich.

Ich versuche das Spiel mit dem Dackel des *Focknhocker*, der andauernd zu mir unter den Lkw kommt und mich ankläfft. Maximale Aufmerksamkeit, ohne zu bewerten, denke ich. Vielleicht hört er mit dem Bellen auf dadurch. Leider, der Dackel bellt weiter. Für ihn bedeutet *entdecken* Laut geben. Er liefert mich aus. Ich muss mir ein anderes Versteck suchen, wenn ich will, dass Luca mich zumindest eine Minute sucht.

Lucas Vater Emir trägt gerade ein paar Schachteln mit Geschirr an ihr vorbei. Emir kam als sogenannter Gastarbeiter aus Bosnien zum Gratschbacher Hof. Noch vor dem Bosnienkrieg kam er herauf, um Ordnung in den Forst unserer Familie zu bringen. Und in das – meine Eltern überfordernde – Dickicht unseres Besitzes. Emir ist ein drahtiger, großer Vierzigjähriger mit zusammengewachsenen Brauen über dunklen Augen, die klug funkeln. Wenn sich der polyglotte Emir mit meinem Vater auf Deutsch nicht ausreichend zu verständigen weiß, denn mein Vater spricht hauptsächlich sein wienerisches Kärntnerisch, wirft er ein paar italienische Wörter ein, um sich seiner Aufgaben zu vergewissern. Zum Arbeiten trägt er Jeanshosen und ein rot kariertes Hemd. Im Mundwinkel schaukelt meistens eine selbstgedrehte Zigarette. In mein Stammbuch, zu dem man in einer anderen Zeit Album Amicorum sagte, hat Emir eingetragen, dass er gerne Fußball spielt oder schaut und auch Ski. Dass er verheiratet ist und eine Tochter in meinem Alter hat. Die Frau heißt Maja und die Tochter Luca. Dass er in Bosnien einen Bauernhof bewirtschaftete und gerne Maschinen repariert, steht da. Dass er den Schriftsteller Hamza Humo mag, und dort, wo Platz für ein Foto ist, portraitierte er sich selbst als Esel mit langen Ohren, *wief* feixend, Zigarette im Mund.

Zwei Jahre brauchte Emir, vom Unfalltod Franzis im Spätsommer neunzehnhundertneunundachtzig bis in den Frühling neunzehnhunderteinundneunzig, um in der oberen Etage des Gratschbacher Hofs, den Flur links vom Wilderer-Bild entlang, zwei Gästezimmer miteinander zu verbinden und zu einer Wohnung auszubauen. Er dachte viel an Jugoslawien und über die kriegerische Situation in ganz Jugoslawien nach. Wenn er am Traktor saß oder Bäume pflanzte, beim Essen oder wenn er mir etwas schnitzte und eigentlich immer war er, anders als üblich, nachdenklich. Emir fasste den Entschluss, seine Familie nach Österreich zu holen und damit seine Gedanken an den Tod, die seit dem Franzi-Unglück in ihm gärten, versiegen zu lassen. Seine Mutter, seine Frau Maja und seine Tochter Luca sollten am Gratschbacher Hof leben und kärntnerisch werden. Die Einrichtung seiner kleinen Wohnung hatte er über die zwei Jahre zusammengespart. Wo das Bett seiner Tochter war, der obere Teil eines Stockbettes, brachte er eine *Alf*-Tapete an. Unten sollte die Großmutter schlafen.

Und dann war der Tag gekommen, an dem Emir mit dem Auto hinunterfuhr nach Bosnien, um seine Familie heraufzuholen, während meine Eltern in Sorge mucks-mäuschenstill auf seine Rückkehr warteten, mucksmäuschenstill. Im Sommer, nach dem Slowenienkrieg, fuhr er los. Das Ganze könnte eine Woche gedauert haben, vielleicht aber auch zwei. Mir kam es lange vor, aber nicht ewig, denn eine Ewigkeit dauert so lange, wie ein Vogel braucht, um den Dobrač zu einem Nichts abzubauen, indem er einmal im Jahr auf seinen Gipfel fliegt und mit dem Schnabel hinunterwetzt. So erklärte mir mein Vater eine Ewigkeit, und so lange dauerte es nicht, denn der Dobrač ist immer noch da, wo ich ihn, seit es mich gibt, weiß. Nach einer oder vielleicht zwei Wochen war Emir zurück und brachte die ganze Familie Lopo mit. Die Großmutter Frau Lopo, die Mutter Maja Lopo und die Tochter Luca Lopo. Die alte Lopo, mit ihrem am Nacken verknoteten Kopftuch, lächelte und gab fröhlich ihre Zahnlücke preis. Mutter Maja Lopo drückte mich zur Begrüßung an ihren warmen und weichen Busen, den immer eine andere Kittelschürze mit Blumenmuster verbarg. Luca versteckte sich hinter der Kittelschürze. Wochenlang. Sie war etwas größer als ich und von wesentlich talentierterer Körperstatur. Ihr langes und dickes Walnussholzhaar trug sie zu einem wilden Zopf gebunden oder ließ es in geradem Strich über die Schultern fallen. Luca trug Jeanshosen, die ihr bis zum Bauchnabel gingen. Und T-Shirts in Pastellfarben. Ihre Haut sah der von Atréju ähnlich, ist mir beim *Entdecken*-Spielen aufgefallen, wie die ihrer Großmutter, und dunkel war der Flaum über ihrer Oberlippe oder am Hals, den ich mit großem Neid betrachtete. Einige Wochen nach ihrer Ankunft schlich Luca hinter der geblümten Kittelschürze ihrer *Majka* hervor und hielt mir ihr angebissenes Tomatenbrot hin. Von da an waren wir Freunde.

Und seitdem wetzte ich wie der Ewigkeitsvogel jede letzte Schulstunde nervös auf meinem Stuhl herum, das Klingeln eigentlich gar nicht mehr erwarten könnend, um endlich wieder mit Luca zu sein. In dieser Zeit fing ich an zu vergessen, dass der Körper vom Franzi vor unserer Dorfkirche vergraben lag. Jetzt hätte er vielleicht schon vollständig Erde sein können, aus der die Blümchen sprossen. Der Zauberschnee und die Fetthenne oder die Elfenblume und die Dipladenia. Wenn ich nun sonntags die Triangel in der heiligen Messe spielen durfte oder das Xylophon, sah ich diese Blumen auf Franzis Grab, ohne dass sie sich in fleischfressende Monster verwandelten, die ihre Hälse gierig nach mir reckten. Nun waren sie einmalig apart.

Einmal nach einer solchen heiligen Messe habe ich mit Luca eine Schleie aus unserem Teich gefangen. Die Schleie war, soweit ich mich erinnere, halb so groß wie ein Karpfen, und weil wir sie nicht essen wollten, verfrachteten wir sie nach dem Fang vom Angelhaken in den Kescher und vom Kescher in einen Kübel. Dort zappelte sie. Wir wollten studieren, wie sie sich im gechlorten Wasser bewegte, und trugen sie zum Swimmingpool. Unserem Nachschlagewerk mit dem Titel *Ein Fisch wird kommen* zufolge wirkt die Schleimhaut der Schleie antibakteriell und pilzhemmend, weswegen wir uns eine positive Auswirkung auf das Wassermilieu vorstellten. Als Maximalgewicht für Schleien sind sieben Komma fünf Kilogramm belegt, aber auch zehn wären denkbar. Unsere hatte vielleicht zwei, was aber nicht bedeuten soll, dass die Schleien in unserem Teich der Verbuttung zum Opfer gefallen waren. Luca und ich gossen den Kübel mit Teichwasser und Schleie in den Pool, überkreuzten unsere Beine und blickten, beide mit Bleistift und Zettel in der Hand, auf das Tier, während fünfzehn bis zwanzig Badegäste kreischend aus dem Becken flohen, als hätten sie den weißen Hai gesehen. Frau Langenhaag aus Düsseldorf grunzte eher und röchelte behäbig zur Swimmingpoolleiter, während Herr Langenhaag, einen dumpfen Laut ausstoßend, an den Beckenrand hechtete und sich mit einer Rolle seitwärts aus dem Wasser schraubte. Sofort streckte er der hochfrequent schwäbelnden Frau Wächter aus Neu-Ulm und ihrer Tochter mit dem Schwertfischgesicht seine Hände hin und zog die beiden, eine mit der Linken, eine mit der Rechten, aus dem Wasser. Luca und ich hingegen studierten nichts als den Fisch. Ein Seminar, das mein Bruder Johan mit dem Kescher im Handumdrehen beendete, obwohl ich mir gute Überlebenschancen für den Schlei ausrechnete. Denn wegen der Fähigkeit zur Hitze- oder Kältestarre können Schleien mit minimalem Sauerstoff auskommen.

»Soll i eich amol ins Schwimmbeckn schmeißn? Und noaha miaßts ihr den gonzn Tog mit offene Augn und offenem Mund drinnen tauchn.« So die glücklicherweise rhetorisch gebliebene Frage meines Bruders, um uns das Drama des Schleienschicksals zu verdeutlichen. Johan brachte die Schleie zum Teich zurück, Luca und ich liefen in schuldbewusster Haltung zwei Meter hinter ihm her. Er legte den Fisch vorsichtig am Ufer ins Wasser, die Schleie machte zwei kräftige Flossenbewegungen und war so davon wie wir erleichtert. Luca und ich schauten noch eine Weile auf die Teichoberfläche. Wir ließen kleine Steinchen übers Wasser gleiten und hofften, dass die Schleie überlebte. Nachdem sie jedenfalls auch nach längerem und ängstlichem Warten nicht bäuchlings auftauchte, zog Luca sich bis auf ihre pinke Badehose mit den Schleifen an den Seiten aus. Ich bin daraufhin verschwunden, um meine schwarze Radler-

hose anzuziehen, die ich so weit unten trug, dass ein kleiner Hohlraum in meinem Schritt entstand, in dem ein Kinderpenis gut Platz gehabt hätte. So ging ich zurück zu Luca und zum Teich. Immer wieder habe ich die Wasseroberfläche nach der Schleie abgesucht, aber glücklicherweise blieb der Fisch unten.

Der Teich war so groß, dass man ein New Yorker Parkhaus oder das Gebäude des Flughafens Tegel darin hätte versenken können, staunte ein Gast aus Berlin einmal. Den vorderen Teil, zur Straße hin, hatte der Stubenhofopa Louis ausgehoben, den hinteren Teil ergänzten meine Eltern in den frühen Achtzigern. Dieser neuere Abschnitt war moorig, und weil Moorpackungen in den achtziger Jahren modern waren, badete meine Mutter ab und zu im Schlamm, den sie in der Badewanne mit Wasser verdünnte. Der vordere Bereich war mit Kieselsteinen ausgelegt und bestens zum Schwimmen geeignet. Schwimmende hatten ihn sich allerdings zu teilen mit Forellen, Schleien, angeblich mit einem Hecht, den ich nie zu Gesicht bekam, und mit jeder Menge Rotfedern, die ich zu meinem Leidwesen als passionierte Anglerin immer wieder zu Gesicht bekam und ständig am Haken hatte.

Auf der Teichinsel spielten Luca und ich Piraten. Da man aber durch das besagte Moor waten musste, um zur Insel zu gelangen, kostete das Spiel Überwindung, denn das Moor war zumindest mir nie sehr geheuer, vor allem, seitdem Johan mir erzählt hatte, dass dort Wasserratten wohnten, die nicht selten kleine Kinder wie uns anfallen würden. An jenem Tag waren wir kaltblütig genug und schwirbelten mit unseren moorigen Beinen auf der Insel herum. Wir erschreckten uns gegenseitig oder versuchten, die andere mit aller Kraft ins Wasser zu stoßen. Dann allerdings verschwand Luca plötzlich, reagierte auch auf mein immer ernster werdendes Rufen nicht. Bis ich ihre Hand an meinem Arm spürte, die mich zu sich ins Schilf zog. Luca und ich standen voreinander, unser Spiel unterbrechend, und schauten uns an. Sie küsste meine Wange und prüfte mich danach erwartungsvoll. Dann küsste sie meinen Mund, und ich lief, so schnell ich konnte, davon, von der Insel ins Moor, über die Wiese ins Wohnhaus und versteckte mich in meinem Zimmer, Lucas Sauerampfer-Geschmack von den Lippen leckend. Ich bekam es mit der Angst zu tun, Luca würde mich strafen, wenn ihr Vater sie über mich aufklärte. Sie würde von ihm erfahren, dass ich kein vollständiger Junge sei, und mich ihre Enttäuschung darüber spüren lassen, indem sie mich ignorierte und anderen Kindern erzählte, dass ich ein wahnsinniges Kind sei, ein gemeingefährliches. Und einen tollwütigen Emir sah ich vor mir, mich im Visier. Mein Herzmuskel pumpte mit Hochdruck.

Drei Tage lang ging ich der gesamten Familie Lopo aus dem Weg. Ich dachte, jetzt wäre ich aufgeflogen, mein Körper wäre jetzt aufgeflogen. Hörte ich Luca vor meinem Zimmerfenster irgendwas mit *bicikl* rufen, zog ich meinen Vorhang zu, klingelte sie, stopfte ich mir die Ohren mit Bienenwachs oder fesselte mich an einen Mast. Aber am vierten Tag forderte mich meine Mutter auf, hinauszugehen zu meiner Freundin, und mir blieb nichts anderes übrig, als zu gehorchen. Wir fuhren mit den *bicikl* zu einer Lichtung im Wald, auf der *borovnice* wuchsen, und schlugen uns den Bauch damit voll. Mir war zuerst klamm in der Brust, doch als Luca mich wegen meiner blau gefärbten Lippen auslachte, beruhigte ich mich, dass sie mein Geheimnis nicht wusste, und konnte wieder atmen. Sie quetschte mir ein paar

Schwarzbeeren oder Heidelbeeren, wie die *Deitschn* sagen, auf die Wange. Wir glucksten belustigt. Dann leckte sie *den Gatsch* von meinem Gesicht herunter und schnitt mit dem Schwarzbeerbrei auf der Zunge eine Grimasse, bevor sie mein Kichern mit einem erneuten Kuss stoppte. Ich stolperte einen Schritt zurück und landete auf dem Hintern, die sich mir annähernde Luca an den Schultern wegdrückend. Ich musste die Situation aufklären, wollte ich nicht von Emir oder der ganzen Welt im *Katzlteich* ertränkt werden, musste ich meinen Körper herzeigen. Spucke sammelte sich in meiner Mundhöhle. Ich stellte mich vor Luca hin. »Mach irgendwas«, hörte ich meinen Geist innerlich trommeln. Luca schaute zu mir. Dann sagte sie etwas auf Bosnisch, das nur ganz dumpf bei mir ankam. Ich war, um ehrlich zu sein, etwas aus der Fassung geraten, und über Lucas gleich eintretende Reaktion hatte ich ja sowieso keine Führung. Ich zog meine Hose hinunter, damit Luca endlich sehen konnte, dass ich der falsche Adressat ihrer Küsse war, bevor Emir oder irgendwer sonst es ihr verrieten. Aber Luca stand nur auf, zog seelenruhig lächelnd ihre eigene Hose hinunter und umarmte mich. Dann deutete sie zwischen ihre Beine und sagte: *Djevojka.* So verriet mich mein Körper zum zweiten Mal, auch durch sein Rotwerden verweigerte er mir die Treue. *Mein Körper ist ein Wortbrecher*, rief es in mir, hinter meinem tollkirschenrot gefärbten Schamgesicht. Wir zogen uns wieder an und radelten zurück zum Gratschbacher Hof. *Djevojka* bedeutet Mädchen. Lucas Wangen waren kerngesund rosa. Rosa ist die Farbe von Sonnenuntergängen oder vom Poloshirt des Leichtathletik-Trainers meines Bruders, Djimon Igwe.

Nach dem Abendessen, bei dem mir flau war, brachte mich meine Mutter zu Bett. Sie nahm sich fast täglich die Zeit dafür, unter allen Umständen nahm sie sich und mir die Zeit, schließlich ging es um die Kontrolle meines *Vaterunsers*, ob es fehlerfrei und vollständig vor dem Herrgott heruntergerattert wurde. An jenem Abend erfand sie zudem eine kleine Geschichte über zwei Frösche, die ins Rahmfass gefallen waren und nicht mehr herauskamen, woraufhin der hyperaktive Frosch fuchsteufelswild mit den Beinen strampelte, so dass der Rahm überraschend zu Butter wurde und die beiden Frösche einfach aus dem Fass steigen konnten. Ich stellte mir Luca und mich als diese Frösche vor und wie wir vor Freude Flickflack-Sprünge auf der Wiese machten, nachdem wir dem Rahmfass entkommen waren. Darüber muss ich eingeschlafen sein. Auch im Traum kannte Luca mein Geheimnis, vielleicht hatte sie sogar bosnische Wörter für mich, aber das war unwahrscheinlich. Ich träumte, dass Luca von einem Mann wusste, den ich eines Tages würde heiraten müssen. Für den ich kochen und dem ich im Zweifelsfall nachgeben würde. Dass ich diesem Mann Kinder gebären würde, schwor Luca in meinem Traum, und Andreas, Karla, Volker und Ludwig pflichteten ihr bei. Augenblicklich wuchsen die Haare meines Traumichs und fielen über die mit den Haaren mitgewachsenen Rundungen meines Körpers, über den weichen, rund abstehenden Busen und vorbei an der Taille über einen runden Hintern. So gehöre es sich, hörte ich Luca im Traum zu mir sagen. Gegen drei Uhr früh wachte ich auf. Ich hatte ins Bett gepinkelt.

Kurz darauf wurde klar, dass Emir nichts von der Angelegenheit zwischen seiner Tochter und mir wusste, sonst hätte er wohl kaum ein Jagdgewehr für mich geschnitzt. Emir schnitzte ein Jagdgewehr für mich und erzählte mir währenddessen eine Episode der Fortsetzungsgeschichte um den dauerbetrunkenen Bauern und seinen Rauhaardackel. Äußerst stolz nahm ich mein neues Gewehr nach der Bauernepisode an mich. Es war das letzte Spielzeug, das ich je von ihm erhielt. Denn seit Lucas Ankunft schnitzte Emir, wenn überhaupt, für seine Tochter, aber nicht mehr für mich. Mit dem geschulterten Gewehr suchte ich nach Luca. Aber ich fand sie nicht. Nach der Schneckentechnik suchte ich, ging also schneckenhausförmig vom Waldrand aus bis zum Gasthaus, gegen den Uhrzeigersinn. Mit dem Finger am Abzug lief ich am verödeten Waldhaus vorbei zum Teich und von dort zum Tennisplatz. Vom Tennisplatz latschte ich zum Schuppen, den Thomas für unsere Urlaubenden zum Discoschuppen umgebaut hatte. Der Discoschuppen stand hinter dem Gasthaus, gegenüber vom Lieferanteneingang und neben dem Schwimmbecken. Ich schaute durch einen Spalt hinein auf das Poster mit dem Strohhalm in der Erdbeere und auf die Wand mit den aufgeklebten, leeren Zigarettenschachteln. Jemand hatte einmal zu mir gesagt, wer zehntausend leere Marlboro Schachteln an das Tabakunternehmen sende, bekomme einen Rollstuhl von ihnen geschenkt. Ich hätte sehr gerne Marlboro rauchende Eltern gehabt, um einen Rollstuhl zu ergattern, mit dem ich so schön hätte Berge hinunterfahren können, aber mein Vater rauchte HB.

Auch hier fand ich Luca nicht. Ich ging am Schwimmbecken vorbei hinter unser Wohnhaus, an der Pfettendachgarage ging ich vorbei, die im Winter immer zum Stockschießen vereist wurde, und landete am Spielplatz. Ich setzte mich auf das blaue Klettergerüst und überlegte, wo ich noch suchen könnte. Karla, Andreas, Ludwig und ich drehten das blaue Klettergerüst oft um und benutzten es als U-förmige Wippe. Wenn wir zu wild darauf schaukelten, konnte es passieren, dass eine Gefährtin fünfundzwanzig Meter im weiten Bogen über das schwingende Gerüst katapultiert wurde und in der Baumkrone unseres sogenannten Siebenwipflers, der vierzig Meter hohen Fichte, landete oder dass die Finger, die sich an der obersten Sprosse festklammerten, zwischen dem Metall und der Erde eingequetscht wurden. Aber dieses Umfunktionieren des Spielgeräts diente in erster Linie einem höheren Zweck: dem Fischfang in unserem Teich! Denn wegen des Drucks, der durch das Wippen auf ihn ausgeübt wurde, kamen die Regenwürmer aus dem Boden, und ich brauchte sie nur noch einzusammeln und als Köder auf die Fische anzusetzen. In der Baumkrone des Siebenwipflers entdeckte ich Luca allerdings ebenso wenig. Ich beschloss nun in Richtung Süden, zum Nachbarsbauer *Focknhocker*, zu gehen, um weiter nach ihr zu suchen. Dort traf ich zuerst den Dackel, mit dem ich ein paar Runden Stöckchenwerfen spielte. Ich warf einen Stock und wedelte ihn dabei aufgeregt an. Der Hund schaute zuerst mich, dann den Flug des Stockes, dann wieder mich an und ließ sich an Ort und Stelle auf den Boden fallen. Zeichen für mich, dem Stock nachzulaufen und ihn zu apportieren. Dieses Szenario wiederholten wir, bis ich schlussendlich genug hatte. Müde ging ich zurück nach Hause, und dort fand ich sie am Teich.

Luca holt mit der Angelrute aus, und im Schwung verheddert sich ein Rotkehlchen im Widerhaken. Die sich vom Rotkehlchen-Gewicht biegende Angelrute peitscht über ihren Kopf hinweg auf den Teich, woraufhin der Vogel über das leicht angefrorene Wasser gleitet wie auf Schlittschuhen. Und sowie der Vogel endlich zum Stehen kommt, sticht der Hecht, den ich noch nie zu Gesicht bekam, durch die Oberfläche heraus auf den Vogel zu und

verschluckt ihn im dreibissigen Sprung, Rotkehlchenblut
an seinen Zahnstocher-Zähnen verteilend. Der Körper des
Fisches stülpt sich aus, um die Rotkehlchengröße stülpt er
sich aus, zuerst am Kopf, dann am Rumpf, bevor der Fisch
ins Wasser zurückplatscht, ozeanische Wellen verursachend.
Nachdem Luca den Fisch erfolgreich an Land gezogen hat,
röchelt der Hecht sich zu Tode und zappelt nur noch nerv-
lich. Mit dem Schweizermesser meines Bruders schnei-
de ich ihm den Bauch auf, und das Rotkehlchen flattert
mit blutverschmierten Federn herum, der Angelhaken hat
sich schon von selbst aus seinem Gefieder gelöst. Hastig
ist der Vogel, und nach ein paar Flugübungen schafft er
es. Er fliegt irrsinnig, sein Rotkehlchengebein fliegt er in
Richtung Waldhaus hinüber, in Richtung Schatten hinüber, und ist weg.

Mit diesem Bild im Kopf wache ich unterm Lastwagen
auf. Und erinnere mich daran, dass wir, nachdem ich Luca
am Teich gefunden hatte, Fangen spielten. Ich mochte es,
mit Luca Fangen zu spielen, weil wir dabei nicht selten
ins Raufen gerieten und beim Raufen nicht selten Küsse
austauschten, zögerlich Küsse austauschten und uns umarmten. Diesmal allerdings hängte ich Luca ab, indem ich
durch den Keller des Wohnhauses schlich und auf der anderen Seite durch das Kellerfenster wieder ins Freie kroch.
Der Keller war dermaßen vollgestellt mit Besitz, dass nur
eine Systemkundige in der Lage war, durch dieses Möbel-
dickicht hindurchzufinden.

Zuunterst standen mehrere Truhen. Die schmuckvollste
nannte Emir Bundeslade, weshalb ich die längste Zeit davon ausging, dass die Mutter irgendwelche göttlichen Ge-
bote empfing und dass Gott in unserem zugeramschten
Wohnhauskeller als Truhe gegenwärtig war. Luca hievte

sich auf die Bundeslade hinauf und verschaffte sich einen Überblick. Ihre Schuhe waren genauso groß wie die geschnitzte Cherub-Verzierung am Truhendeckel, auf dem sie stand. Und als würde das dem hochrangigen Gehilfen Gottes nicht gefallen, fing der Keller leicht zu beben an. Dabei schlug die Bundeslade mit den schwülstigen Schnitzereien im Dreivierteltakt an den Buffetschrank. Der Buffetschrank aus Bambusimitat im spätviktorianischen Stil, mit floralen Mustern wie Kirchenfenster, war ausgemustert worden, weil Gernot Pfandl einmal gesagt hatte, dass die heimischen Hölzer viel schöner seien als Bambus, dass das Heimische grundsätzlich immer das Schönere sei. Woraufhin der Schrank bei der Mutter ein Unbehagen auslöste und von Emir, Bambusimitat-Buffet samt Unbehagen, in den Keller verfrachtet werden musste.

Luca versuchte sich jetzt zwischen Buffet und Bundeslade durchzuquetschen, aber egal wie tief sie ausatmete, um sich flach zu machen, bei keinem Anlauf passte sie durch, mit den Beinen und Armen schon, aber Hintern und Kopf waren immer im Weg. Stumme Wuttränen weinend, rempelte sie in alle Richtungen und stieß sich den Kopf am altdeutschen Sekretär, dessen gotisches Ornament einen Abdruck auf ihrer Stirn hinterließ. Mit letzter Kraft zwängte sie sich über eine andere Route zwischen dem Kolo-Moser-Jugendstil-Tisch und einem Barockschränkchen hindurch und zwickte sich dabei zuerst den ganzen Fuß und nach längerem Rütteln nur noch den Hosenzipfel ein. Irgendwelche Teile hatten sich durch das Rütteln jedoch dermaßen verhakt, dass sie weder vor noch zurück konnte. Sie klammerte sich mit beiden Händen am Bauernschrank fest und zog so fest wie T-Rex. Davon löste sich ein Brett und schnalzte gegen ihre Wange. Vom Bauernschrank geohrfeigt, griff sie nach der Hochzeitstruhe, um ziehend ihr Hosenbein zu befreien, woraufhin ein goldener Kerzenleuchter von ganz oben herunterfiel und so im Truhendeckel stecken blieb, dass ihr rechtes Handgelenk gefesselt war. Das Hosenbein löste sich keinen Millimeter. Luca klemmte zwischen den Schränken.

Sie klemmte im unüberschaubaren und teuflisch schweren Mobiliar meiner Mutter, zwischen den abgespielten Reservemöbeln meiner Eltern hing sie fest. Der Hausaltar mit den drei Spitzdächern, den mein Vater katholische Kuckucksuhr nannte, schlackerte dazu mit den Türen, und Luca gruselte sich ein wenig vor seinem Innenleben, das sich jeden Moment hätte offenbaren können, wie sie mir später leise gestand.

Ich versteckte mich währenddessen im hohen Gras vor dem Fenster und hatte das Gefühl, das Waldhaus zu riechen. Noch Jahre nach Franzis Tod dachte ich an das Waldhaus, wenn es irgendwo vermodert roch, immer dachte ich, dieser Geruch käme von dort. Es wurde nach der Aktion, die den Franzi von der Erde entließ, nur noch ein paarmal von der Polizei, einem Staatsanwalt und einer Richterin besucht und dann der Verwilderung preisgegeben. Kurz nach dem Unfall, nachdem die Behörden ihre Inaugenscheinnahme abgeschlossen hatten, sah ich Emir mit einem Spaten zum Waldhaus gehen. Er schaufelte das von der Freiwilligen Feuerwehr St. Martin Lafnit beziehungsweise von Gernot Pfandl verbreiterte Brunnenloch zu. Emir dürfte der letzte Mensch gewesen sein, der das Areal nach Franzis Unfalltod betrat. Kein Mensch hält sich seither dort auf, nur die menschlichen Schuldgefühle hängen noch in den Lärchenästen.

Während Luca sich zwischen den antiken Möbeln eingeklemmt wand und sich zu befreien versuchte, hörte ich sie pfeifen und unverständlich rufen. Aber ich rührte mich nicht, ich blieb still wie ein Fisch, obwohl ich wollte, dass wir uns finden, blieb ich ein Fisch. Nach einer Weile hörte ich auch Emir, der seine Tochter suchte. Emir rief und rief, bis sich seine Stimme überschlug, seinen Kopf ängstlich zum Teich gedreht. Glücklicherweise konnte er Luca schnell ausfindig machen, sein eingekeiltes Kind. Er hatte alle Mühe, Luca zu bergen, alle Mühe, denn schließlich durften die Besitztümer meiner Mutter keinen Schaden nehmen, ganz abgesehen von dem Schaden, den Luca nicht nehmen sollte. Emir schnitt den eingezwickten Teil des Hosenbeins mit seinem Teppichmesser frei und hämmerte den Kerzenleuchter aus der Hochzeitstruhe heraus. Die befreite Luca schlang sich wie ein Koala-Baby um den Hals ihres *Tatas*, auch müde wie ein Koala-Baby, und der *Tata* brachte sein erschöpftes Kind in den zweiten Stock des Gasthauses, am Wilderer-Gemälde vorbei in ihre Wohnung hinauf.

Und weil mich Luca, in einen Koala verwandelt, nicht mehr suchte und auch sonst von niemandem eine Suchaktion zu erwarten war, ging ich irgendwann ungesucht zurück und wärmte mich von der Frühjahrskälte in der Gasthaus-Speisekammer, auf einem Reissack sitzend, auf.

Das ereignete sich zu der Zeit, als Luca noch Österreichisch-Unterricht bekam. Sie musste einmal die Woche in Feldkirchen Österreichisch lernen. In der Schule war sie eine Klasse über mir und hatte eine Lehrerin, die so angestrengt wie bemüht versuchte, nonverbal zu unterrichten. Soweit Informationen aus dieser höheren Klasse zu uns Jüngeren durchdrangen, stapelte die Lehrerin Lucas Mitschülerinnen und Mitschüler am Klassenboden, um Subtraktion und Addition zu veranschaulichen. Angeblich funktionierte diese Praxis so lange gut, bis der Elternteil eines Kindes zur Direktion pirschte und unmissverständlich darlegte, dass ihr Kind nicht mehr gestapelt werden möchte. Ab diesem Zeitpunkt musste Luca zur Lehrerin nach vorne, und der Schulstoff wurde mit Lucas Fingern bebildert. Beim ersten Mal war die Lehrerin dermaßen von der Größe ihrer Hände überrascht, dass sie auflachte, Lucas Arm am Handgelenk ergriff und in die Höhe riss, während sie laut vor der Klasse verkündete: »Das sind sagenhaft kleine Hände, schaut alle her, bitte! Das ist nicht normal!« Die Klasse quiekte laut auf, wie ein Ferkelstall. So kam der Report jedenfalls in unserer Klasse an. Weil Luca damals noch kein Österreichisch sprach, erfuhr sie erst ein Jahr später, dass die Lehrerin ihre Hände nicht mochte, sie für zu klein hielt. Als Luca das erfuhr, sprach sie die Lehrerin sofort an: »Frau Lehrerin. Zu klein für was?« Die Lehrerin war verdutzt. »Sie haben einmal gesagt, meine Hände seien zu klein. Aber zu klein für was?« Die Lehrerin zupfte sich stumm ihr zitronengelbes Blümchenkleid zurecht. Stumm ging sie an Luca vorbei weg, ließ Luca stehen. Kurz darauf lag ein Brief an Emir in unserer Post. Eine Art Vorladung der Volksschule. Emir fuhr zum Treffen oder Prozess, und die Frau Lehrerin schimpfte ihn langanhaltend wegen seines *frechen Dirndls*. Wie sie sich ausgedrückt haben dürfte.

Und dann erfand Luca das Spiel. Nachdem es ihr öfter passiert war, dass eine Person Anstoß an ihrem Aussehen, ihrer österreichischen oder ihrer bosnischen Sprache, ihrem Nachnamen oder ihrem Kleidungsstil nahm. Oder wenn jemand sie beschämen wollte, weil sie mit mir spielte und offen zeigte, dass sie mich mochte. Sie erfand das Spiel *Ent-*

decken als Ausgleichstraining, könnte man schlussfolgern. »Wir schauen uns einfach an und wir sagen nichts. Wir dürfen nur schauen. Wie unbeschriebene Tafeln. Wir sind die Welt vor dem Urknall.«

SIEBEN

Der *Focknhocker*-Dackel bellt wieder. Als hätte er etwas gegen mein Versteck unter dem Lkw. Das bringt hier unten nichts. Alle wissen, wo ich bin, und winken mir mittlerweile schon umständlich gebückt und freundlich zu. Ich höre Luca zählen, »zweiundsiebzig, einundsiebzig, siebzig«. »*Sedamdeset dva, sedamdeset jedan, sedamdeset.*« Ich könnte ins Schwimmbecken, da wurde vorgestern das Wasser ausgelassen, aber sollte sie über die Wiese laufen – was sie tun wird –, witterte sie mich darin. Auf die Rotbuche würde sie auch sofort kommen, die war oft unser gemeinsamer Zufluchtsort. Vielleicht klettere ich auf das Dach von Opas Garage. Ich könnte über den Holzpfosten dahinter versuchen die Dachschindeln zu erreichen. Es wäre zumindest ein Abenteuer. Aber ob die Zeit dafür ausreicht? »Vierundsechzig«, »*šezdeset četiri*«. Jetzt *brunzt* der Dackel tatsächlich an den Autoreifen neben mir. Ich rolle mich blitzartig weg. Er bellt weiter. Der Nachbarsbauer hatte sich den Dackel vor Jahrhunderten angeschafft, um ihn mit auf die Jagd zu nehmen. Das blieb allerdings ein Wunschtraum, weil der Dackel Schussangst hat, und wenn, dann nur aus dem Grund in einen Fuchsbau gehen würde, um dort mit Füchsin oder Fuchs Karten zu spielen, nicht aber, um sie oder ihn dem *Focknhocker* auszuliefern. Nur mich liefert der Hund jetzt aus. Wegen meines blutigen Knies vielleicht. Sicher riecht der Rüde mein Blut, durch die dicke Schicht Zugsalbe hindurch. Ich bin mit meinem BMX-Rad den Schotterweg freihändig hinuntergeprescht und habe, dem Gebrauch meines Intellekts fern, die Hände zusätzlich in die Hosentaschen gesteckt. Durch diese Aktion glaubte ich, bei Luca zu punkten. Der Fahrradgaul warf mich am Kuhzaun ab und katapultierte mich wie ein Fluggeschoss auf die Weide. Daher die Aufschürfung am Knie. Meine Verarztung mit Arnikaschnaps war schmerzhafter als der Sturz.

Das Fahrrad ist ein Erbstück meines Bruders Johan, und ich durchbreche damit kaum einmal die Grenzen unserer umliegenden Wälder, um ins nächste Dorf zu fahren. Die Wälder genügen mir als Gegenüber. Manchmal liege ich stundenlang auf einem Moosbett, mit schwarzbeergefärbten Lippen, die eine Eichel-Pfeife halten. Ich liege auf der Lichtung, die auch Blöße genannt werden könnte oder *Fratn*, wie die Älteren sagen, ein unbedeutender, kleiner Wald-Parasit bin ich und phantasiere unter den Baumwipfeln. Zumeist erfinde ich eine erwachsenere Version meiner selbst, eine Art Robin Williams in *Dead Poets Society* oder in *Good Morning Vietnam*, der ich gewiss einmal sein würde. Oder der beste Handwerker unserer Galaxie. Dem Wald ist es gleich. Was er nicht mag, ist, wenn Menschen ihren Dreck liegen lassen, obwohl schon so manche Ameisenkolonie ihr Glück in einer Coladose gefunden haben soll. Das ist allerdings ein kurzfristiges Glück. Aber wer kann es den Ameisen verdenken. Langfristig schadet der Müll, und ich hinterlasse keinen. Ich bin im Einklang mit der Schöpfung.

Der *Focknhocker*-Dackel bellt jetzt schwanzwedelnd, weil sein Besitzer endlich auch bei uns am Hof ankommt. Mit seinen Gummistiefeln voller Mist. Er hat den Traktor im Wald stehen lassen und ist das letzte Stück zu Fuß hergekommen. »*Wie a Geheimagent*«, spöttelt mein Vater. Weil er plötzlich auf der Wiese steht, als hätte Scotty ihn im Auftrag des Evidenzbüros zu uns gebeamt. Er zieht die Gummistiefel aus und bückt sich zum Kläffer. Ich kann sein Gesicht sehen. Es ist rot.

Meine erste Erinnerung überhaupt ist eine Erinnerung an den *Focknhocker*. Aus einem zerrissenen Gesicht heraus, mit den Augen eines Dreihundertjährigen, linste mich der Nachbarsbauer an. Er schaute ungefährlich, die am lieben Gesicht beteiligte Stirnhaut runzelte sich und schob den fettigen Jägerhut hoch. Aus seiner Schneidezahnlücke quoll Zigarettenrauch. Er bückte sich zu meinen geflochtenen Zöpfen und meinem Dirndlkleid herunter und holte, mich überraschend, eine Barbiepuppe hinter seinem Rücken hervor. Die hielt er mir hin. Ich betrachtete den alten Mann mit notwendigem Ernst, eisern, und trat einen Schritt zurück. Dann legte ich das Püppchen langsam und äußerst bedacht, wie eine Pistole, in meine Hand, zielte auf den *Focknhocker* und hypnotisierte ihn: »Du bist tot!«

Heute frage ich mich, wie der *Focknhocker* überhaupt zu dieser Puppe kam. Ob er mit seinem Schnaps- und Mistgeruch in ein Spielzeuggeschäft in der Stadt gegangen war und dort das Fremdwort *Barbie* ausgesprochen hat. Ob er sich von einer jungen Mutter über die Erweiterungsmöglichkeiten der Barbie-Familie beraten ließ und ob er der Puppe im Laden verschiedene Kleidungsstücke anprobiert hat. Wahrscheinlich nicht. Wahrscheinlich hat er sie am *Katzlteich* gefunden, wo ein Kind sie badete oder die Puppe versuchte, die Katzen aus dem *Focknhocker'schen* Todestrakt zu retten. Dafür strafte der Bauer die Puppe, indem er sie an mich weiterschenkte. Das ist unbedingt wahrscheinlicher, als dass er in ein Geschäft in Feldkirchen gefahren war, zum *Breschan* in der Kirchgasse, um sie dort nach einer Beratung zu kaufen.

Obwohl der vulgo *Focknhocker* keine drei Kilometer vom Gratschbacher Hof entfernt wohnt, er dieselben Bäume anschaut wie ich und Schwalben, derselbe Geruch in ihn eindringt, er vom gleichen Speck isst und die gleiche Milch trinkt, obwohl er, wie ich, erst nach und nach den zweibeinigen Gang und die Artikulation mit der Zunge gelernt hat, obwohl sein Dialekt dem meinen gleicht, kam er mir in jenem Augenblick unüberbrückbar fremd vor.

Er, ein ledig gebliebener Bauersmann, besaß keinen Ausweis. Sein genaues Alter habe er vergessen, soll er einmal unterm Herrgottswinkel am Stammtisch des Gratschbacher Gasthofs meiner Eltern so mitleiderregend oder betrunken, darüber war man sich nicht mehr einig, geflüstert haben, dass dem über ihm gekreuzigten Jesus die Dornen aus der Krone brachen. Der *Focknhocker* beteuerte, nie einen Vater gehabt zu haben, sogar, dass kein Männerwesen an seiner Zeugung beteiligt war, beteuerte er, und dass er höchstwahrscheinlich von einem Fuchs abstammte, der sich eines finsteren Wintertages ins Bett seiner Mutter schlich, um sie zu begatten. Geschwister hatte er auch nicht. Er sagte über sich, ohne Kindheit gewesen zu sein, seine Kindheit übersprungen zu haben, er hätte sich keine leisten können, nannte er als Grund.

Ich hingegen wusste, ich war im Pass meiner Eltern mit einem Geburtsdatum im Jahr neunzehnhundertzweiundachtzig miteingetragen. Ich wusste außerdem, dass ich dem Leib von Margarethe König, einer Hauswirtschaftslehrerin, entsprungen war. Und dass mein Vater, gelernter Kfz-Mechanikermeister und als Renault-Lastwagenhändler erfolgreich, während meiner Entbindung in der *Buschenschank* von Marlene Wallach wartete und für jede Wehe der Mutter einen *weißen Spritzer* trank, wie er vor der Dorfgemeinschaft seine Mitarbeit an meiner Ankunft verlautbarte.

Meine Kindheit begann unweigerlich nach der Entbindung. Die Mutter legte mich in einen mit blauem Cord überzogenen Kinderwagen, den sie vor dem Gasthausportal direkt unter dem Familienwappen parkte. Hier lag ich im Wesentlichen jahrelang, bis zu meiner ersten, frühkindlichen Erinnerung, jener an den *Focknhocker* und sein Barbiepuppen-Geschenk.

»*Du bist tot!*«, flüsterte ich und floh übergangslos nach draußen. Ins Sommerwetter. Ich lief mit der *Focknhocker'schen* Barbie durch den engen Wald, zum sogenannten *Katzlteich,* obwohl ich auch zu unserem hauseigenen Fischteich hätte gehen können. Aber ich musste unbeobachtet sein. In einer intimen Einsamkeit. Mit einem Stück Stoff meines Dirndlkleids band ich das Püppchen an einen Stein und ertränkte es. Nur ganz kleine, fast unsichtbare Wellen verursachte die Untergehende, sie schwappten mir an den Schuh. Ich lief zurück nach Hause. Ich hörte mein Atemgeräusch. Mit zerfetztem Kleidchen kam ich an, in nassen Strümpfen und Schuhen. Zu Hause zog ich meinen Kittel aus. Es war das letzte Kleid, das ich jemals trug. Zum Glück nahm der Glykolwein-Skandal gerade Fahrt auf, so dass der Mutter, in Panik über unsere süßen Schankweine, für eine Auseinandersetzung über meinen neuen Anziehstil Zeit und Kraft fehlten. Niemand brachte mich mehr in ein Kleid, auch Jahre später nicht, nicht einmal für die Klassenfotos und auch nicht gegen drei Schilling oder fünf – außer bei der Erstkommunion, leider. Ab jetzt konnte ich mich wehren.

Die Unterstützung einer Kung-Fu-Barbie hätte ich allerdings ab und zu brauchen können. Weil die Eltern sich von mir häufig *gepflanzt* fühlen, wie sie zumindest mütterlicherseits perpetuierend beanstanden. Wenn die Mutter wollte, dass ich verschwand, legte ich mich ins hohe Gras.

Dort versuchte ich zu verschwinden. Aber das gelang mir nie. Entweder es juckte mich etwas, ein Grashalm oder eine Ameise zum Beispiel, oder ich begann zu frieren. Immer machte mein Körper *Spompanadeln*, Sperenzchen, und materialisierte mich dadurch.

Kurz nach Franzis Beerdigung fassten sie deshalb den Beschluss, mich nach *Focknhocker*-Vorbild zu ertränken. Allerhöchstens eine Woche oder vielleicht auch zwei Wochen nach der Begräbnisfeier hatte ich mich nämlich in eine lautstarke Traurigkeit hineinmalträtiert, aus der ich nicht mehr herausfand. Das ganze Dorf war auf Anfrage meiner Eltern zusammengekommen, um mich zu erschlagen und im *Katzlteich* zu ertränken. Hatte ich geträumt. Meine Mutter stand währenddessen am *Katzlteich-Ufer,* Karla streichelnd und küssend, und in der Folge nahm sie Karla sogar bei uns zu Hause auf. Zwillingskleider hat die Mutter für sich und Karla gekauft, und dann sind die beiden, einander gleichend wie ein Auge dem anderen, durchs Dorf balanciert, in Spitzenschuhen. Vor der Kirche und im Kirchhof war ein Fest, auf dem der Vater mit Marlene Wallach tanzte, seine Hand unter ihrem Kleid. Die Tanzfläche war auf Franzis Grab, neben dem man schon einen provisorischen Grabstein mit meinem Namen errichtet hatte. Die Mutter freute sich über den väterlichen Tanz mit der *Buschenschank*-Besitzerin, denn sie hatte ja jetzt ihre Karla im Zwillingsdirndl über der Halskrausenbluse, dank der sie von nun an nicht mehr schlafen, essen oder trinken musste, nichts brauchte sie mehr. Alle Mutter-Bedürfnisse waren durch Karla und ihr Zwillingsdirndl befriedigt, sämtliche Begierden gestillt.

Es war Mittag, als ich aus diesem Traum erwachte. Schreiend lag ich auf der Kücheneckbank unseres Wohnhauses, zunächst unsicher, ob ich wirklich nur geträumt hatte. Die seidig dünnen Haare meines Körpers waren elektrisch und meine Haut krebsrot. Speichel lief mir aus dem Mund, aber meine Kehle war ganz ausgetrocknet. Ein sich überschlagender Husten unterbrach immer wieder mein sirenenhohes Gekreische, gefolgt von verzweifelten Schluckversuchen. Die Mutter schüttete mir bald ein Glas kaltes Wasser ins Gesicht, ich blubberte und schrie weiter, woraufhin ich von Vater und Mutter ins Bad befördert und einer Schockdusche unterzogen wurde. Auch das half nicht. Die Eltern verloren endgültig die Nerven über meinen Weinkrampf. Thomas sollte mich auslüften, wie sie sagten, und mit mir in die Berge fahren oder irgendwohin, damit zu Hause wieder Ruhe einkehren könne nach all den Strapazen um den Todesfall. Ich sollte aufhören zu *spinnen*. Ich würde allen den häuslichen Frieden vergällen, mäkelte die Mutter Richtung Thomas, während sie uns mit Rucksack und Jause vor die Tür setzte. Thomas fuhr mit mir auf seiner eigenhändig *frisierten* Puch Maxi zum Dobrač.

Der Dobrač gehört zu den Gailtaler Alpen und bedeutet mir von allen umliegenden Bergen am meisten. Das Gestein des Dobrač ist aus Riffkalk, was im Grunde genommen heißt, dass der Dobrač ein Korallenriff ist, dem sein Wasser abhandenkam. Denn vor etwa zweihundert Millionen Jahren wurde er noch vom Urmeer Tethys bedeckt, das mollige zwanzig Grad warm war. Aber dann drückten die Kontinentalplatten aufeinander, die afrikanische gegen die europäische, die nördlichere gegen die südlichere, wie das heute auch noch der Fall sei, höhnte der *Focknhocker* einmal dem Gernot Pfandl beim Politisieren an unserem Stammtisch ins Ohr. Die Platten drückten aufeinander, und unter dem Druck erhob sich das dreißig Meter tief liegende Korallenriff zu einem unglaublichen Massiv, den Alpen. Das Wasser des Urmeers floss zurück. Dorthin, wo wir das heutige Mittelmeer ausmachen.

Mein Bruder und ich wanderten durch den Nebel hindurch auf die Bergspitze hinauf. Das Gipfelhaus des Dobrač liegt auf zweitausendeinhundertdreiundvierzig Metern über der Adria. Und ein paar Gipfelmeter weiter steht die höchste Kapelle Europas. An der Kirchenmauer zu den sogenannten *Bösen Gräben* hin befinden sich Holzbänke, diese waren unser Ziel. Es war ein unangenehmer Aufstieg, der von starkem Wind begleitet wurde und uns orientierungslos machte. Zwei Blitze erschreckten mich außerdem, woraufhin Thomas dumm lachte. Wurde der Nebel zu dicht, orientierten wir uns an den Kuhglocken, denn keine Kuh nähert sich freiwillig den ihnen wohlbekannten Gräben und Schluchten. Versicherten wir uns gegenseitig, obwohl wir wussten, dass jedes Jahr die eine oder andere Kuh über die Klippen stürzte. Zum Teil war die Sicht so schlecht, dass ich den Boden unter meinen Füßen nicht mehr erkennen konnte, von den Julischen Alpen schon überhaupt gar nichts. Aber die Strapazen haben sich gelohnt. Nach einer Weile durchbrachen wir den Nebel und wanderten erleichtert die letzten Meter in der Sonne zum Gipfel hinauf. Von der Kirche aus schauten wir hinunter. Wie alle eigentlich nur auf Berge hinaufgehen, um, oben angekommen, ins Tal hinunterzuschauen. Aber das Tal lag bedeckt unter den Wolken. Wir blickten hinab auf den Nebel und hinab auf die Raben, die über dem Nebel kreisten. Ich glaube, es durchschauerte uns bei diesem Anblick. Mit romantischer Distanz schauten und schauerten wir, Seite an Seite, vom Berg hinunter in die Ferne. Ein nicht zu verortender Ast brach, und der Schall flog zwischen den kahlen und kalten Bergspitzen des Dobrač, die aus den Anthrazitwolken hervorstießen, kreuz und quer.

Es war das einzige Mal, dass Thomas und ich etwas zu zweit unternahmen, da er seine Zeit dauerhaft in fernen Internatsschulen absaß. Meine Mutter brachte ihn als Hänfling und erstes Kind zur Welt. Mit allerhand Allergien, speckigen Wangen und einem Entenhintern, so dass die Eltern sich gezwungen sahen, ihren Erstgeborenen in die Kleinkinder-Turngruppe zu geben, damit aus der halben Portion vielleicht doch noch irgendwann eine ganze würde. So kam es, dass Thomas schon Gewichte stemmte, bevor er den aufrechten Gang beherrschte. Noch im Säuglingsalter befreite er das Rotkäppchen vom bösen Wolf, und kurz darauf beförderte er Odysseus zurück zu seiner Penelope. Mit vier bestand er darauf, ein halbes Jahr lang nur noch im Handstand zu laufen, mit acht war er bereits eine Ikone. Als er zwölf war, hatte er alle Gletscher bestiegen und die Donau an ihrer garstigsten und breitesten Stelle im Rückenschwimmstil überquert, und seit seinem sechzehnten Lebensjahr gewann er jede österreichische Meisterschaft im Zehnkampf. Er erfand sogar zwanzig weitere Disziplinen, um seine Talente auszuschöpfen. Beim Zehntausend-Meter-Lauf ließ er sich von seinen Mitstreitern in den ersten Runden überholen und über fünftausend Meter zurückfallen, so dass das wild kreischende Publikum auf der Tribüne dachte, er wäre verletzt oder schlicht wahnsinnig geworden, bevor er sein Tempo erhöhte wie ein gut geölter Motor, mit jedem Schritt graziöser wurde, einer Gazelle oder einem Jaguar den Rang ablaufend. So rannte er an allen anderen vorbei und diese weit hinter sich zurücklassend ins Ziel. Mein Bruder Thomas. Er würde zu den Olympischen Spielen fahren und von dort Gold oder Platin nach Hause bringen. Er würde eine Weltumrundung in nur achtzig Tagen zu Fuß bestreiten, mit einem Paragleiter zum Mond fliegen, die Erde vor ihren despotischen Bestien befreien oder die Ozonschicht flicken. Er hatte viel Zukunft vor sich, deren Möglichkeiten er widerstandslos selbst bestimmte.

Vor zwei Jahren wurde Thomas achtzehn und machte seinen Führerschein. Und der Vater hat ihm sogar ein *nigelnagelneues* Auto dazu versprochen, wenn er sich, »*schneid die Hoa ob!*«, seine langen Haare abschneidet. Aus Provokation hat er sein Haar null Komma drei Zentimeter kurz rasiert. Wodurch er in den Augen des Vaters aussah – »*wia a KZler schaust aus*«.

Die frische Luft am Dobrač half mir nicht gleich. Ich dachte an den Franzi, an den Tag, als er neu an unsere Schule kam, kurz vor seinem Tod. Nach der zweiten Schulstunde fragte er mich, wie ich eigentlich heiße. »*Wüllst mei Faust riachn?*« Ich stieß den Tirolerknödel aus meinem Blickfeld. »*Geht di nix on*«, rief ich ihm noch nach, die Bezeichnung mit einem Mädchennamen wie gewohnt vermeidend. Aber auch an Franzis Tod dachte ich wieder und wieder, verdichtet sah ich seine Sterbeszene vor mir. Ich sah, wie wir Kinder ihn im Brunnen ertränkten und wie seine Leiche im *Katzlteich* wieder auftauchte. Wie der *Focknhocker* ihn mit dem Rechen herausfischte, malte ich mir aus, und ihn in eine Puppe verwandelte, wer weiß.

Der Wind ließ die Menschen hier oben aussehen wie auf stürmischer See. Sie lehnten und stemmten sich gegen die Böen, hielten ihre Mützen fest. Wir standen etwas abseits und schauten in die *Bösen Gräben* hinunter, in den Abgrund. Seekrank wie alle Ankömmlinge. Durch eine alles weich zeichnende Tränenschicht schaute ich, die meine Aufmerksamkeit für die Geräusche schärfte. Ich hörte fremde Sprachen und geläufige, die ich auch nicht verstand. Slowenisch und Italienisch und Kärntner Dialekt. Kuhglocken, die Kapellenglocke, das panische Trillern der Rotkehlchen und geschwätzige Kohlmeisen. Raben und Krähen hörte ich, die durch ihr Echo gigantisch wurden, von gigantischer Größe, Titanen. Der Wind schlüpfte mir in die Blutbahn hinein, ich spürte seine Kälte in mir kreisen.

Schließlich zwinkerte Thomas mir zu und holte mich aus meinen Gedanken zurück auf den Berg, indem er mit ausgestrecktem Arm auf die Karawanken vor uns zeigte: »Schau, der Hochstuhl«, sagte er. »*Sigst du die Fratn, grod vom Gipfl oba?*« Ich bemühte mich, das Gemeinte zu sehen, die Geräusche traten in den Hintergrund, und die Umgebung wurde wieder scharf. Thomas nickte zufrieden und holte tief Luft: »*Es wor amol a klana Bua*«, begann er seine Geschichte. Es war einmal ein pfiffiger, kerniger Junge, mit Grashalm im Mund, der mit Vorliebe zum Mond schaute und dabei Listiges ausheckte, oder zumindest traute man ihm das zu. Der Junge lebte am Bauernhof seiner Eltern, auf siebenhundert Metern Höhe der Karawanken oben, als Hüter über die väterlichen Rinder und Schafe. Tag für Tag und Jahr für Jahr trieb er im Morgengrauen das Vieh den Berg hinauf und, wenn die Sonne unterging, wieder zurück zum Hof, seinen treuen Begleiter Joggi, einen Münsterländer, weiß, mit braunen Flecken wie eine Hinterwälder-Kuh, immer an seiner Seite. Der Vater kontrollierte das Vieh allabendlich. Sowie es im Stall eingeschlossen war, kontrollierte er. Und wenn einem der Schafe auch nur ein Löckchen fehlte oder einer der Kuheuter sich verjüngt hatte, prügelte er seinen Sohn fünf Mal über den gesamten Schober, bis sie wieder vorne am Bauernhaus ankamen. Fünf Mal um den gesamten Buckel herum, schwor Thomas, wie eine Sau durchs Dorf. Genau so sei das gewesen. In den dreißiger Jahren. Und dann brach der Weltkrieg aus.

Der Bub war noch keine achtzehn Jahre alt und Einzelkind. Deswegen wurde er nicht gleich eingezogen. Vielleicht hatte man den entlegenen Bauernhof und seine Bewohner auch einfach vergessen. Jedenfalls fehlte seit den vierziger Jahren fast täglich ein Tier, und der Vater brachte seinem Burschen das Laufen bei, wie man sich vorstellen kann. Jeden Tag fehlte zumindest eines der Schafe und einmal sogar ein Rind, bis der Vater seinem Sohn einen Finger abhackte. Er hackte seinem Kind den Finger ab, nur um die Verhältnisse klarzustellen, erzählte Thomas mit einer hackenden Geste.

»Wo kamen die Tiere hin?«, fragte ich ihn.

Mein Bruder lächelte und deutete wieder auf die Stelle drüben in den Karawanken: »*Do, im groden Strich oba vom Gipfl*«, sei der Bursche gelegen. Er sei auf der Lichtung gelegen und habe am Grashalm herumgekaut. Es sei noch hell gewesen, aber man konnte den Mond schon sehen, da hörte der Bub Gelächter. Er sei auf die Geräusche zugegangen und habe im Kehrwasser der Bergquelle junge Frauen und ein paar mehr Männer baden gesehen. Die Nackten gefielen dem Kleinen mit Sicherheit. Er setzte sich neben einen Busch und schaute ihnen zu, in seinem Schritt herumzupfend. Bis ihm eine Frau von hinten ihr Messer an den Hals hielt und die Badenden alarmierte. »Was willst du?«, fragte sie den Burschen. Der hielt die Luft an. »Höchstens mit euch baden«, war angeblich seine Antwort, den Grashalm ausspuckend. Da hätten dann alle gelacht, und die Frau steckte ihr Messer weg.

Noch am selben Abend sind sie rund um ein Feuer zusammengesessen, nachdem sie eines der Schafe geschlachtet hatten. Joggi, der Hund, schlug an, vermutlich wusste er schon, was dem Buben zu Hause durch den Vater widerfahren würde. Viel zu spät seien sie in der Dunkelheit vom Berg hinab zum Hof gestiegen, wo der Vater schon mit dem *Pracker,* dem Teppichklopfer, wartete. Er habe die Tiere gezählt, habe Blutflecken am Hemd des Sohnes gesehen und ihn windelweich geprügelt, bevor er ihm schließlich den Finger abhackte, erzählte mein Bruder und machte wieder die Axtgeste mit seiner Hand. Das Bubenblut hätte sich auf dem Hemd mit dem Schafsblut gemischt, und der Bub hätte in diesem Augenblick gewusst, dass er kein Schafsschicksal erleiden wollte und den väterlichen Hof endlich und für immer verlassen müsse. So Thomas.

Am nächsten Tag ging der misshandelte junge Mann wieder mit den Tieren zur Lichtung, und wieder kamen in der Dämmerung die jungen Leute, diesmal war es eine ganze Schar. Sie schlachteten wieder ein Schaf und sangen Lieder am Feuer. Und dem Buben gefiel der Gemeinschaftssinn so gut, dass er die Meute fragte, ob sie ihn aufnehmen würden. »Du willst Partisan werden?«, hätten sie ihn belustigt gefragt. Und der Bub habe zugestimmt, ohne das Wort Partisan jemals gehört zu haben, und weit davon entfernt, zu wissen, was das Wort bedeutete. »Wie heißt du?«, habe ihn die Anführerin noch gefragt. »Josef.« »Ich nenne dich Lojze«, war ihre Antwort. An diesem Abend trieb der Bursche das Vieh nicht in den Stall seines Vaters, sondern in einen Verschlag, ein paar Kilometer von der Lichtung entfernt. Dort waren noch mehr Partisanen, die ernst und auch hungrig dreinschauten. Und der Junge gehörte jetzt zu ihnen und teilte seine Tiere mit der lieben Gruppe.

Die Partisanen ließen ihn jedoch nicht kämpfen, weil er zu unbedarft und verträumt wirkte. Oder vielleicht war der Grund auch ein ganz anderer. Vielleicht, weil ihm ein Finger fehlte. Sein Auftrag war stattdessen, alles Essbare von den umliegenden Bergbauernhöfen zu stehlen und für die Truppe zu kochen. Der Junge wollte aber gerne kämpfen. Je mehr er über die Faschisten erfuhr, desto lieber wollte er an die Waffe statt an den Kochtopf, doch die Jahre vergingen, und er war längst als untauglich abgestempelt, erklärte Thomas.

»Vielleicht war er auch ein viel zu guter Koch, um ihn an die Waffe zu verlieren«, warf ich ein.

Und dann, viel später irgendwann, wurde er beim Stehlen erwischt. Ein Bauerssohn in Naziuniform habe ihn mit seiner MP43 gestellt. »*Jez hob I di endlich, du Sau!*«, habe er dazu auf Slowenisch und zur Sicherheit auch auf Deutsch gesagt. Mit der Reichsflugscheibe wurde er zum unweiten Loibl gebracht, wo ein SSler *15. Juli 1943. Berufsverbrecher. KZ Loibl Nord. Tunnelbau* auf ein Papier schrieb. »Name?«, habe er zum Schluss gefragt. »Josef Brugger, vulgo *Focknhocker*«, sagte mein Bruder Thomas mit ganz wenig Luft in der Brust und drehte sich zu mir.

»Was dann?«, fragte ich, vor lauter Beteiligung aufstehend und mich vor ihn hinstellend, Thomas' Taschenmesser in der Hand.

Der *Focknhocker* habe einen grünen Winkel bekommen, den er sich auf seinen Hemdsärmel klammerte, und wurde ins *Quatia*, ins Arbeitslager, eingewiesen. Von da an habe er am Karawankentunnel mitbauen müssen und nach Feierabend, wie die meisten, den sogenannten Sportspielen der Kapos gedient. Neunzehnhundertfünfundvierzig hätten die Nazis alle Gefangenen zuerst aus Angst vor den Partisanen ins Lager Süd verfrachtet und gegen Kriegsende durch den Tunnel nach Koroška zurückgetrieben. Die vielleicht vierzig deutschen und österreichischen Gefangenen wurden in SS-Uniformen gesteckt, und auch der *Focknhocker* wurde in eine solche hineingezwungen. Die gescheiten Partisanen warteten allerdings schon im Rosental und konnten die Häftlinge befreien. Unter den Befreiern fand der *Focknhocker* keine einzige seiner ehemaligen Genossinnen, er sah nicht einen der Genossen jemals wieder. Beinahe hätten ihn die unbekannten Partisanen wegen der SS-Tracht noch ermordet, aber dann fiel ihnen auf, dass er zu dürr war für einen Nazi, viel zu ausgemergelt, nah am Hungertod und eigentlich kein »*richtiger Deitscher*«. Sie ließen ihn gehen. Und der im KZ undefinierbar alt gewordene Josef Brugger marschierte zu seinem Elternbauernhaus und erwürgte den Vater, der mit letztem Atem »Sepp! Nicht!« hauchte. »Ich heiße Lojze«, soll der *Focknhocker* Stunden später dem väterlichen Leichnam entgegnet haben, als er den Körper zu den Schweinen schmiss.

Damit beendete Thomas die Geschichte, und wir saßen still nebeneinander. Lange saßen wir nebeneinander, vielleicht Jahre, wer weiß.

Dann holte mein Bruder die Jause aus dem Rucksack. Ein hartes Räucherwürstchen, Brot, Äpfel, Walnüsse. Die Wurst schnitt er mit seinem Schweizermesser in Stücke, das Brot in Scheiben. Ich hörte seine Kaugeräusche, und ihn schlucken hörte ich. Und ich hörte, wie der Wind sanft die Glocke der Kapelle bewegte, während wir zusammen auf der Bank vor der Kapelle zu den *Bösen Gräben* hin saßen und schwiegen. Und dann fing Thomas unvermittelt, in unsere Stille hinein, an zu singen. Zuerst leise summend, dann lauter werdend, bald selbstbewusst und schließlich auch mit Text. Gegrinst hat er dabei, mich angegrinst, und ich sang mit:

Is schon still uman See, hear de Ruadar schlågn
und an Vogl im Rohr drin bei da Finstar klågn.

Wås da Vogl für a Not håt, brauch ihn neama frågn,
muaß jå selba mei Traurigkeit übas Wåssar trågn.

Übas Wåssar muaß i ume, hear de Fischlan springan,
liegg a Ringle ban Bodn, kånns nit aufabringan.

Mit Inbrunst sangen wir. Zuerst ein-, dann zweistimmig. Singend standen wir auf, singend stiegen wir den nunmehr lichten Berg hinab, in der beginnenden Dämmerung wanderten wir ins Tal hinunter und fuhren auf Thomas' orange lackierter Puch Maxi zurück nach Hause. »*Holt di on*«, warnte mich mein großer Bruder. »Schneller!«, rief ich. Und Thomas fuhr schneller, der untergehenden Sonne und meiner Traurigkeit – mich *auslüftend* – davon. Seitdem will ich immer auf den Berg hinauf, wenn mir nicht gut ist, auf den Dobrač.

Mir war auch nicht gut, nachdem ich den Franzi geboxt hatte. Weil er meinen Namen wissen wollte. Ich wäre am liebsten mit dem Dobrač verschmolzen, wäre gern dieser Berg mit seinen Höhlen und Tropfsteinhöhlen geworden, von denen sich nur ein Bruchteil den Menschen offenbarte. Die grauenvoll steilen Felswände, erdbebengemachter Abgrund. Gesteinsrutsch, der ganze Dörfer erschlug. Kalkstein aus unzählig vielen Korallen, einst tierische Materie, aus denen neue Materie entstand. Die vielen Namen, die der Berg schon trug. Korallenriff, Villacher Alpe, Dobrač oder Dobratsch, und die vielen Namen, die dieser Berg noch tragen wird, ehe er verschwindet, eingeebnet in Landschaft und Zeit und ohne Bezeichnung. Das wiederkäuende Vieh frisst von der Wiese und starrt leer zu mir herüber. Dies allein ist des Berges Vermächtnis. Ich wäre gern dieser Berg. Der Berg schweigt über seine Bezeichnung. Seit Millionen von Jahren schweigt er, Millionen von Jahren überdauernd, gleichgültig gegenüber seiner Veränderung durch Organismen, Frost und Gluthitze. Irgendwann ist er Flachland, und das wird er so langsam, so geduldig geworden sein, dass sich nichts Lebendiges mehr an seine Existenz erinnern wird. Nur die Böden werden davon wissen. Sand und Steinchen. Die Zukunft ist ein Berg, der durch jemandes Finger rieselt. Geschichtsträchtige Erde, mit der sich der *Katzlteich* zuschütten ließe und der Brunnen vor dem Waldhaus.

Ich umklammere Thomas' Schweizermesser in meiner Hosentasche und schaue auf die rastlosen Füße meiner Mutter, die von der Bank aufgestanden ist und jetzt wieder in größter Aufregung die restlichen Gegenstände ins Freie tragen lässt. Möbel und Kisten werden zuerst auf die Wohnhausterrasse geräumt und von dort auf die Lkws verladen. Gernot Pfandl und der *Focknhocker* tragen gerade die Jugendstilkredenz durch die Wohnzimmertüre heraus, höre ich Thomas lachend kommentieren. Vielleicht wird das die einzige Aktion bleiben, die diese beiden Männer jemals gemeinsam bewerkstelligt haben. Der *Focknhocker* hat dem Gernot Pfandl, der ein ausgesprochener Feind von zweisprachigen Ortstafeln ist, einmal an den Kopf geworfen, dass er Klage vorm Obersten Gericht erheben werde, zuerst in Wien und danach, nach seinem eigenen Ableben, noch einmal vor Gott höchstpersönlich. Damit niemand, weder Mensch noch Tier, jemals wieder Dobratsch anstatt

Dobrač schreiben dürfe, bis die slowenische Sprache in Kärnten ein Existenzrecht bekäme, »jawohl, Existenzrecht«, keppelte er.

Der Fahrer des Lastwagens über mir springt jetzt von der obersten Stufe des Lenkerhauses hinunter, während er zeitgleich die Autotür zuschlägt. Seine porösen Nike Air Jordans landen im Gras, und unmittelbar danach taucht auch sein verkehrter Kopf neben den Turnschuhen auf: »*Guckuck!*«, flüstert er. Und: »Michel.« Michels frisurlose dünne Zotteln baumeln gegen die Grashalme.

»Pscht! Das ist mein Versteck!«

Michel legt mir eine offene Packung Gummibären hin. »Freust du dich schon auf das neue Haus? Da ist ein See, zwanzigmal so groß wie euer Teich, was meinst du, was das für die Fische bedeutet?!«, prophezeit er, zwinkert und geht.

Im Klosterberger See schwimmen tief unten am Grund die Welse. Nicht selten sind sie drei Meter lang. Es kommt vor, dass Dünger ins Wasser gelangt. Von umliegenden Feldern. Dann gerät das Ökosystem des Sees aus dem Gleichgewicht, und er kippt. Die Welse müssen anderswo Futter suchen und schwimmen in Richtung Seeoberfläche. Würde ein drei Meter langer Wels mich attackieren, ich hätte keine Chance. Rettungsschwimmergriffe, die man mitunter auch zur Selbstverteidigung einsetzen kann, sind ausnahmslos für Lebewesen mit zwei Beinen und zwei Armen bestimmt und damit praktisch nutzlos im Angesicht eines hungrigen Welses. Der Wels würde mich, ohne meinen Widerstand bemerkt zu haben, verschlucken. Wie der Wal Jonas. In unserem Teich in Gratschbach sind die größten Fische Schleien und Karpfen. Den Hecht hat Luca gefangen. Im *Katzlteich* gibt es keine Fische. Denke ich an die

Welse im Klosterberger See, ist mir zumute wie den Katzenjungen vom *Focknhocker*.

Der *Focknhocker* und Gernot Pfandl schleifen noch immer die Kredenz herum. Ihren Beinen nach zu urteilen, behindern sie einander mehr, als sich zu helfen.

Einer der Laster hat jetzt den Motor angestellt, *Could it be Magic* von Take That heult kurz auf. Der *Focknhocker* beschwert sich, dass dieses schreckliche Lied, »*des Getschentsche!*«, ein Plagiat von Chopins Opus 28 sei, »*so ane Bosniegl, Hundling sein des!*«.

»Fünfzig, neunundvierzig ...«, zählt Luca. »*Pedeset, četrdeset devet* ...«, zähle ich innerlich mit. Bei manchen Zahlen bin ich mir unsicher und erfinde Stellvertreterbezeichnungen.

Jetzt fällt dem *Focknhocker* die Kredenz auf den Fuß. Der Bauer jault laut auf, und sein Dackel stimmt in das Gejohle ein. Ich schaue, hinter dem Vorderrad versteckt, auf das *Focknhocker*-Bein hinüber. Er trägt wie immer seinen blauen Overall. Angeblich hat er ihn nur ein Mal in seinem Leben ausgezogen. Als er nach Wien fuhr. Nach dem Krieg. Nach seiner Gefangenschaft. Er wollte in Wien ein neues Leben anfangen, am liebsten auf russischem Territorium, und alles vergessen und begraben, was mit dem Krieg oder seinem Vater zu tun hatte. Er zog den Blaumann aus, hängte ihn an den Nagel im Elternhaus-Vorzimmer. Josef »Lojze« Brugger trug jetzt ein Hemd und den Kärntner Anzug seines Vaters, fuhr per Anhalter nach Wien und mietete sich in ein kleines Hotel am Gürtel ein. Hier wohnten hauptsächlich Frauen mit dem gewerblichen Ziel, Soldaten stundenweise zu erfreuen. Josef verbrachte die Nächte in der hauseigenen Kneipe. Eines Nachts gebar und verwarf er die Idee zu studieren. Er träumte von sich als Anwalt, von sich als Weißkittel oder Firmenbesitzer. Aber im Gespräch mit einer Dame stellte sich heraus, dass er bisher nur die Bibel gelesen hatte, und er las sie nicht einmal zu Ende, sondern kam nur bis zum Deuteronomium. Die Dame neben ihm bezweifelte, dass seine Vorbildung eine optimale Grundlage für den akademischen Weg wäre. Und schloss ihre Bedenken mit dem Satz, dass sie selbst Tierärztin werden wollte, während sie Dietmar, den Barmann, anwies, ihr nachzuschenken. Nach diesem Gespräch hörte der *Focknhocker* auf zu träumen und verließ Wien wenig später. Den Kärntner Anzug warf er während der Fahrt auf der A2 irgendwo zwischen Traiskirchen und Bad Vöslau einfach aus dem Autofenster. Zu Hause zog er seine Uniform, den Blaumann, wieder an. Und nie mehr aus. Er verkaufte das Hab und Gut seiner Eltern, oder seines Vaters, besser gesagt, und mit dem Geld erwarb er den winzigen Bauernhof zwei Kilometer nördlich von unserem Gratschbacher Hof.

Der *Focknhocker* wird sich zeit seines Lebens mit den Österreichern und Österreicherinnen und insbesondere mit den Kärntner Menschen und Tieren, mit den Bergen und Wiesen und Seen, dem fast schon mediterranen Wetter höchst verbunden fühlen, in einem innigen Zusammenschluss. Allerdings waren es stets die negativen Gefühle, die ihn so fesselnd an seine sogenannte Heimat banden.

Und der Dackel hält unseren Garten für sein Revier. Mein Angebot, mich im Tausch gegen die transparenten Gummibären in Ruhe zu lassen, schlägt der Hund aus. Ich würde ihn eigentlich gerne treten, wie ich den Franzi wegschubste, als er nach meinem Namen fragte. Mir gefiel das Schubsen, ich will nicht lügen. Ich ging daraufhin breitbeiniger und spuckte auf den Boden, bevor ich das Fußballfeld neben der Volksschule betrat. Andreas begrüßte mich sogar mit einem High Five, und Ludwig passte mir gleich den Ball zu, den ich im stürmischen Alleingang über das Feld panzerte und mit einer Wucht ins Tor trieb, die Adi, anstatt ihn zu halten, schutzsuchend hinter das Netz fliehen ließ. Noch jetzt spüre ich die Ekstase, die mich die folgenden Schulstunden durch das Klassenzimmer trug. Mit einem warmen Unterbauch. Bis meine Lieblingslehrerin, Frau Dolinig, mir wegen der Franzi-Aktion die Leviten las. Deswegen nahm ich Franzi am Nachmittag zum Waldhaus mit, damals, als Wiedergutmachung.

ACHT

Ich krieche unter dem Auto hervor, presche am Dackel vorbei in das Wohnhaus, in mein altes Zimmer. Mit ausgestreckten Armen lasse ich mich vom Türstock zurückfedern und brülle »BUMM!« in den kahlen Raum. Es hallt »bumm« zurück. Zufrieden renne ich hinaus auf die Terrasse. Aus Michels Lkw-Radio tönt jetzt *What's Up?* von den 4 Non Blondes. Mein heimliches Lieblingslied. Heimlich, weil Andreas und Ludwig mit körperlichem Nachdruck erklärt haben, dass die Mode Linda Perrys und eigentlich ihre ganze Person nicht in Ordnung seien. Deswegen bekamen alle Schüler und Schülerinnen, die Linda Perry hörten, aufs Maul oder wurden mit einer anderen Art Verachtung abgestraft. Karla hatte von der großen Schwester ihrer Ballett-Freundin eine Mix-Kassette bekommen. Sie hörte die Kassette im Klassenradio an, *What's Up?* lief, und Andreas flippte völlig aus. Bis zum Kreislaufkollaps flippte Andreas wegen Linda Perry aus. Die Frau würde und wäre und kein normaler Mensch heutzutage sähe so aus, nur »*Obezara*«, also Faulenzer, und dann noch dieser Hut und die Pilotenbrille drauf. Andreas' Vater hätte ihm erklärt, was da los sei! Schlimmes sei da nämlich los! Bei den 4 Non Blondes. Die würden nämlich alle mit dem Bus in die andere Richtung fahren. Und es wäre jugendvergiftend, mit dem Bus in die andere Richtung zu fahren.

»Wie, in eine andere Richtung?«, habe ich mich damals zu fragen getraut und sofort von Andreas' Vasall Ludwig eine *Watschn* bekommen. Jedenfalls leistete ich danach keinen Widerstand mehr gegen die Ächtung der 4 Non Blondes. Alles ließ ich über mich ergehen, schaute nur still auf den Boden. *What's Up?* höre ich seitdem heimlich. Deswegen und wegen der Ohr-Sache will ich auch nicht mehr mit Andreas kicken.

Vor ein paar Monaten, im Frühling, haben wir das letzte Mal alle gemeinsam Fußball gespielt. Zuerst kickten wir mit Adis Fußball gegen die Friedhofsmauer, aber dann markierte Karla mit zwei Hölzchen ein Tor, stellte sich hinein und machte Kapriolen, den Fußball nie aus den Augen lassend, ihn hypnotisierend. Karla, Luca und ich spielten gegen Andreas, Ludwig und Volker. Nach meinem ersten Tor zog ich den Groll von Andreas auf mich, und er warf oder *nagelte*, wie man auch sagen kann, mich und meinen kleinen Körper aus dem Hinterhalt um, so dass ich durch seine übergewichtige Wucht fast eine Gehirnerschütterung erlitt. »*Du bist nit amol a richtiger Bua!*«, schnauzte er zu mir am Boden herab. Ich sprang wieder auf, lief auf Volker zu, nahm ihm den Ball ab, tänzelte damit in die andere Richtung, weg von unserer *en croix* dastehenden Torfrau Karla, und pfefferte die *Wuchtl* erneut in Richtung Tor. Es allerdings verfehlend. Der Ball rollte durchs Friedhofsgatter auf die Gräber. Luca ging, um ihn zu holen. Ich lief ihr nach, vorbei an unserem Familiengrab mütterlicherseits, in dem zehn Menschen, inklusive des Stubenhofopas, liegen, die Hälfte von ihnen starb noch vor ihrem zwanzigsten Lebensjahr, über das kleine Hügelchen links hinunter in den neueren Abschnitt, wo auch Franzi beerdigt ist. Auf diesem Friedhof ist er der erste Tote der Familie Ruck. Unter dem in den Grabstein eingelassenen Foto von Franzi steht: *Deine Abschiedsstunde schlug zu früh, doch Gott, der Herr, bestimmte sie.* Ich las den Spruch mehrmals und stellte mir vor, dass unter der Erde ein Hohlraum war, eine Unterwelt, modrig warm und mit Fußballtoren aus Oberschenkelknochen. Und der Franzi spielte dort mit einem Rudel Schakale Fußball. Bei jedem Tor spürte ich die Erde unter meinen Schuhsohlen zittern. Mein Schauer vor diesem Beben riss mich von seinem Grab los, ich suchte weiter nach Luca. Sie war auf der anderen Seite der Kirche, schaute zwischen den Balken einer Holztür hindurch ins Kircheninnere. Sie winkte mich zu sich. Wir sahen Regale vom dunklen Erdboden bis zur Decke hinauf, in denen Hunderte Knochen lagen, ordentlich nach Alter, Größe und Art sortiert, millimetergenau und mit außerordentlichem Gespür für Technik geschlichtet. Jeder einzelne Knochen war mit einem Etikett versehen, auf dem der Name des Verstorbenen vermerkt war und das Grab, in dem dieser Verstorbene gelegen hatte. Auch wann der Knochen ausgegraben wurde, stand darauf, und durch welchen Totengräber. Alles schien so korrekt beschriftet wie der Besitz meiner Eltern in unserem Wohnhauskeller, von dem die Wände Risse bekamen. Und so babylonisch hoch aufgeschichtet wie die Gegenstände unter der Pfettendachgarage, die einmal das Auto meines Vaters erschlugen. Rechts hinten türmten sich die Kinderschädel. Luca rüttelte an der Klinke und bohrte mit einem Stück Draht im Schlüsselloch herum, aber die Tür hinein zu den Knochen öffnete sich nicht. Wieder spürte ich die Erde unter meinen Fußsohlen zittern. Mit schlotternden Knien stand ich vor Luca. Wegen der Knochenkammer oder wegen ihr, ich weiß es nicht. Jedenfalls küsste ich sie. Ich küsste Luca zum ersten Mal aus eigener Initiative. Meine Lippen ließ ich lange auf ihren, es sollte keine Flüchtigkeit im Küssen geben.

Genau da tauchte Andreas hinter uns auf. Er schaute mich auf eine Art an, die meinen Weglaufimpuls weckte, meinen geerbten Hominidenimpuls, aber ich konnte nicht weg. Luca nahm meine Hand. »Ihr grabt jetzt vorne ein Loch, oder ich sage euren Eltern, dass ihr nicht normal seid!«, befahl Andreas. Luca und ich schauten uns an und folgten dem Befehl. Neben Franzis Grab sollten wir graben, und wir taten, wie uns aufgetragen wurde. Mit unseren Händen fassten wir Erde aus und befüllten die Kübel. Stunden mühten wir uns ab, unter der Aufsicht von Andreas, der auch die anderen in Schach hielt. »*Kana geht, bevur I es sog!*« Niemand wusste, ob Andreas so dumm war zu glauben, der Fußball hätte sich in die Erde geschraubt, oder ob wir dazu angehalten waren, unser eigenes Grab zu schaufeln. Wegen dem Kuss. Aber niemand ging. Irgendwann schrie Luca auf. In der feuchten Erde kam ein Kinderohr zum Vorschein, Franzis Ohr. Der Sarg war längst verrottet, aber der Franzi noch vollständig erhalten und zur Seite gerutscht. Eine Wachsleiche, von der zu feuchten Erde konserviert, nass vom Gießen der Erwachsenen. Vom Blumengießen meiner Mutter und den Tränen der Frau Ruck, vom Weihwasser des Pfarrers Don Marco musste der Boden zu viel Feuchtigkeit abbekommen haben, um den Franzi vergehen zu lassen. Alles an dem Jungen blieb erhalten, und sein Ohr hatten wir jetzt vor uns. Panisch kletterte Luca über meine Schultern aus dem Loch und half mir danach heraus. Wir rannten schreiend zu den Rädern und preschten zurück zum Gratschbacher Hof, den *Lauscher* vom Franzi in unseren Gedanken und Andreas' Lachen in unseren Ohren.

Michels Lkw steht jetzt offen, stelle ich von der Terrasse aus fest. Das beste Versteck! Ich renne zurück vors Haus und verschanze mich in der Fahrerkabine seines Renault AE Magnum. Die Kabine des Lkws ist fast so groß wie mein altes Zimmer, und ich überblicke von hier aus den gesamten

Obstgarten, sogar alles über die Buchsbaumhecke hinaus, bis zum Teich und zur Pfettendachgarage hin. Ich sehe Andreas bereits die dritte Runde mit seinem Mountainbike um unseren Grund herum kreisen. Er fährt so schnell, dass der Gegenwind sein Gesicht verzerrt. Ich finde, er sieht aus wie ein Pandion haliaetus, ein Fischadler, verständlicher ausgedrückt. Ich sehe ein Lachen in seinem Fahrtwindgesicht aufblitzen. Wahrscheinlich hat er Luca identifiziert. Sie bleibt eisern an die Wohnhauswand gelehnt und zählt weiter von hundert herunter. Ganz unbeeindruckt von seinem Gelächter. Ich strecke ihm und seinem Mountainbike die Zunge heraus, er sieht mich ja nicht, und öffne das Lastwagenfenster noch ein Stück weiter, damit mehr von Linda Perry in den Garten schallt, als mein Schutzschild.

Einmal saß ich vor dem kleinen Wandspiegel im Eingangsbereich des Waldhauses. Das war lange bevor wir Franz Ruck mitgenommen hatten. Andreas fand gerade vom *Schwammerlklauben* aus dem Moos zurück, schnaufte und stellte die Schwammerl neben sich am Boden ab: *»Schaust in Spiegl? Gfollst du dir? Dei Spieglbüld? Findest du di scheen? Ha? Schau di lei on!«* Ich ließ ihn, wendete meinen Blick ab und linste in das kleine Körbchen mit den Parasol-Pilzen. Ich wollte von Andreas unter keinen Umständen dabei beobachtet werden, wie ich mich selbst anschaute. Deshalb legte ich beide Hände über mein Gesicht. An den Handflächen spürte ich bald Rotz und Tränen und Schweiß. Aber ich verwehrte – wenn auch ohnmächtig – Andreas mein Urteil über mein eigenes Aussehen. Ich hielt mir die Hände vor Augen und Gesicht und verschwand auf diese Weise eine Weile aus der Welt, indem ich die Welt hinter meinen Händen verschwinden ließ. Bald fühlte ich mich körperlos und hörte nur mein Schlucken, Rotzhochziehen und den Atem, der durch meine Finger strömte. Als ich mein Abtauchen registrierte, riss mir der Schrecken darüber die Hände vom Gesicht. Ich war im Wald, und es dämmerte. Ein Eichkätzchen ließ sich von mir anstecken und lief *husig*, wie besessen auf den nächstbesten Baum. Auch Andreas war weg. Er nannte mich nach dieser Begegnung für mehrere Wochen »Knecht«. Er sagte, ich hätte mein Dasein verweigert, und deswegen wäre ich in seinen Augen ein Nichts, ein Knecht. So sagte er das.

Ab diesem Zeitpunkt beschäftigte mich, wie andere mich ansahen. Ob sie mich sahen. Und wollte mehr und mehr allein sein. Im Wald allein sein, am Teich allein dem Schwimmer zusehen oder in der Speisekammer schreiben und zeichnen. Alles war mir recht, solange ich allein war. Bis Luca kam.

Andreas Kuchnig ist heute nicht auf meine Einladung hin gekommen. Und meine Eltern haben seine Eltern auch nicht eingeladen. Bestimmt ist er nur zu uns geradelt, um seine Neugierde zu befriedigen und ein paar Gehässigkeiten gegen mich oder gegen Luca und mich loszuwerden. Nur deshalb hat er den Weg auf sich genommen. Jetzt klingelt der Fischadler mit der Fahrradglocke. Jungtiere seiner Gattung kläffen, habe ich in meinem Vogelbuch gelesen. Eigentlich sieht Andreas dem Monster sehr ähnlich, das ich mit meiner Schuhspitze um die tote Schwalbe herum gezeichnet habe, beim Leichenschmaus von Franzis Beerdigung, nachdem ich nicht mit den Buben Fußball spielen durfte. Schwalben singen und zwitschern. Obwohl Mauerschwalben eher rufen oder gieren. Laut Vogelbuch. Andreas umkreist unser Gratschbacher Wohnhaus wie ein Adler und kläfft gegen Luca gerichtet. Er soll ja seinen Bruder im Bauch ihrer Mutter gefressen haben. Vielleicht war die magische Übermacht, die wir ihm deshalb zuschrieben, der Grund dafür, dass wir uns ungeniert an ihm entladen konnten.

Einmal, nach dem Sachunterricht, hockte ich mit Karla und Volker auf der Schulhaustreppe zum Eingang. In mir geisterte noch die letzte Unterrichtsstunde herum. Wir sollten Wahrheit und Fiktion in Geschichten über das Mittelalter unterscheiden. Ich löste meine Aufgaben richtig, allerdings mit kleinlauter Stimme. Am Vortag hatte ich mit Andreas, Ludwig und Karla im Gratschbacher Wald gespielt, wir verteidigten unser Heiligtum, die entwurzelte Fichte, gegen eine Armee wilder Waldmenschen, die uns den Baum streitig machten. Nach dem Spielrausch gingen wir stolz nach Hause. Am nächsten Tag allerdings, während jenes Sachunterrichts, stand Andreas plötzlich auf, trapste auf mich zu und setzte mich unter Druck. Dass auch die Feinde von gestern nur eingebildet waren, sagte er, und ob ich mittlerweile zugeben würde, dass wir alles nur erfunden hätten. Ohne zu zögern, bestand ich auf der Echtheit unseres Abenteuers, dass es uns trotz lebensbedrohlicher Verletzungen gelungen war, die Angreifenden mutig in die Flucht zu schlagen. »*Du Treapn*«, knallte er mir entgegen und dass ich krank wäre, dumm, einfach. Er hörte erst auf, als Frau Dolinig intervenierte.

Nach diesem Vorfall saß ich mit Karla und Volker auf der Schultreppe, ich beobachtete Andreas zuerst lange und stumm beim Fußballspiel. Bevor ich ausholte: »*Wissts wos?*« Es gebe nur eine Möglichkeit, uns vor Andi zu schützen. Wir müssten auf seine Turnhose *ludln*. Um die Geister aus seiner Turnhose und aus ihm selbst zu vertreiben. Nur dann würden wir beim Armdrücken oder Fußball gewinnen, »dann haben wir das Sagen!«, überzeugte ich meine zwei Freunde, und schon standen wir in der Umkleide der Turnhalle, wo Volker und Karla auf Andreas' Turnhose *pieselten*. Meine Blase sei leer, beteuerte ich und stand teilnahmslos daneben.

Als Andreas beim nächsten Turnunterricht in seine Hose sprang, bemerkte er bald einen stechenden Geruch, für den er jeden zur Verantwortung ziehen wollte, der oder die gerade in seiner Nähe war. Auch sie rochen den Urin. Zuerst war das Hin und Her bei der Suche nach der Quelle noch lustig, aber als Adi einen verdächtigen Rand auf Andreas' Hose entdeckte, kippte die Stimmung. Andreas wies es von sich, sich eingepinkelt zu haben, vehement. Allerdings merkte er bald, dass der Geruch wirklich von ihm selbst ausging, und auch die Ränder sah er nun. Als er »*Wea? Den bring i um!*« fluchte, hatte sich die Klasse bereits für eine Wahrheit entschieden. Nämlich, dass er, der Große, Starke, der Klassenchef, leibhaftig es gewesen sei. Alle waren begeistert. Bald stand Frau Dolinig im Raum, blies durch die Trillerpfeife, und noch bevor Andreas auch nur die geringste Chance hatte, sich umzuziehen, formierten wir uns schon in Reih und Glied. Der Unterricht begann. Andreas hob seine Schultern, während die Klassenkameradschaft aufgefädelt dastand. Und weinte ungehalten.

Andreas' Vater Manfred ist Maurer, seine Mutter kümmert sich um Haus, Garten und bis zur ersten Klasse auch um Andreas. Um die Garage kümmert sie sich nicht, die gehört dem Vater. Er nutzt sie als Werkstatt und Hobbyraum. Hier befinden sich Flaggen und Schals seines Eishockeyclubs KAC, Pokale, die er mit seinem Fußballverein gewonnen hat, sowie einige Bierkisten. Das Wichtigste ist ihm aber der Flipper-Tisch. Er hat ihn nach einer Gasthaus-Auflösung für ein paar hundert Schilling ergattert. Der Flipper ist aus dem Jahr neunzehnhundertsiebenundsiebzig. Die Anzeigentafel zeigt Mata Hari, leicht bekleidet, hinter ihr ein Mann im Frack. Sie liegt auf einem Leopardenfell, dessen Kopf mit aufgerissenem Maul ihre Körpermitte verdeckt, und hält Geldscheine in der Hand. Den Spieltisch ziert ein weiteres Mata-Hari-Portrait, eine menschengroße Klinge zwischen die Schenkel geklemmt. Andreas' Vater sagt, dass der Tisch mindestens fünfzigtausend Schilling wert sei, »*Wert steigend, jo wos manst denn!*«, und dass Andreas ihn eines Tages erben wird. Andreas' Mutter ist es nicht gestattet, die Garage zu betreten. Seit seinem siebten Lebensjahr erklärte ihm der Vater, dass er sich nicht immer von der Mutter in die eigenen Geschäfte grätschen lassen solle. Nachdem sie einmal in die Garage geplatzt war, um ihren Sohn zum Hausaufgabenmachen zu bestellen. Er werde im Leben Überzeugungskraft, Durchsetzungsvermögen und Härte an den Tag legen müssen. Das könne er jetzt schon an seiner Mutter üben.

Manchmal verwechselte Andreas seine Mutter auch mit unserer Lehrerin. Zum Beispiel sagte er einmal zu Frau Dolinig: »*Wer bin i? Rechne sölba!*«, dass sie die Rechenaufgaben bitte selbst lösen möge, er sehe gegenwärtig nämlich keinen Grund dazu. Nach einer gewissen Häufung solcher Aussagen begann Frau Dolinig, sich Sorgen zu machen. Sie setzte sich nach dem Unterricht in ihren Opel Kadett und gab dem sie beschleichenden Gefühl, man sollte die Eltern von Andreas einmal besuchen, nach. Sie fuhr nach Dirnbach, parkte ihr Auto am Straßenrand, öffnete das Gatter und ging vor zum Wohnhaus. Die Klingel war kaputt, Frau Dolinig klopfte. Sie hörte ein Lachen, die Tür öffnete sich, und Marlene Wallach stand vor ihr. Marlenes Lachen verstummte. Hinter ihr schlich ganz langsam Manne, Andreas'

Vater, herbei. »Meine Frau ist beim Frisör«, erklärte er der Unbekannten und knöpfte sein Hemd mit ernster Miene zu, steckte es in die Hose. »Kann ich ihr was ausrichten?«

»Nein, nein, ich bin nur die Lehrerin Ihres Sohnes, ich wollte nur, bestellen Sie ihr doch bitte liebe Grüße von mir.« Frau Dolinig ging. Am Weg zum Auto hörte sie Marlene noch einmal auflachen, aber diesmal klang es nicht lustvoll. Manne hatte den ganzen Tag schon so einen Rausch, dass er den kurzen Besuch der Lehrerin vergaß. Frau Dolinig vergaß das Treffen nicht. Sie stärkte seitdem öfter Andreas' Selbstbewusstsein und lobte ihn, auch für ganz winzige Erfolge. Uns anderen Kindern erklärte sie, dass der Andreas manchmal Schwierigkeiten damit habe, sein Liebsein zu zeigen, und dass wir ihm ruhig dabei helfen sollten. Wir bemühten uns. Zum Beispiel auf dem Geburtstagsfest von Ludwig. Andreas, Karla, Adolf, der Sieben-Meilen-Galoschen-Frieder und ich waren nach Maltschach, zu Ludwig und seinem kleinen Bruder Volker eingeladen. Ludwig hatte sich einiges einfallen lassen. Unter anderem Wassertauchen. Oder Schokoladeschlacht. Und das Spiel mit dem Eselsschweif. Man bekam die Augen verbunden und sollte auf einen fünf Meter entfernten Pappesel zulaufen, um diesem blind an die dafür vorgesehene Stelle den Schwanz anzustecken. Volker war etwas im Nachteil, schließlich war er ein Jahr jünger als wir. Und nachdem seine und Ludwigs Mutter immer wieder vorbeikam und uns bat, Volker ein wenig zu helfen, motivierten wir Andreas, ihn mit »heiß und kalt«-Zurufen zu dirigieren. Zuerst verstand Andreas nicht, warum er, »*der is jo mei Gegna*«, seinen Mitspieler unterstützen sollte. Doch schließlich war er einverstanden. Volker machte sich mit verbundenen Augen auf. »Langsam!«, befahl Andreas. »Mehr links, ja, sehr gut!«, navigierte er, und Volker rannte am Esel vorbei, schnurstracks auf die Bundesstraße, wo ihn ein Spaziergänger einsammelte und Schlimmstes verhinderte. Andreas grunzte freudestrahlend.

Ein halbes Jahr nach Franzis Tod hatte Andreas eine Unterredung mit seinem Vater, die ihn endgültig darin bestärkte, andere Menschen zu ängstigen, anstatt selbst verängstigt oder gleich tot zu sein. Manne Kuchnig war wie Gernot Pfandl freiwilliger Feuerwehrmann und bei Franzis Bergung und den Aufräumarbeiten am Waldhaus im Einsatz gewesen. Als Andreas einmal eine von ihm erwartete Sport- oder Schulleistung nicht erbrachte, hob er sein Kind auf die Küchenarbeitsfläche und beschrieb ihm sirenenlaut und akribisch genau, was damals geschehen war. Um seinen Sohn zurechtzurücken und ihm zu demonstrieren, was mit zarten Buben, mit weibisch verweichlichten Männern passieren würde. Er erzählte ihm, dass Franzis Kopf und Rumpf bei seiner Bergung violett waren. Das ganze Blut war aufgrund der Schwerkraft in seinen Kopf und Rumpf abgesunken. »*Wüllst epa a an violettn Schädl, ha?*«

Gernot Pfandl war in das verbreitete Unfall-Brunnenloch hinuntergestiegen und hatte Franzis Leib an den Beinen heraus an die Oberfläche gezogen. Gernot stöhnte, mit feuchter Stirn, er hatte in der Nacht vor dem Einsatz ein paar weiße Spritzer gekippt und unzählige Zigaretten geraucht. Mühsam setzte er den jungen Körper vorm Waldhaus ab, legte ihn auf den Rücken. Der Franzi war jetzt nur noch Körper, ganz ohne Franzi. Weihrauchnebel kroch herüber, vom heiligen Weihrauchfass des Pfarrers Don Marco schlich der Weihrauch zum Leib herüber und bedeckte ihn. Dazu munkelte der Pfarrer seine Zaubersprüche.

Die Gerichtsmedizinerin kam bald, ein Aufnahmegerät in der Hand. Sie diktierte: »Rechtes Ohr eingerissen beziehungsweise aufgeschlitzt, vom oberen Knorpel bis zur Ohrmuschel hin. Vermutlich durch einen scharfen Stein an der Brunnenwand. Körperlänge nur 116 Zentimeter.« Und so weiter. Franzi hatte vor seiner Bergung ungefähr eine Stunde lang im Wasser gelegen, er war leicht aufgedunsen, die Haut verschrumpelt. Bleich sei er gewesen. Bis auf den violetten Kopf und Rumpf fast bläulich. Unterkiefer und Nacken waren schon steif, geöffneter Mund, Schlamm klebte an den Zähnen und färbte die Zunge grau. Der steife Hals war deutlich nach links gereckt, alles sonst war noch weich. In seinem Körper arbeiteten jetzt nur noch die Mikroorganismen, die des Darms zum Beispiel, der Körper selbst arbeitete nicht mehr. Die Mikroorganismen hatten, da Franzis Immunsystem stillgelegt war, das Sagen und verdauten Franzis Körper, verstoffwechselten ihn.

Wenn die beiden Proteingruppen Aktin und Myosin verschmelzen, kommt es zur sogenannten Totenstarre, und erst wenn die Eiweiße sich vollständig zersetzt haben, bei Zimmertemperatur in etwa zwei bis drei Tagen, lässt die Totenstarre nach. Das habe ich in einem Buch mit dem Titel *Medizinische Forensik* in unserer prachtvollen und fast schon verschwenderisch bestückten Stadtbibliothek Klunzenveit gelesen. Die Mutter lud mich manchmal dort ab, um in Ruhe einkaufen zu gehen, und ich streunte durch die Buchregalgassen wie ein Kater, um vor allem jenen Büchern einen Besuch abzustatten, die nicht für Kinder gedacht waren.

Ganz genau beschrieb Manne Kuchnig den Leichnam, um Andreas durch Angsteinflößen zu disziplinieren. Die Augen von Franzis Körper waren bei seiner Bergung offen, die Bindehaut leicht eingetrübt. Vielleicht hatte er versucht, das Messer zu erspähen, obwohl das natürlich unsinnig war im schlammigen Wasser und finsteren Schacht drunten. Hüfte, Oberkörper, Kopf und Arme wiesen blaue Stellen vom Seil und Schürfwunden auf. An den Beinen befanden sich offene Blessuren. Es fehlte einer von Franzis hellblauen Puma-Schuhen mit dem Klettverschluss-Geheimfach. Gernot Pfandl fischte den Schuh, nachdem Franzi abtransportiert worden war, aus dem Schacht. Angeblich ließ er den Schuh auf seiner Terrasse trocknen und brachte ihn einige Tage später Herrn und Frau Ruck vorbei. Herr Ruck soll den Schuh entgegengenommen und angeschaut haben, als handelte es sich um ein außerirdisches Ei, ungläubig und äußerst vorsichtig.

Auch von Frau Ruck erzählte Manfred Kuchnig, wie sie vom Arzt eine Spritze bekam und dann ganz ruhig wurde, ganz klein wurde sie laut seinem Vaterbericht. Sie blickte zuerst relativ sediert in den Wald hinein, bis sie allmählich aus ihrem Taumel aufwachte und auf allen vieren zu ihrem Sohn krabbelte. »*A tät dir des taugen, die Muata auf die Knia?!*« Zuerst rüttelte sie sanft am Leichnam vom Franzi herum, als wollte sie ihn aufwecken, ganz zart und lieb, und dann streichelte sie seine Haare, legte die Haare ganz ordentlich zum Scheitel hin und klaubte die Dreckpatzen heraus. Dazwischen küsste sie seine feuchten Wangen, trocknete den Körper mit ihrem rosaroten Blusenärmel. Wortlos. Die kurze Hose streifte sie ihm zurecht, und das Hemd steckte sie ihm hinein.

So entledigte sich Andreas' Vater der Bilder, indem er Andreas damit disziplinierte. Und Andreas lauschte mit dem Kinn an der Brust, auf der Küchenarbeitsfläche hockend. Er, Manne, erzählte er seinem Buben, hätte irgendwann während der Bergung sein Gehör verloren. In stillen Bildern kam das *Meine-Ehre-heißt-Treue*-Messer im Knabenkörper wieder herauf. Frau Ruck nahm Franzis rechte Hand und weinte, als wäre sie, wie ihr Sohn, nicht mehr in ihrem Leib zu Hause, gespenstisch weinte sie, als wäre sie sich selbst entflohen. Frau Ruck fasste zum Messergriff. Die Medizinerin rief noch »Nein!«, aber es war schon zu spät, sie riss das Messer aus dem Bauch vom Franzi heraus und warf es zur Seite. Dann legte sie ihre Hand auf die Wunde, und langsam kam der Ton wieder zurück in ihren und aus ihrem Hals. Und während der Gendarm irgendwas Dummes sagte, stieg er, ohne es zu merken, auf das tote Rotkehlchen, das neben der Brunnenöffnung lag. Der Rotkehlchenkörper platzte auf, und seine kleinen Gedärme quollen heraus. »*Bist du a Vogale oda a Bua, ha?!*«, fragte Andreas' Vater, während er den Kopf seines Sohnes zwischen den Händen hielt.

Der Arzt zog Frau Ruck zur Seite, nahm sie in den Arm und injizierte ihr eine weitere Ladung *Dings*, Diazepam, so Andreas weiter, der mir die ganze Geschichte einmal beim gemeinsamen Fischen in unserem Teich anvertraute. Wir hatten gerade ein paar Rotfedern gefangen, die wir mit einem kräftigen Schlag auf den Kopf töteten und in einem kleinen Erdloch vergruben. Dabei fing Andreas zu reden an: »*Wast, wos domols mit dem Franzi passiert is?*«

Während die Mutter eine Spritze bekam, wurde der Körper vom Franzi verladen. Nach einem längeren Hin und Her fuhr der *Focknhocker* Frau Ruck mit seinem roten Steyr-Traktor nach Hause. Auch die Schaulustigen gingen. Damit beendete Manfred Kuchnig irgendwann seine Leichenbeschau, und Andreas fiel seinem Vater um den Hals, mit dem Impuls, ihn zu erwürgen. Aber sowie seine Arme den Vaterhals umschlangen, fühlte er sich geborgen. Er weinte so laut, dass ihm fast entging, dass Manne in den Armen seines Andreas selbst recht elend schluchzte.

Den folgenden Tag verbrachte der Körper vom Franzi im Obduktionssaal Klunzenveit, wo allerhand weitere Informationen über ihn zusammengetragen wurden. Zweifelsfrei musste erwiesen sein, ob der Franzi ertrunken war, sich die Wirbelsäule brach oder an der Bauchverletzung starb, zweifelsfrei. Die Gerichtsmedizinerin vermerkte schließlich *Tod durch Ertrinken* neben dem durchgestrichenen *Tod durch mit dem Leben nicht vereinbare Verletzung*. Damit war der Fall für die Beamten abgeschlossen. Auch wenn es mysteriös und ganz sicher auch unheimlich blieb, wie das Messer im Bauch des Buben gelandet war.

Nachdem ich lange in der *Medizinischen Forensik* gelesen hatte, träumte ich sehr ausführlich von Franzis Körper im Bestattungsunternehmen. Ich glaube, ich träumte wochenlang nichts anderes, manchmal trug der Bestatter ein bunteres Hemd, aber der Ablauf blieb immer ähnlich, und die Details wurden immer klarer in meinem Traum. Der dicke Bestatter holte den Leichnam am dritten Tag von der Gerichtsmedizin Klunzenveit ab. Er brauchte keine Hilfe beim Verladen des Kinder-Unfallsargs in den schwarzen Wagen. Eine halbe Stunde später kamen sie in seinem Familienbetrieb an, und dort wurde der Körper gleich gewaschen und wie ein Pharao einbalsamiert beziehungsweise thanatologisch versorgt. Zunächst wurde er mit einem Desinfektionsspray behandelt und danach gewaschen, ein wenig Schlamm wurde aus den Zähnen gepult, die Fingernägel geschnitten, die Nasenlöcher befreit, und die Haare wurden sogar mit einem Shampoo recht ordentlich gewaschen, geföhnt und gekämmt. Die Blessuren und das aufgeschlitzte Ohr wurden überspachtelt und genäht. Damit er die Aufbahrung ohne beginnende Verwesung durchhielt, wurde die Halsschlagader geöffnet und dem Körper mit einer speziellen Apparatur ein Formalingemisch durch die Blutgefäße gepumpt. Danach massierte der Leichenwäscher eine spezielle Creme ein, um die Totenstarre zu lösen und wegen der Hauttrockenheit. Rachen, Anus und Nase wurden durch eine mit Chemikalien getränkte Watte versiegelt, Unterkiefer und Nasenscheidewand mit einem durchsichtigen Faden, einer Art Fischerschnur, zusammengenäht. Die Augenlider konnten danach geschlossen und mit einem Plastikblättchen fixiert werden. Herr Ruck brachte einen grauen Anzug mit rotem *Mascherl*, der gut Franzis Erstkommunionsanzug hätte werden können. Der Bestattungsunternehmer zog dem Körper den Anzug über und schminkte dem Gesicht noch ein wenig Farbe auf. »*Wia bei ana Frau? Bist du a Frau oda mei Bua, wos bist du?!*«, mischte sich die Stimme von Andreas' Vater in meinen Traum. Dann legten sie Franzi in den kleinen Birkensarg.

Ich erinnere mich an Franzis Bestattung, ich erinnere mich daran, wie starr Andreas dasaß. Beim Hinunterlassen in die Grube geriet der Sarg kurz in Schräglage, und der Pfarrer mit dem zitternden Aspergill konnte seinen Schrecken schlecht verbergen. Aber der Totengräber war geübt und glich das Ungleichgewicht blitzschnell aus. Mit einem kleinen *Rumpler* setzte der Sarg am Grubenboden auf. Die Trageseile schwindelten wie Girlanden in das Loch hinunter, auf den Kistendeckel.

Ich erinnere mich. Es wurde still. Der Wind hielt inne und bewegte kein Gras, nicht einen Halm, der oben aus der Friedhofsmauer spross. Die Totenglocken hatten ihr Läuten eingestellt. Mitten im Pendeln! Armbanduhren sind stehengeblieben, und ein Zitronenfalter schwebte ohne Flügelschlag, neben ihm die bauschige Pfote einer Katze – eingefroren. Das Licht trübte ein, und mir wurde kalt. Frau Ruck nahm die kleine Schippe und stach damit die Erdpyramide an. Die Erde fiel ins Loch. Im Sarg drin klang es bestimmt dumpf. Es folgte noch ein Scheibchen, ein weiteres Scheibchen. Eines nach dem anderen, eine nach der anderen, und auch die Männer warfen, mit der Hand oder dem Schaufelchen, Erde hinunter. Und je mehr Erde den Sarg bedeckte, desto dumpfer muss der Klang darin gewesen sein. Stück für Stück bedeckte der Torf den Sarg, und die Erdpyramide schrumpfte. In der Kiste drin wurde es immer dunkler und bald ganz lichtlos. Ein feuchter Geruch drang vermutlich durch das Holz. Es roch nach Wurm, nach feuchter Erde, und es kam einem da drin vielleicht so vor, als verenge sich der Raum mit jedem Spatenstich. Es wurde immer klaustrophobischer, Franzi empfand sich sicher schon als ganz zusammengepresst, dachte ich. Und auch der Sauerstoffgehalt nahm bestimmt merklich ab. Man muss davon ausgehen, dass die Toten sich winden.

NEUN

Da kommt Marlene Wallach in roten Lackschuhen auf unseren Grund. Sie trägt eine blaue Jeanshose und eine weiße Bluse mit puffigen Ärmeln. Marlene ist das jüngste von fünf Kindern. Die beiden Brüder haben den Bauernhof der Eltern in zwei nebeneinanderstehende Höfe geteilt. Im Haus des Ältesten lebte jahrelang auch noch die greise Mutter im Dachbodenkämmerchen. Niemand wusste, wie sie die Holzstiege herunterkam oder ob sie vielleicht im Winter durchgehend in ihrer Kammer blieb und ihr Geschäft in die Bettpfanne verrichtete. Im Sommer immer *drunten* und im ebenerdigen Kuhstall schlafend. Eigentlich mochte die Mutter lieber bei ihrem jüngeren Sohn – oder in seinem Stall – liegen, aber der hatte die Schweine geerbt, und die Säue würden ihr im Schlaf das Gesicht wegfressen, hatte sie einmal geweint. Als die Alte noch lebte, träumte sie davon, eines Tages mit den Arbeitspferden ihrer Eltern davonzureiten, in eine Stadt wie Graz oder Innsbruck, an irgendeinen Sehnsuchtsort. Deswegen war sie immer gut zu den Pferden, »*verhätschelte*« und striegelte sie und sprach mit ihnen, gab ihnen sogar Namen. Irgendwann starben die Haflinger, zuerst starb Willi, drei Jahre darauf Schurke, und beide Male klammerte sie sich an das tote Tier, als handelte es sich um einen Liebhaber.

Die zwei älteren Schwestern von Marlene sind zwar verheiratet, die Brüder finden jedoch keine Frau. Eine Schwester hat ihren Hauptschulfreund Manne geehelicht, mit dem sie meinen Schulkameraden Andreas Kuchnig zeugte, aber sie soll kreuzunglücklich sein. Ihr Haus steht hundert Meter weiter von den Höfen der Brüder auf dem familieneigenen Baugrund. Die andere Schwester ist nach Graz gezogen. Sie arbeitet dort als Rezeptionistin in einer ärztlichen Gemeinschaftspraxis. Ihr Ehemann ist Buchhalter. Marlene wohnt alleine. Sie lebt, einen Umfaller von der Kirche entfernt, von der *Buschenschank*, in der sie das Fleisch und den Schnaps ihrer Brüder verkauft. Obstsäfte und Most stellt sie selbst her.

Marlene hat viele Männer gehabt, heißt es, immer im Geheimen und nie über einen längeren Zeitraum. Am Stammtisch beichtete sie nach ein paar Achterln das eine oder andere Mal ihre Abenteuer Don Marco. Dass sie sich immer an Männer binde, mit denen eine Beziehung ausgeschlossen sei. Sie sich aber nichts sehnlicher wünsche als ein Liebesverhältnis. Don Marco erklärte Marlene, dass wohl kaum ein familiäres Problem dahinterstecke, wie man an den im Wesentlichen funktionierenden Beziehungen ihrer Schwestern ablesen könne, dass er also nicht von einer hereditären Belastung ausgehe, einer vererbten, sondern vielmehr ihre Trinksucht verantwortlich mache.

Der Pfarrer Don Marco wusste auch von der Beziehung zwischen Marlene und Manne aus erster Hand. Marlene soll am Ende des Verhältnisses, kurz nach dem Besuch von Frau Dolinig, ein bisschen wie unser uraltes Kindermädchen Katharina agiert haben, von der herauskam: »*Die Katharina is eindeitig mondsüchtig!*« Laut Stammtischgetuschel hielt Marlene sich die Hand ans Brustbein, wegen ihrer Pseudoangina pectoris, und stürzte aus dem Haus. Sie lief hinaus, hielt sich das Brustbein und ließ sich im Garten einfach fallen. Besonders war, dass Marlene mit der Zunge schnalzte, als sie auf dem Boden lag. Sie schnalzte und schnalzte und hörte nicht auf zu schnalzen, bis Manne sie schüttelte und einen randvollen Eimer Eiswasser über ihrem Kopf entleerte, informierten sich die Erwachsenen am Stammtisch, unter dem ich saß. Dann stand sie laut ihrer Zeugen auf und ging »*oba so waschlnoss*« nach Hause. Das Verhältnis zu ihrem Schwager, »*Du, Manni, ob heid kumm I neama zu dir!*«, war beendet.

Die Affäre dauerte angeblich ein halbes oder höchstens ein Jahr. Marlene soll jeden Dritten des Monats, immer wenn ihre Schwester beim Frisör war, zum Haus der Kuchnigs gegangen sein. Um sich etwas auszuborgen. Mehl zum Beispiel, oder um eine irgendwann geliehene Rührschüssel wieder zurückzubringen. In der Regel war Manfred am Nachmittag schon von seiner jeweiligen Baustelle daheim. Marlene ging zu Manne, bis ihr schlechtes Gewissen größer wurde als ihr Sexualdrang.

Nach der Sache mit dem Schwager wollte Marlene es jedenfalls nochmal versuchen mit den Männern. Was nicht ohne Bloßstellungen durch andere Dorfbewohner blieb. Ich erinnere mich an einmal. Mein Vater und ich waren, ich glaube, es war kurz vor Silvester, in ihrer *Buschenschank*. Weil die Mutter zu Hause staubsaugte und der Vater immer die Flucht ergriff, wenn er dieses »unmögliche Geräusch«, wie er sagte, hörte.

Gernot: »*Marlene, gibst du mir noch an Spritzer bitte und fir di a an. Bitte.*«

Marlene: »*Andreas, mochst du uns noch zwa.*«

Gernot: »*Donkschen. Carli, weast a an?*«

Mein Vater hob die Schultern und blies Luft aus den angefüllten Backen.

Marlene: »*Andreas, dreie bitte.*«

Mein Vater: »*Donkschen. A gibt's wos zum Feiern?*«

Gernot zu meinem Vater: »*Du, wegn deina Firma konnst di jetzt schon gfrein. Weil I wea als Bürgermeista kandidieren.*«

Mein Vater: »*Wennst manst.*«

Nach Franzis Tod, als Gernot den Jungen mit dem Messer im Bauch barg, fühlte der Feuerwehrmann, dass er etwas verändern möchte in der Welt, er fühlte sich zum Gemeindebürgermeister berufen. Zunächst einmal.

Ich schaute durch mein *Himbeerkracherl* auf die pink eingefärbten Erwachsenen und beobachtete Marlene, die Andreas anwies, für alle, außer für den Antialkoholiker Emir, Schnäpse hinzustellen. Beim Anrichten drehte sich Andreas verschämt zur auszubildenden Kellnerin Angelika, die an die Kaffeemaschine gelehnt der Unterhaltung folgte. Wenn Marlene zu ihr schaute, putzte sie penetrant mit dem Geschirrtuch die Maschine, als wäre die Maschine eine Wunderlampe, putzte sie, aber kein Geist stieg daraus auf. Marlene reichte Andreas wortlos den vollen Aschenbecher vom Tresen. Andreas leerte und säuberte ihn.

Gernot: »*Dass i fir fleißige Leit wos tua, is klor, des is mei großes Onliegn, des hob i imma gsogt. Und deswegn, mein lieber Carli, mein Freund, weast du bold anige Lostwogn los. Do kemma schon was mochn, weast schon segn. Do wer ma – wast, wos ma do wean? I stöll dir die richtign Leit fur. Bis ins Verkehrsministerium aufe. Carli, I denk nur ons Expandieren fir di, du fauler Hund du!*« Gernot gackerte über sein Angebot, meinem Vater Leute vorzustellen, deren Bekanntschaft sich günstig auf seine Geschäfte auswirken würde, worauf sich mein Vater zu einem obszönen Witz hinreißen ließ: »*Jo eh, Gernot, dass du fir den Verkehr wos tuast, konn die Marlene am bestn bezeugn, ga Marlene?!*«

Alle außer Marlene lachten, die ihre Auszubildende Angelika anraunzte, sie solle gefälligst das Besteck polieren.

Emir: »*Jede Art von Verkehr ist guat, Hauptsache Bewegung, Bewegung braucht das Land, gell, Gernot!*«

Und so gingen die Witze eine Weile hin und her. Immer auf des Bürgermeisterkandidaten, auf Gernot Pfandls, Kosten und auch auf Marlenes Kosten. Gernot hatte nie das letzte Wort, und sein Gesicht wurde bald krebsrot, so dass sein Schmiss im Kontrast zur Wange nur so funkelte. Er öffnete sogar den obersten Knopf seines Hemdes und steckte den Kopf dabei abwechselnd glubschäugig Marlene und meinem Vater entgegen.

Andreas kam irgendwann von der Toilette zurück, hörte und sah das Gewieher und lachte mit, ohne zu wissen, worum es ging. Die Heiterkeit, nun zusätzlich über den unwissend mitlachenden Andreas, steigerte sich ins Groteske.

Gernot: »*Andreas, kum hea zu mir. Mogst a Tschik?*« Er hielt dem gerade neunjährigen Andreas seine Packung Smart hin. »*Du rauchst jo wohl, oda?*«

Andreas: »*Nojo, i darf noch gor nit. Oba I wülls eh amol probian.*« Andreas grinste kriminell und nahm eine Zigarette, seine Tante Marlene schaute mit verzogenem Mund zu, wie Gernot dem Kind das Feuerzeug gab.

Gernot zu Andreas: »*Ziagn nit vagessn, fest ziagn!*«

Andreas hustete.

Gernot holte röhrend aus und klopfte dem Buben mit einer Wucht auf den Rücken, die ihn regelrecht nach vorne wehte.

Gernot: »*Carli, i wea glei muargn meine Freind onruafn, wegn an Gschäft fir di.*«

Marlene: »*Darauf noch a Schnapserle, oda?*«

Niemand antwortete, dann: »*Angelika bitte.*«

Angelika brachte die Obstschnäpse. Alle hielten die Stamperl hoch.

Mein Vater sang: »*Kärntnerisch, kärntnerisch, jo des greift aufs Gmiad!*«

Gernot prustete, sich abwechselnd nach links und rechts drehend. Weil er aber keine Augen zum Hineinschauen fand, knallte er Andreas vor Lachen grunzend wieder auf den Rücken, diesmal so fest, dass der Junge nach vorne kippte und mit dem Auge genau auf die Tresenkante fiel. Ein bisschen Blut spritzte weg. Zeitgleich riefen alle: »*Prost!*«

Emir sprang auf und versorgte den Buben, Marlene rief den Rettungswagen. Sie hatte jetzt eine wahnsinnige Wut auf Gernot. Erstens, weil er ihren Neffen in die Tresenkante gepfeffert hatte, und zweitens, und das war eventuell sogar die größere Wut, weil er herumerzählt haben musste, dass Marlene und er sich manchmal trafen.

Auch mein Vater ging auf Gernot los wie ein wilder Stier. »*Bist ongsoffn?*«, rief er und: »*Wea ma miassn die Gendarmarie ruafn? Und rauchn losst den Buam a, des wead den Inspektor sicherlich interessiern, manst nit?*«

Daraufhin packte der Gernot meinen Vater am Revers und biss die Zähne so fest aufeinander, dass ich es knirschen hörte. Er holte tief Luft und schrie meinem grinsenden Vater ins Gesicht, dass sich die Polizei viel eher dafür interessieren werde, was damals mit dem Franzi am Gratschbacher Grund meiner Eltern eigentlich wirklich passiert sei. Dass es sich nämlich mitnichten um einen Unfalltod gehandelt haben könne, sondern um allerhöchste Fahrlässigkeit, er selbst wisse das am besten, schließlich hatte er, mit seinen eigenen Händen, den Jungen aus dem Erdschacht geborgen. Mein bleich werdender Vater sagte darauf ganz kleinlaut: »*Loss mi aus, oda I gib da a Watschn.*« Woraufhin Gernot Pfandl das Revers meines Vaters losließ, hinter die Theke ging und zwei Schnäpse auf den Tresen stellte. Dann tranken mein Vater und Gernot zusammen.

Gleich darauf traf die Rettung ein. Angelika wischte Andreas' Blutsprenkel auf, Emir fuhr meinen betrunkenen Vater und mich nach Hause.

Gut ein Jahr nach Franzis Tod wurde der Burschenschaftler und Feuerwehrmann Gernot Pfandl tatsächlich mit bemerkenswerter Stimmenanzahl zum Gemeindebürgermeister gewählt, und mein Vater freute sich, als wäre es sein eigenes Verdienst gewesen. Ein paar Stimmen gingen an die ÖVP und die SPÖ, aber wenige, und eine singuläre Stimme ging an die Kommunisten. Ich konnte Gernot Pfandl nach der Wahl, als er meinen Vater zum Feiern abholte, sagen hören, dass er hinter der kommunistischen Stimme den *Focknhocker* vermutete, da niemand im Dorf wisse, wo er sich während des Kriegs aufgehalten habe, während die Einsatzgebiete aller anderen Kriegsdiener offenlagen. Der *Focknhocker* redete nicht über den Krieg, fing jemand damit an, trank er nur wortlos einen Schnaps oder sagte so was wie: »*Schleichts eich mit eian Kriag!*« Bei dieser Wahl hatte sich jedenfalls tatsächlich jemand für die Kommunisten aufstellen lassen. Aufgrund einer verlorenen Wette. Ein zwanzigjähriger Bub war der Überzeugung, dass er es schaffe, mit dem Dreiroller seiner Nichte in drei Tagen nach Graz zu radeln. Wenn nicht, würde er bei der Bürgermeisterwahl für die Kommunistische Partei antreten. Seine Freunde waren begeistert. Der Bub verlor seine Wette. Soweit ich weiß, schaffte er es mit dem Dreiroller nicht einmal bis ins nächste Dorf. Aber er hielt sein Wort. Und da er, der scheinkommunistische Kandidat selbst, Gernot Pfandl gewählt hatte, stellte sich logischerweise die Frage, wer ihn, den Scheinkommunisten, gewählt haben könnte.

Gernot klingelte jedenfalls nach der Wahl an unserer Tür und bat den Vater hinaus. Mein Vater weigerte sich, auf

Gernots wie auf Beifahrersitzen im Allgemeinen Platz zu nehmen, auf einem Skodasitz noch dazu. Und so stieg Gernot in das Auto meines Vaters um. »*Donn wea ma amol Mode mochn*«, blähte der sich auf, bevor sie ins Kellerlokal *Zur lustigen Rune* davonrollten, wo unser frisch gewählter Bürgermeister meinem Vater, dem Lastwagenhändler, wie versprochen »*die richtign Leit*« vorstellen wollte. Mein Vater führte sein Lastwagenunternehmen nämlich, ohne es zu vergrößern, so dass der Gernot Pfandl früher immer ein wenig verächtlich über seine Arbeit sprach, immer ein wenig herabwürdigend, weil er bisher noch »*nit richtig*« expandierte, so Pfandl.

Jetzt wollte mein Vater expandieren. Oder der Gernot Pfandl wollte, dass mein Vater expandierte, ich weiß es nicht mehr so genau, jedenfalls hatte der Pfandl an unserer Tür geklingelt, um seinen Carli, wie er sagte, abzuholen und ihm *die richtign Leit* vorzustellen.

Ich wäre gerne mitgefahren, um mir ein Bild von »richtigen Leuten« zu machen, insistierte sogar tränenreich, aber der Vater und die Mutter würgten mein Bitten ab, indem sie mir in Aussicht stellten, unter einer Bedingung mitfahren zu dürfen, »*Unta da Bedingung, dass du a Kleid onziagst*«. Eher wäre ich, wie Empedokles, in einen Vulkan gesprungen, und das wussten die Eltern. Ich blieb zu Hause.

Am nächsten Morgen redete meine Mutter mit meinem Vater wieder einmal nicht, kein Wort redete die Mutter in Vaterrichtung, und er tat so, als würde ihn dieses auf ihn bezogene, von der Mutter ausgehende Schweigen nichts, aber auch überhaupt nichts, angehen. Ich wusste, was passiert war: Der Vater war nachts mit seinem Mercedes in die Einfahrt eingebogen, hatte den Motor abgestellt, seine Fahrertür geöffnet, und nach kurzem Gerangel mit Lenkrad, Schlüssel, Gangschaltung, Handbremse und seinen eigenen Gliedmaßen war er kopfüber aus dem Fahrzeug gestürzt, woraufhin er gleich am Boden unten blieb und auf allen vieren über die Waschbetonplatten zum Haus hinüberkroch. Die Stiege hinauf zum Eingang krabbelte er wie ein Kleinkind, dabei warf er erste Kleidungsstücke von sich wie die Sandsäcke eines Heißluftballons und erreichte endlich den Eingang und das Klo, das er unvermittelt vollkotzte und vollschiss zugleich. Danach schlief er laut grunzend in seinen Exkrementen ein, bis mein Bruder Johan und meine Mutter sich erbarmten, ihn zu waschen und ins Bett zu legen. Am nächsten Tag befand sich der Vater wie immer in einem blitzeblanken Haus, und auch einen blitzeblanken Körper hatte er, und weil er sich beim besten Willen nicht an die Heimreise am Vorabend oder an sein Ankommen zu Hause erinnern konnte, sosehr er sich auch anstrengen mochte – er war ja schließlich nach dem Abend mit Gernot Pfandl »*a bissl rauschig*« –, tat er einfach weiter wie bisher, denn meine Mutter wollte ihm dieses Szenario wirklich nicht beschreiben und dadurch wiedererleben.

An diesem Abend im Klunzenveiter Lokal lernte der Vater jedenfalls Herrn Beuschelwieser kennen, einen alten Burschenschaftsfreund Gernot Pfandls. Der Beuschelwieser war und ist ein Uhrmacher aus Wien, der meine Brüder immer mit dem Satz »*alles in däätscher Hand?*« nach ihrem Wohlergehen fragt oder der einmal eine Geburtstagsfeier meines Vaters zu später Stunde sprengte, indem er von den »großartigen Taten und Reden unseres lieben Herrn Goebbels« sprach. Er ist circa zwei Meter fünfzig groß und hat eine laute Tenorstimme, die den Schmiss auf seiner Stirn nur so zum Rasen bringt. Seine Hände sind so groß wie

Schallplatten, und eine Dopplerflasche Wein trinkt er, graziös zwischen Daumen und Zeigefinger haltend, in drei Schlucken leer. Und weil mein Vater auch recht trinkfest war und ist, konnte er dem Beuschelwieser Paroli bieten und imponieren. Auf diese Weise wurden die beiden an jenem Abend in *Der lustigen Rune* Freunde, und der Beuschelwieser brachte von nun an jede Menge weiterer Freunde zu uns in den Gratschbacher Hof, wo diese Freunde zusammen mit meinem Vater und mit Gernot Pfandl ausgelassen waren und froh. So wie am fünften Oktober neunzehnhunderteinundneunzig, als auch der Kameradschaftsbund zum ersten Mal auf Einladung vom Beuschelwieser den Weg zu uns fand.

Gernot und mein Vater standen etwas abgesondert an der Theke, eng standen sie beisammen und stellten einen eigenen Raum um sich her, durch ihr von der Feiergemeinschaft so verschiedenes Verhalten. Ich hörte den Gernot sagen, »dass der Tod des Buben, dass man zusammenhalten müsse in solch harten Zeiten«. Dann holte er weit aus und tief Luft und sagte, dass mein Vater auf gar keinen Fall ein schlechtes Gewissen haben solle, weil er die Kinder unbeaufsichtigt am Brunnen spielen ließ, unter keinen Umständen solle er jemals ein schlechtes Gewissen haben, denn ein schlechtes Gewissen sei schließlich ungesund für den Magen. Ich habe mitgezählt, dass der Bürgermeister in seiner Rede dreiundsechzig Mal die Wörter »schlechtes Gewissen« verwendet hat und dass mein Vater dazu vierundsechzig Schnäpse trank, den letzten mit Gernot zusammen, woraufhin mein Vater ihm in die Arme fiel, als wäre er gerade aus dem Krieg zurückgekehrt zu seinem Geliebten. Dann löste sich ihr Raum auf, und die beiden mischten sich unter den Kameradschaftsbund, der gerade *Ich denk an dich, mein deutsches Mädchen!* sang, und beide sangen aus voller Brust mit. Der Vater fand sich danach neben einem einundsiebzigjährigen Kameraden des XV. Kosaken-Kavallerie-Korps wieder, der in der Wehrmacht und SS gedient und gegen die jugoslawischen Partisanen gekämpft hatte. Der Alte mochte meinen Vater auf Anhieb, dass er so schöne blaue Augen habe, sagte er, und dass diese Augen ehrlich seien, so was wisse er sofort. Und nach kurzer Unterhaltung hatte der XV.K.K.K.-Mann meinen Vater nach Sibirien eingeladen, wo mein Vater einen großen Frächter treffen könne, der ihm unzählige Lastwägen abkaufen werde. Der Vater nahm die Einladung gerne an, und dann tranken und sangen die Männer weiter, keine einzige Frau war in der Gaststube des Gratschbacher Hofs, auch meine Mutter nicht.

Am nächsten Tag fuhr unsere Familie mit den neuen Freunden des Vaters auf den Ulrichsberg, um dort der gefallenen Soldaten des Zweiten Weltkriegs zu gedenken. Gemeinsam mit den Veteranen der Waffen-SS schlenderten wir hinauf und bummelten oben herum. Die Fahnenschwenker gingen vorneweg und die Burschenschaften im Wix. Auch Gernot war im Wix gekommen und selbstverständlich auch der Beuschelwieser, der sich irgendwelchen Menschen als vom Verfassungsschutz vorstellte, woraufhin der Freundeskreis um Gernot und meinen Vater so hingebungsvoll lachte, dass ihr Zwerchfell beinahe riss. Der Gernot ist dann kurz verschwunden, er wollte eine kleine Weile allein mit der Gedenktafel sein. Er stand davor und betete zu seinem Vater, ehe er, die bunten Fahnen prachtvoll im Hintergrund, halbverdaute Käsnudel und Reindling auf seine eigenen Schuhe erbrach. Der Wahlkampfleiter Rauschnig bekam das mit und putzte Gernot ganz liebevoll mit einem Taschentusch die Kotzbrocken vom Leder. Dann gab er ihm Schnaps, und niemand sprach mehr darüber.

Der Beuschelwieser, Gernot Pfandl und mein Vater rückten durch gemeinsame Unternehmungen wie Ulrichsberg- oder Heurigenbesuche immer enger zusammen, und mein Vater verbrachte mehr und mehr Zeit im Uhrengeschäft vom Beuschelwieser, um ihm nahe zu sein und Lastwagen-Geschäfte über ihn abzuwickeln. Zum ersten Mal fuhr der Vater an einem recht finsteren vorweihnachtlichen Wintertag zum Beuschelwieser hinaus nach Wien, und neben Gernot durfte auch ich mit, weil meine Mutter mit den Goldhauben-Trachtenfrauen auf Wallfahrt unterwegs war.

Der Bürgermeister saß am Beifahrersitz und las meinem Vater die *Staberl*-Kolumne aus der *Kronen Zeitung* vor. Der Artikel löste ein derartiges Amüsement aus, dass der Wagen nur so wackelte. Die Heiterkeit legte sich erst, als wir drei Stunden später im Uhrengeschäft in der Sautergasse ankamen. Und dort bog sich das Gelächter abermals zur Welle auf, und alle, der Wahlkampfleiter Rauschnig, Beuschelwieser und ein paar andere, mir nicht mehr so gut in Erinnerung gebliebene Männer stimmten ein. Ausgehend von der *Staberl*-Kolumne entwickelte sich der Männerabend zu einer Art literarischen Soiree, bei der jeder erzählte, was er unlängst da oder dort gelesen hatte. Der Beuschelwieser rezitierte in feudaler Haltung ein Gedicht. Ich saß derweil an der Werkbank und stellte aus Büroklammern Schmuck her, Schmuck mit Kork-Diamanten von den unzähligen Weinflaschen, die die Herren zu ihren Zitaten, Ideen und Theorien tranken, sämtliche Insekten der Erde hätte ich mit meinem Schmuck ausstatten können, so viele Flaschen waren es.

Zu später Stunde sind wir trotzdem noch zu einem Heurigen nach Grinzing gefahren. Der Beuschelwieser bestellte eine Jause für alle und Liptauer und Salzstangen und reichlich Wein. Die Männer saßen beieinander und tranken und aßen, und bald sangen sie auch Lieder, in die der ganze Heurige mit einstimmte, Jung und Alt stimmte ins Liedgut ein. Und die Kellnerin brachte immer neues Essen und neuen Wein, wenn sie, »*Hasale, bring uns noch wos!*«, dazu angehalten wurde, bevor der Vater sie zum Tanz aufforderte. Danach saß sie neben meinem Vater am Tisch. Die alte Wirtin zeigte sich jetzt für uns verantwortlich, ihrer Kellnerin signalisierend, dass sie ruhig sitzen bleiben und sich amüsieren solle. »*Wia sind ja käine Unmenscha.*« Der Vater zupfte an der Schürze ihres Dirndlkleides herum oder spielte mit ihrem Ohrring und wurde auf jedes Kichern ihrerseits ein wenig forscher in seinen Äußerungen und Berührungen. Ob die Unterhose auch so perfekt abgestimmt sei auf den Rest ihrer Tracht, fragte er zum Beispiel, und die Kellnerin gab wieder ein Kichern zur Antwort, was das Auskundschaften ihres Körpers durch die Hände meines Vaters befeuerte. »*Gibst mir a Bussale?*«, forderte er die junge Frau auf und hielt ihr seine Wange hin, ehe er den Kopf geschwind drehte, so dass sie seinen Mund statt seiner Wange traf. Die Herren röhrten. Laut war es im Heurigen, von einer ausgelassenen, spitzen Lautstärke, und bald war ihr Lippenstift vollständig auf dem Gesicht meines Vaters verteilt. Gernot Pfandl riss ihm die Kellnerin allerdings forsch aus der Hand »*Traust di mit mia tonzn?*« Dabei züngelte er ein bisschen an ihrem Ohr und berührte ihren Busen. Nachdem ich kurz am Tisch eingenickt war, verfrachtete mich die alte Wirtin in eines der Zimmer über der Gaststube, in das der Vater im

Morgengrauen gerumpelt kam. Sein Schnarchen wurde in meinen Träumen zu einem Motorklopfen, aber ich erinnere mich nicht, wohin ich träumend fuhr. Auf der Rückreise nach Kärnten war der Vater jedenfalls ganz schön »*am Lempa*«, verkatert, wie er Gernot gestand. Und Gernot gab aus einem verschmitzten Gesicht heraus zu, dass er nicht wirklich zum Schlafen gekommen wäre, »*die Köllnerin, waßt eh!*« Allerdings hatte ich, als ich nachts auf die Toilette im Flur ging, gesehen, wie die Chefin ihre Kellnerin im Wirtschaftsraum neben meinem Gästezimmer verabschiedete und ihr das Trinkgeld in die Hand drückte. Bevor die junge Frau die Treppe hinunter und aus dem Heurigen davon ist.

Nach der Ankunft aus Wien setzte ich mich in die Speisekammer auf den Reissack und hörte zu, wie die Schnitzel in der Fritteuse panierten. Und wie mein Vater meiner Mutter erzählte, dass der Rauschnig ein Millionengeschäft für ihn, meinen Vater, hätte, alles dank der *Leit* des Gernot Pfandl. Unzählige Lastwägen würden im Balkan gebraucht, in Serbien hauptsächlich, und es könne nicht schnell genug gehen. Alles würde über die Politik laufen und wäre von daher astrein. Die Äuglein der Mutter brutzelten dabei wie ihre Kalbsschnitzel, stellte ich mir vor.

Marlene torkelt jetzt leicht in ihren roten Lackschuhen auf unserem Grund herum und hält sich den Gernot auf Abstand. Heute ist sie offenbar auch wieder sauer auf ihn, sauer wie junger Wein. Ich beobachte die beiden, ihr Abstandsballett.

Vor ein paar Tagen war ich dabei, als Marlene sich beim Küchenutensilien-Verpacken bei meiner Mutter über ihn beklagte. Der Gernot soll sie unlängst angerufen haben, erzählte sie. Ihr Telefon klingelte, und sie stellte den Laut-

sprecher ihres modernen Apparats an, goss sich ein Glas
Grüner Veltliner ein, zündete mit einem Streichholz aus
der *Buschenschank* ihre Zigarette an. Sie genoss das Streich-
holzknistern. Auf der Schachtel stand: *Wenn der Wein nie-
dersitzt, schwimmen die Worte empor. Herbert Heckmann.*
Die Packung Milde Sorte warf sie auf den Küchentisch, neben die Reste Prosciutto, den sie zum Abendbrot gegessen
hatte. Marlene band den zu locker gewordenen Bademan-
tel neu, mit der Zigarette im Mundwinkel, dann schlurfte
sie mit dem Telefonapparat ins Wohnzimmer, das Kabel
hinter sich herziehend, und stellte das Radio an. Es könnte *No Limit* im Radio gelaufen sein. Marlene setzte sich.
Und stand dann doch auf, um hin und her zu gehen. So
malte ich mir jedenfalls die Szene aus, während sie meiner
Mutter vom Telefonat berichtete: »*Gernot, hob i sogt, Gerri. Du konnst mi nit mitten in da Nocht ausm Bett klingln,
ols wie wonn da Papst gsturbn warat. Sternhoglblau.*« Und
nach so langer Zeit, in der sie überhaupt nichts von ihm
gehört habe. Damit sie ihm die Seele streichle. Sie wisse
schon, was los sei, sie habe Augen im Kopf und ein Herz,
das pocht, aber sie könne ihm nicht helfen. »*Du tuast ma
lad, oba i konn dir nit hölfn!*« Seine Situation sei eine un-
aussprechliche und vermutlich nicht in den Griff zu bekommen. Aber er müsse ein Leben damit finden, mit dieser
Sache, dürfe sich nicht von seinen Leidenschaften heim-
suchen oder umbringen lassen. »*Red mit kan Pfoffn, sondan
direkt mit Gott, wenn dia dos hülft, oba sei konsequent. Fir
dein totn Vota oder dei Muatta und fir di sölba und dei Wohl-
volk. Um Himmelswülln, Gernot, reiß di zomm.*« Kärnten
sei nicht die griechische Antike und er nicht Sokrates, den
sie übrigens aufgehängt hätten. Aber wenn er sich jetzt auf
das Wesentliche konzentriere, könne er ein ganzes Land in

einen Wohlstand führen, der zu den Ressourcen des Landes passe, und das ohne Gemauschel und Parteibuchkumpanei. *»Vasprich mia nix, wos du nit holtn konnst, nur weil du di ansom fühlst und rauschig bist. Weil i sunst glabn muass, dass du a ondare, greaßare Vasprechn nit einholtn weast. Bring di ins Reine, Gernot.«* Und dann fügte Marlene noch hinzu, dass sie Gernot in der Leitung wimmern hörte, bevor sie eine halbe Benzo schluckte und sich zurück ins Bett legte.

An jenem Abend glich Marlene ein wenig ihrer Mutter, die ständig hobbymäßig herumorakelt hatte. Ganz gleich, ob ihre Umwelt dafür Interesse zeigte oder nicht. Marlenes Mutter, die alte Wallach, sah immer das Schlimmste voraus. Dass nicht mehr genug Essen für alle da sein wird, im Winter, klagte sie, wenn ihr Schweinebauer-Sohn einmal im Jahr Besuch empfing, und prophezeite den Hungertod der ganzen Familie. Ihretwegen sei ihm schon die vierte Frau davongelaufen, »die vierte!«, ärgerte sich der Bauer. Und wenn das Auto in der Kälte beim Start muckste, weil der Sohn mit den Rindern den Motor nicht ausreichend vorglühen ließ, rechnete sie ihm und sich selbst gleich die Schrottplatzkosten vor. Und jene für ein neues Auto. Sie malte sich die dadurch anfallenden Kreditrückzahlungen aus, sah schon die Insolvenz, inklusive Gefängnisstrafe, vor sich und ängstigte sich vor Gott darüber, wer denn nur ihre Bettpfanne ausleeren würde, wenn der Sohn erst in Stein interniert wäre.

Irgendwann, im Alter von achtundneunzig Jahren, starb die alte Wallach. Sie lag am Rücken, dünn wie ihre Knochen, oben in der Dachkammer. Die ganze Familie war zusammengekommen, auch Marlene. Und der Pfarrer Don Marco malte der Sterbenden mit Rosenöl das Kreuzeichen auf die Stirn. Die Alte schnalzte drei Mal, drei laute Doppelschnalzer, mit ihrer Zunge. So ritt sie nach Graz oder Innsbruck, sie ritt an ihren Sehnsuchtsort, während sie entschlief.

ZEHN

Karla und ihr Papa, Herr Meier, sind angekommen. Die Mutter entdeckt Karla zwischen Obstbäumen, Kisten und Lkws, lässt das Designerkristall in ihrer Hand fallen – Krach! – und fliegt zu dem Kind. Die beiden drehen sich im Kreis, und Karlas knielanger Rock und die geflochtenen Zöpfchen heben sich dabei. Die Designerkristallscherben kehrt Johan auf. Wegen des Dackels. Robert Meier hebt eine Kiste hoch, die Haut über seinem Bizeps ist glatt gespannt, eine grüne Ader sticht heraus. Auf dem Karton steht mit dickem Filzstift *Bücher* geschrieben. Es gibt insgesamt zwei solcher Bücherkisten, die Mutter hat die Bände gestern aus dem verschließbaren Biedermeierschrank geräumt. Für den Jagdwaffenschrank daneben gab es keinen Schlüssel. In zweiter Reihe standen das Faksimile eines SS-Liederbuches, das der Beuschelwieser meinem Vater geschenkt hat, neben einer Ausgabe *Freispruch für Hitler?* und anderen Eigenverlag-Publikationen des Autors Gerd Honsik. In einem der Gedichtbände befindet sich eine persönliche Widmung für meinen Vater. In erster Reihe stand hingegen mein geliebtes Werk *Vom Faustkeil zum Laserstrahl*, ein mehr oder weniger wissenschaftliches Buch über die Erfindungen der Menschheit. Ich erarbeite häufig Vorträge damit, Vorträge von beträchtlicher Fulminanz müssen es immer werden.

Einmal beabsichtigte ich, nach einer wissenschaftlichen Darlegung und einigen Dankesworten den Nobelpreis für Physik entgegenzunehmen. Zu diesem feierlichen Anlass borgte ich mir eine Krawatte meines Vaters, die ich mir auf durchaus ausgefallene Art um den Kragen des Kirchgang-

Hemdes meines Bruders band, dazu hängte ich mir eine Strickweste salopp über die Schultern. Den akkurat gekämmten Mittelscheitel steifte ich mit Haarspray ein und bediente mich großzügig am Rasierwasser. Perfektioniert wurde meine Verwandlung mit Hilfe einer stattlichen Penisattrappe aus zusammengestülpten Socken. Feuerwerksartiger Applaus bat mich endlich nach vorne auf mein Bett-Podium. Ich räusperte mich beim Blick in die Notizen, faltete den Zettel wieder zusammen und ließ ihn in der Westentasche verschwinden. Meine die Wissenschaftsgeschichte für alle Zeit verändernde Rede nahm ihren Lauf. Der Publikumsjubel hätte Statiker in Angst versetzen können. Solcherlei Ausgelassenheit war der Akademie bisher fremd. Die Nobelpreisurkunde nahm ich froh entgegen, aber ich hatte diese Auszeichnung erwartet, ausgezeichnet zu sein und zu werden war Bestandteil meines Daseins. Die Matinee fand in jener Ecke des Kinderzimmers statt, die Johan bewohnte. Ein Achterl Soda-Zitron zu Ehren meines Kollegiums erhebend, mischte ich mich unter die Menge, sonnte mich in der Aufmerksamkeit erhabener Gäste. Insbesondere für die Blicke mancher Damen war ich offen. Bis Karla durch ihr Auftauchen meine Feier demolierte.

Ob sie mitspielen dürfe, kam es rapid aus Karla heraus, und nahtlos ratterte sie mir schon die Spielregeln vor. Sie sei die Mutter, und der Vater würde jeden Augenblick von der Arbeit nach Hause kommen. In der Erwartung, ich, ihr Kind, hätte bis dahin meine Hausaufgabe erledigt: einen Aufsatz über eine Puppe zu schreiben, die Karla vorausschauend aus ihrem Puppensortiment mitgebracht hatte. Sie wedelte mit dem Spielzeug vor meinem Gesicht herum. Zuerst sah ich nur Rüschen, aber dann blitze ein Stück rosafarbiges Plastik mit hellblauen und grotesk großen Augen auf, das unter den Rüschen verborgen lag. Karla, schon vollständig mit ihrer Rolle verschmolzen, drohte mir, »Hausaufgabe, oder du kannst auf dein Abendessen verzichten!«, bevor der Vater hereinspaziere, »Nimm dich in acht!«. Aber ich weigerte mich und bat darum, selbst den Vater spielen zu dürfen, ich hätte ja gerade schon einen Nobelpreis gewonnen und würde gerne weiter meiner Berufung als Forscher nachgehen. Karla rümpfte die Nase, eigentlich ihr ganzes Gesicht. »Du kannst kein Mann sein«, sagte sie. Verdrossen erbrachte ich, an ihr vorbeihuschend, den Vorschlag, stattdessen ins Nachbardorf zu laufen. Dabei fischte ich unbemerkt nach den Socken in meiner Unterhose. Wir gingen.

Im Nachbardorf angekommen, war Karla vom Kaugummiautomaten an der Friedhofsmauer angezogen und drehte sich einen Plastikring heraus. Sowie sie den Ring übergestreift hatte, warf sie ihre Haare immer wieder mit dem Handrücken über die Schulter und sprach, als hätte sie eine Maus verschluckt. Bei jeder ihrer Bewegungen hielt sie die Hand so in die Luft, dass der Ring gut sichtbar blieb. Sie führte mir den Ring vor und berichtete mir von ihrer dazugehörenden Hochzeit. Pferde, Blumen, mit lauter zehn-Groschen-Stücken bezahlte Schuhe, Essen und Tafelsilber kamen in ihren Schilderungen vor, nur von ihrem Bräutigam erzählte sie nichts. Der Bräutigam verschwand in ihrer Geschichte, wie die grotesk dreinblickende Plastikpuppe hinter den Rüschen verschwand. Das Drumherum war ihr eigentliches Verlangen, der Bräutigam nur der Schlüssel dazu. Wie ein Autohändler, der ein Geschäft abschließen will, ergänzte ich Karlas Erzählungen. Ich steigerte sie sogar. Aus einem schönen Pferd machte ich zehn Lipizzaner. Sie gab sich meinen Beschreibungen zufrieden hin, zerfloss förmlich darin, und als ich sie bat, mir ihre Ballettschritte zum Altar, den ich in den Innenhof des Guts vis-à-vis der Kirchenmauer setzte, zu zeigen, stelzte Karla drauflos, während ich am Gatter blieb, denn ich wusste, was gleich passieren würde. Der an der langen Kette angeleinte Wachhund begann, sein Revier zu verteidigen. Er fletschte mit den Zähnen aus dem dunklen Loch seiner Hundehütte heraus, aber Karla war so rauschig vom Spiel, dass sie die Warnung überging. Dann machte der Deutsche Schäferhund einen Satz und warf Karla um. Karla schrie, und wir rannten davon. Erst kurz bevor sich unsere Heimwege trennten, gingen wir wieder im Schritttempo. Das Hundegebell in unseren Ohren verstummte allmählich, und Karla begann zu weinen. Am Wegrand fand ich ein Gänseblümchen und bastelte meiner Schulfreundin eine Tröte aus seinem Stiel.

Jetzt tänzelt sie über die Wiese und sucht nach mir. Für eine recht kurze Zeit konnte ich mich immer auf die Rotbuche retten, wenn ich ungestört sein wollte. Aber Karla war nur wenige Wochen nach mir in der Lage, den Baum zu bekraxeln. Das erste Mal gelang es mir am neunten November neunzehnhundertneunundachtzig, fünf Tage vor meinem siebenten Geburtstag. Meine Mutter weinte den ganzen Tag, zuerst vor dem Radio und später vor der *Zeit im Bild*. Tagsüber saß sie mit Robert Meier am Stammtisch im Gasthaus und hielt sich an Karla fest, die von den Tränen meiner Mutter schon ganz angepritschelt war. Am Abend saß sie mit den beiden und meinem Vater im Wohnhaus vor dem Fernseher. Die Wimperntusche zog Schlieren über die Wangen, die sie hektisch mit einem Taschentuch aufzufangen versuchte, während ihr ab und zu ein »Carli!« in Richtung meines Vaters entfuhr, der daraufhin aus seinem leicht *angetschecherten* Schlaf erwachte und spontan »*Supa!*« oder »*Jawoll!*« schnarrte.

Die Berliner Mauer war gefallen, und wenn man dem Stammtisch des Gratschbacher Hofs glauben wollte, war das der Beginn vom Ende des Kommunismus. An diesem Abend, nach den Nachrichten, hörte ich meinen Vater nicht mehr von den Balkan-Staaten sprechen oder der DDR, sondern alle kommunistischen Länder schrumpften zu dem Begriff »*neie Määrkte*« zusammen. Am liebsten wäre der Vater noch in derselben Nacht hinausgefahren in die DDR und von dort noch weiter und tiefer hinein in den *bröckelnden*, wie sie sagten, Kommunismus, um Geschäfte zu machen. Ich konnte es ihm im Gesicht ablesen. *Denen konnst jetzt absolut olles verkaufn!*, stand da geschrieben, während seine Hände nervös mit dem Autoschlüssel spielten. Karla wäre auch gerne in die ehemalige DDR gefahren, weil sich ihre Mutter dort aufhielt, das erklärte jedenfalls Robert Meier nach dem Verschwinden seiner Frau.

Thomas hörte währenddessen in seinem Zimmer laut *Another Day in Paradise* von Phil Collins in Dauerschleife und drehte auch nach dem dritten Rufen des Vaters keine Spur leiser, woraufhin das Familienoberhaupt den Schlüssel fallen ließ und im bemühten Stechschritt in Thomas' Zimmer stakste. Der Stechschritt wurde allerdings von dem leichten Rausch, den der Vater hatte, unterwandert und ins Wanken gebracht. Nach zehn Minuten war Thomas' Musik aus, und der Vater kam sehr aufrecht und irgendwie wieder nüchtern zurück ins Wohnzimmer, irgendwie geheilt von der Aufregung kam er mir vor und ins Wohnzimmer zurück. Die Mutter fing zu schwärmen an, glückstränenverschmiert schwärmte sie über den schönen sogenannten Osten, der jetzt auch zum Westen gehörte, und wohl auch über die vom Vater gewitterten neuen Märkte. Und Karla schwärmte indessen davon, dass ihre Mutter jetzt endlich zurückkommen könne. Ihr Vater hatte ihr erklärt, dass die Mutter in der DDR gefangen sei, von einer Mauer weggesperrt, und nur deswegen nicht zurück zu ihr nach Hause käme. Jeder außer Karla wusste aber, dass Karlas Mutter sich in einen SED-Politiker verliebt hatte, selbst in die Partei eintrat und es dort zu einer höheren Funktionärin brachte. Auch nach dem Mauerfall blieb sie verschwunden. Robert Meier ließ Karla allerdings ungeniert weiter glauben, dass ihre Mutter eines Tages nach Kärnten zurückkehren werde, ganz bestimmt, der Weg sei nur weit und die Straßen schlecht. Aber sie werde kommen, sie sei schon auf dem Weg, fast, bald. Alle waren gerührt an diesem Tag, außer Thomas. Wäre ich an Thomas' Stelle gewesen und hätte laut Musik gehört, ohne auf den Elternbefehl zu reagieren, wäre vermutlich die Mutter gekommen, um mich an meiner Schläfe zu *tschopfatzen*, an den Haaren zu reißen.

An diesem neunten November neunundachtzig war ich also endlich groß genug, um auf die Buche zu klettern. Mit einem Klimmzug, edler, als Sylvester Stallone ihn hätte ausführen können, zog ich mich am untersten Ast hinauf und kraxelte in die Krone. Beim Aufstieg hörte ich Tiere aus ihren Baumstammhöhlen fliehen, obwohl sie natürlich nichts vor mir zu befürchten hatten. Eichkätzchen waren mit einem Satz auf und davon, ein paar Rotkehlchen auch, außerdem Buchenstreckfuß-Raupen mit kugelrunden Bäuchen, schwer wie Medizinbälle.

Von diesem Tag an saß ich oft auf meinem Baum, der neunzehnhundertneunzig vom Umweltschutzverein Wahlstedt sogar zum Baum des Jahres gekürt wurde. Alle Buchen wurden neunzehnhundertneunzig zum Baum des Jahres gewählt und mit ihnen auch meine Buche vorm

Gratschbacher Hof. Ich glaube, sie ist daraufhin noch zwei Zentimeter gewachsen. Im Juni meldete ich, man brächte mich nur von der Buche herunter, wenn man verspräche, mich – aus gegebenem Anlass – Susanne Albrecht zu nennen. Und in der Folge nur noch Albrecht. Aber niemand hielt sich daran. Die anderen blieben unten stehen und lachten mich aus. Ich hingegen war oben und spuckte genüsslich hinunter. Ich spuckte, überrascht darüber, wie viel Speichel mein kleiner Körper produzieren konnte. Ein toller Körper, dachte ich, ein nützlicher.

Auch der Körper von Karlas Mama war ein nützlicher gewesen. Wenn er demonstrierte, bevor sie nach Ostdeutschland auswanderte. In der Trennungsphase von Robert Meier und Karlas Mama wurde über viel debattiert, sie haben oft im Gratschbacher Hof gestritten. Das hat mir meine Mutter erklärt. Weil Frau Meier einen Beitrag zur Verbesserung der Welt leisten wollte. Herr Meier fand aber, seine Leistungsschuld sei abgegolten, indem er jeden Sonntag in die Kirche ging. Frau Meier wollte keine katholische Hausfrau sein, sie wollte eine arbeitende Frau sein, in Hosen und Sicherheitsstiefeln durch eine Fabrik stapfen, schweres Zeug auf ihren Schultern. Seite an Seite mit anderen Frauen und Männern, Seite an Seite mit dem Proletariat und der marxistischen Idee. Frau Meier interessierte sich für Gleichheit, Planwirtschaft und Revolution. Herr Meier für Kolonialwaren und billige Pflegekräfte. Er war Geschäftsführer eines vor kurzem privatisierten Altenheims mit katholischer Ausrichtung. Sie hatte bis zu ihrer Schwangerschaft drei Semester Soziologie studiert. Frau Meier veränderte sich durch das Verfolgen des Weltgeschehens und durch Lenin und Tito. Herr Meier veränderte sich nicht. Frau Meier liebte *Panzerkreuzer Potemkin* von Sergej

Eisenstein. Sie liebte den Film so sehr, dass das Magnetband der VHS-Kassette schon ganz abgenutzt war und die Bilder flimmerten. Herr Meier liebte *Ein Schloss am Wörthersee.* Frau Meier veränderte sich von innen und außen, *»wie a Monn!«*, hörte ich Gernot einmal über Frau Meiers damaligen neuen Stil sagen und wunderte mich, was denn Verächtliches an einem Mann sein solle. Sie fuhr auf Urlaub nach Magdeburg und lernte dort einen SED-Politiker kennen, in den sie sich verliebte. Wenige Wochen später fuhr sie ein zweites Mal nach Magdeburg, aber diesmal kam sie nicht mehr zurück. Robert Meier war überfordert, Alleinerzieher und verlassen. Als Karla sich auch noch beim wilden Herumspielen in der Küche mit Fett verbrannte, war es geschehen um ihn. Eine komplette *Rein* mit heißem Öl für *gebackene Mäuse,* Karlas Lieblingsessen, schwappte auf ihre Beine. Karla fuhr mit schweren Brandwunden ins Krankenhaus, und der von Schuldgefühlen Beschädigte erlitt einen Nervenzusammenbruch. Dass die Nervenklinik auf dem Krankenhausgelände lag, war die praktische Seite dieser Tragödie, die Frau Wutzegaunig angeblich mit dem Kommentar, *»es gschieht jo nix ohne Grund«*, analysierte. Von diesem Unfall an übte Karla Ballett. Eigentlich nur, um ihre Haut zu dehnen. Und weil sie sich einredete, ihre Mama wäre eine Bewunderin Nijinskys. Dabei hatte sie, wie mir meine Mutter verriet, nur Marschmusik gemocht, wie *Der Tag des Sieges* von Tuchmannow.

Karla hatte nur wenig Erinnerungen an ihre Mutter. Die einzigen Erinnerungen, oder die meisten und wesentlichen Erinnerungen an sie, hatte Karla über die Jahre einfach selbst im Spiel entwickelt. Mein Zufluchtsort war die Rotbuche, Karlas Zufluchtsort waren die erfundenen Erinnerungen. Sie flüchtete sich in diese Erinnerungen, wenn ihr die Mutter fehlte. Oder nach jeder noch so kleinen Diskussion mit ihrem Vater.

Nun, da die Mauer gefallen war, wie die Erwachsenen an jenem Tag unermüdlich wiederholten, übte Karla in Erwartung ihrer Rückkehr eine Art Willkommensballett für ihre Mutter, und Volker schaute zu. Karla übte Ballett und flüchtete in Hoffnungen und Erwartungen ihre Mutter betreffend, ich hingegen rettete mich auf die Rotbuche. Zum Beispiel, nachdem ich das Bild vom Wilderer umgedreht hatte. Der Wilderer ist ein Bild, das im Flur der zweiten Etage unseres Gästehauses hing. Wo Luca wohnte. Ein Bild von einem jungen Mann, der todesgleich, so friedlich wie ein Toter auf einer kleinen Lichtung inmitten eines felsigen Gebirges schläft. Vor diesem Bild hatte und habe ich eine solche Angst, dass ich nie, wirklich niemals in den zweiten Stock hinaufging. Und wenn ich doch musste, ging ich, es nicht aus den Augen lassend, rückwärts an ihm vorbei. Ein sehr femininer Wilderer ist auf dem Gemälde abgebildet, ein grazilier. Mit einem leicht angezogenen Bein liegt er da, den Kopf am Oberarm abgelegt, im *Port de bras*, würde Karla sagen. Sein bleiches Gesicht, sein Schneewittchen-Gesicht, sehe ich genau vor mir. Vielleicht lächelt er sogar lind. Jedenfalls war und ist er in meiner Vorstellung mausetot, und die Friedfertigkeit seiner Darstellung passte mir überhaupt nicht. Ein Toter sollte den Ausdruck eines Toten haben, einen von den Lebenden zur Gänze unterschiedlichen Ausdruck. Der Wilderer aber hatte ein warmes Gesicht. Insofern könnte der Tod genauso gut mich holen, dachte ich, wenn er Teil des Lebendigen wäre. Damit der lebendige Tod keinesfalls vom Wilderer zu mir überspringe, ließ ich das Bild jedenfalls nicht aus den Augen, nagelte ich den Tod mit meinem Blick am Wilderer fest.

Und dann war ich eines Tages allen Mut der Welt übertreffend kühn. Ich wollte nämlich Luca aus ihrer Wohnung abholen. Laut *Another one bites the Dust* singend, drehte ich das Gemälde mit einem gekonnten Griff um, hängte es verkehrt herum auf, um es endlich loszuwerden. Doch der Aufhängenagel bohrte ein Loch in die Leinwand. Sowie die Mutter die Katastrophe, wie sie sagte, bemerkte, jagte sie mich, um mich an der Schläfe zu *tschopfatzen*. Aber ich erreichte schnell genug meinen Hafen der Sicherheit: die im Garten stehende Rotbuche.

Wieder einmal oben im Rotbuchengeäst, konnte ich durch das Gasthausfenster in die Stube hineinschauen, auf den Stammtisch und auf die Erwachsenen, die sich darauf stützten. Gernot Pfandl saß da und der *Focknhocker*, mein Vater und meine Mutter, neben Marlene Wallach und dem Pfarrer. Don Marco hielt Gernot Pfandl gerade eine Privatpredigt, weil ihm zu Ohren gekommen war, dass Gernot den kleinen Andreas unlängst in der *Buschenschank* seiner Tante Marlene zum Rauchen angestachelt hatte, bevor er den Buben, ohne Absicht zwar, mit dem Auge gegen die Tresenkante stieß und Andreas, wie Don Marco sich ausdrückte, leicht verunglückte.

Der menschliche Körper sei ein von Gott gegebener, konstatierte Don Marco, ein Leihobjekt für die Seele, ihre irdische Herberge. Jede Zufuhr von körperschädlichen Substanzen sei ein Mietvertragsverstoß und führe zu unangenehmen Konsequenzen vor dem Jüngsten Gericht. Den Buben zum Rauchen aufzufordern, sei demnach ein Vergehen erster Ordnung gewesen, so der Pfarrer, Schuld eintreibend zu Gernot. Da stand der *Focknhocker* auf, riss sich die Blaumannknöpfe auf und sprang mit entblößtem Oberkörper auf den Tisch, den Schein der Lampe auf sich gerichtet. Der *Focknhocker'sche* Körper war bucklig und an einigen Stellen vernarbt, auf Schultern und Nacken weißer Hautkrebs. Wenn sich Gott die Körper unversehrt wünsche, hätte er die Arbeit nicht in die Welt bringen dürfen, raunzte er dem Publikum heiter zu und tat ein paar holprige Tanzschritte, um sein Gebrechen noch offenkundiger zu machen. Er hob das Glas mit jener Hand, an der ein Finger fehlte, trank seinen Slibowitz und setzte sich wieder. Don Marco trank seinen Slibowitz ebenso leer, und seine feuchten Augen funkelten. Kurz waren alle still. Bis Don Marco sich die Verlegenheit aus dem Hals räusperte und, seiner priesterlichen Berufung folgend, wieder zur Privatpredigt ansetzte. Die Arbeit sei ein Teilgebiet der Vergänglichkeit, und der *Focknhocker* solle unsere Notwendigkeit des Sterbens nicht mit seinem Buckel verlachen, philosophierte er, griff nach dem Drei-Liter-Kanister Schnaps und goss allen ihre *Stamperl*-Gläser wieder voll. Dann nahm er Gernot Pfandls Hand. »Gernot, erinnere dich an den Nachmittag, als du den kleinen Buben, Franz Ruck, aus dem Brunnen geschaufelt hast.« Jetzt sprang der *Focknhocker* schon wieder auf, aber diesmal zog er sich den Blaumann ganz aus und tanzte. Tanzend zog er auch seine Unterhose aus, und meine Mutter weckte meinen in sich zusammengesackt schlafenden Vater mit den Worten, »Carli, jetzt ist aber Schluss!«, woraufhin mein schlafverdutzter Vater, »*Josef, I fir di ham*«, dem *Focknhocker* seinen Heimfahrtservice anbot und aufstand, um den Nachbarsbauern abzuführen. Der *Focknhocker* entkam, zwar ohne seinen Blaumann und, wie meine Mutter bemerkte, auch ohne zu bezahlen, nach draußen. Er hüpfte über die kalten Waschbetonplatten zur Pfettendachgarage und war auch schon auf seinem roten Steyr-Traktor, den er sturzbetrunken und nackt durch den

Wald nach Hause lenkte, auf und davon. Ich konnte ihn noch eine Weile zum Motorklopfen jauchzen hören.

Im Gasthaus legte der Vater seine Bill-Haley-Kassette in das Radio ein, um die perplexe Stimmung der übrigen Stammgäste in Trinklust zu verwandeln. »Lass die Kinder nicht rauchen«, ätzte der Pfarrer ganz vorsichtig ein letztes Mal an Gernot Pfandl herum, und mein Vater tanzte mit Marlene Wallach zu Bill Haley Rock 'n' Roll, während ich von meinem Baum herunterkraxelte.

Karla hatte den *Focknhocker* auch gesehen, als er die Waschbetonplatten entlang zu seinem Traktor flüchtete. Sie starrte den nackten Bauern an, seine schwingende Körpermitte. Ihr Mund stand so weit offen, dass ich das Zäpfchen in ihrem Rachen sehen konnte, und eine in ihren Mund fliegende Gelse stieß sich den Kopf daran. Die Gelse starb auf Karlas Zunge. Karla schluckte.

Ich sehe, wie Karla weiter im Garten herumirrt und mich unter anderem auf der Buche sucht, während ihr Vater die Kisten mit zum Teil suspekten Büchern von der Terrasse zu den Lastautos trägt. Ich habe keine Ahnung, an welcher Stelle Luca gerade mit dem Zählen ist, vermute aber, dass sie jede Sekunde damit fertig ist, und hoffe inbrünstig, sie führt Karla nicht zu mir. Weil Karla sich wieder Spiele ausdenken wird, die mich frustrieren. Wie zum Beispiel jenes, bei dem man in Gefahr gerät und sich retten lassen soll. Ich bin unfähig, eine Ertrinkende zu spielen, die vom Bademeister gerettet wird, den sie dann am Schwimmbeckenrand oder auf der Insel im Teich heiratet. Immer gerate ich zwar in Seenot, entwickle dann aber einen Überlebenswillen und rette mich mit Hilfe eines Treibholzes, von Schilf oder einer Schaumstoffwurst selbst. Und wenn schon gerettet werden, ließe ich mich eher von einem Fisch, einer lieben Forelle, vor dem nassen Tod bewahren und in den Nichtschwimmerinnenbereich unseres Teichs abschleppen. »Das geht nicht, weil du so nicht heiraten kannst!«, beklagte sich Karla. »Dann heirate ich eben den Fisch«, erwiderte ich. Karla war nicht d'accord. Geheiratet würde nur innerhalb der eigenen Spezies. Dass wir Menschen vor langer, langer Zeit aus dem Wasser kamen und nur eine zu Zweibeinern entwickelte Fischform wären, überzeugte sie nicht. Und so siegte wieder einmal ihre Unvernunft, indem ich doch noch ihren Phantom-Mann heiraten musste. Im Austausch dagegen, dass sie mich zwei Wochen lang nicht mehr besuchen würde.

Bald steht nur noch das Klavier im Garten. Dafür kommen eigens bestellte Arbeiter. Sie kommen nur, um das Klavier in den Kastenwagen zu heben, den später Thomas nach Klosterberg, »*kane dreißig km/h, host mi verstondn!*«, fahren muss.

Die Mutter hatte mich neunzehnhunderteinundneunzig auf meinen Wunsch hin, Synthesizer zu lernen, in den Klavierunterricht gesteckt, und noch bevor ich rechtskräftig in der Musikschule angemeldet und aufgenommen war, stand schon ein Piano im Wohnzimmer. Ich fühlte mich missverstanden, denn einem Klavier fehlten all die Knöpfe, die ich drücken wollte. Der Unterricht fand im Amthof Feldkirchen statt. Auf der Balustrade, von der aus man in das völlig verrauchte Klavierkämmerchen meines Lehrers Herrn Kristan kam, tummelten sich allerhand kleine Genies in gestärkten Hemdchen, die nichts mit mir gemeinsam hatten. Die mich im Vorbeigehen anrempelten und mich nicht sahen. An diesen augenscheinlichen Genies vorbei ging ich stets mit schlechtem Gewissen zur Klavierstunde, denn ich hatte in der Regel gar nicht oder zu wenig geübt. Herr Kristan, der äußerlich Lionel Richie ähnelte, muss mich gehasst haben, denn offensichtlich unterrichtete er nicht gerne und ich war mit Sicherheit eine seiner schlechtesten Schülerinnen, wahrscheinlich sogar die schlechteste. Bestimmt hat man seine Verachtung bis zum Dobrač hinauf spüren können und genauso meine Angst vor ihm. Wenn meine Mutter einmal nicht beim Unterricht dabei sein konnte, wurde er grob und klopfte mir auf die Finger. Wegen meiner geschicklosen Fingerhaltung, meiner verhuscht angeschlagenen Töne bei ausnahmslos jeder Etüde. Aber er schlug bei mir nicht richtig zu, nicht mit jener Brutalität und Wut wie bei seinen Lieblingsschülerinnen und -schülern, an deren musikalisch genialem Vorankommen ihm viel lag. Ich war für eine solche schlagende Zuwendung nicht wichtig genug. Währenddessen rauchte der Meister eine Zigarette mit dunkelblauem Samson-Drehtabak nach der anderen, so dass mir immer die Augen tränten. Er rauchte so viele seiner Zigaretten neben mir, dass ich jedes Mal hoffte, der Rauch würde irgendwann dermaßen dicht, dass ich darin verschwände.

ELF

Jetzt kann ich Lucas Zählen wieder hören. Ich drücke meine Nase und Hände fest an die Fensterscheibe der Fahrerseite. Trotzdem nimmt mich niemand mehr wahr. Spielte ich mit der Erwachsenenwelt anstatt mit Luca, ich bräuchte mich gar nicht verstecken, um nicht gesehen zu werden.

Als der BMW vom Gernot Pfandl vorhin auf unseren verkauften Grund rollte, zum Gewusel auf unserer Wiese dazurollte, ließ sich der Bürgermeister die Türe aufhalten und ging gleich zum anderen Anzugträger, zu meinem Vater. Der Fahrer spazierte in Richtung Teich. Ein Fremder, ein Fotograf, ist auch aus dem Auto ausgestiegen. Der tänzelt schon die ganze Zeit um Gernot herum und ruft, dass *Einer, der anpackt!* der perfekte Werbespruch zu seinen Fotos sei. Die Parteizeitung werde einen kleinen Bericht mit dem Titel *Ein Tag mit Gernot* veröffentlichen. Deswegen der Fotograf, erklärt Gernot meinem Vater, als der ihm jetzt lautstark zum verlorenen Volksbegehren gratuliert: »*A wenn ana valieart, gwinnt a monchmol!*«

Gernot Pfandl hatte unlängst das Volksbegehren *Österreich nach vorn* ins Leben gerufen. Fast eine halbe Million hat unterschrieben, darunter auch meine Eltern, in Kärntner Karo gekleidet, der modernen Kärntner Tracht, die sie im Anschluss zum Frühschoppen ausführten. Die Partei verlangte kurz davor im Nationalrat einen Sonderausschuss *Zur Handhabung der Ausländersache*, aber weil niemand von den anderen Parteien mitzog, setzten sie das Volksbegehren auf. In dem stand, dass alle Menschen ohne österreichischen Pass und ohne den für die einheimische Bevölkerung so üblichen flachen Hinterkopf nach Slowenien getragen werden sollten. Wenn nicht nach Tschechien, in die Slowakei oder nach Ungarn. Auf jeden Fall nicht nach Italien, in die Schweiz oder nach Deutschland. Eigenhändig, von der Parteispitze, würden sie getragen. Von Gernot selbst. Auch Tiere wären davon betroffen, man werde effizientere Insektengitter aufstellen an den Grenzen und Jagddackel auf sogenanntes ausländisches Wild abrichten. Das hat mir mein Bruder Thomas nicht so lange her auf meine Frage, was ein Volksbegehren sei, geantwortet.

Was die wenigsten wissen, ist, dass den damaligen freiwilligen Feuerwehrmann Gernot Pfandl neunzehnhundertneunundachtzig, als er den Franzi aus dem Brunnen barg, eine Angst von singulärem Ausmaß überkam. Hunderte von Leichen sah er plötzlich vor sich, Leichenberge, und ihr Geruch stach in seiner Nase, *peckte* sich in seinen Magen, während er grub, bis er sich heimlich hinter dem Feuerwehrauto übergab und sich Marlene Wallach anvertraute. Deswegen *verhätschelte* sie den Gernot, gab ihm Salzstangen und Wein. Es war dem Gernot beim Graben, als schaute er durch die Augen seines eigenen Vaters, der nach dem Krieg von den Alliierten gezwungen wurde, Massengräber für die Kriegsopfer auszuheben. Gernots Vater wuchs ohne Eltern beim Großvater auf, er ging mit fünfzehn »*noch Deitschlond ause!*« in die Hitlerjugend und mit sechzehn zur SA. Als die SS neunzehnhundertvierunddreißig Dollfuß erschoss, wäre er gern dabei gewesen, soll er bis zu seinem Tod zugegeben haben. Er war schon wegen zahlreicher Schmierereien an Geschäftslokalen auffällig geworden, aber am Abend nach dem Juli-Putsch randalierte er laut *Focknhocker'scher* Recherche wie »*da Teifl*« in einer oberösterreichischen Zollstation, brachte einen Mann – »*so a Pechvogl!*« – um und hisste die Hakenkreuzflagge. Für diese

Aktion warf man ihn in Landsberg ins Gefängnis, was ihm durchaus taugte, denn hier saß auch sein »Führer« einmal ein. Nach seiner Freilassung wurde Udo Pfandl Mitglied der NSDAP und Gaujugendwalter, er gehörte zum Führerkorps der HJ. Neunzehnhundertvierzig meldete er sich freiwillig für den Schützengraben des Frankreichfeldzugs. Hier stieß er auf die Kolonialsoldaten aus dem Senegal, die für die Franzosen in großer Zahl in den Tod zogen. Pfandl metzelte nieder, wen er konnte, er fühlte sich provoziert, in seiner kleinbürgerlichen Übermenschlust nicht ernst genommen und hinterließ ein Blutbad an der Front. Dreitausend französische Kriegsdiener aus dem Senegal vernichtete seine Division, Pfandl selbst konnte nicht mehr sagen, wie viele er allein abschlachtete. *»I hob nua noch rot gsegn!«*, erläuterte er seinem Sohn Gernot ab und zu, vor allem, wenn er zu viel Pervitin intus hatte, von dem er seit dem Krieg abhängig war. Am zehnten Juni neunzehnhundertvierzig trat Italien in den Krieg ein, am sechzehnten kapitulierte Paris. Ab dem dreiundzwanzigsten hatte Pfandl Kriegsgefangene zu bewachen. Er schwor oft, dass er keinen leben ließ, der nicht *Deitsch* war. *»Nit amol an!«* In dieser Zeit sah der alte Pfandl zum ersten Mal das Meer. Er hatte noch nie in seinem Leben etwas gesehen, dessen Ausdehnung er nur erfinden, aber nie wissen konnte. Die Weite und Tiefe des Meeres erschütterten ihn, und Udo Pfandl, die Vollwaise, begann am Mittelmeerstrand zu weinen und zu zucken und konnte nicht mehr aufhören damit. Bis ihn ein Kamerad fand und ihm aus dem Weinkrampf heraushalf. Schnaps und Pervitin hätten ihm in jenem Moment das Leben gerettet, gestand Udo Pfandl ehrfurchtsvoll. Dann, später, im Juli neunzehnhunderteinundvierzig, war Pfandl schon einige Zeit an der Ostfront und völlig apathisch vom

Marsch durch die Sümpfe. Die Ukraine sollte unterworfen werden und die Ölfelder des Kaukasus in Besitz genommen. Neunzehnhundertdreiundvierzig entkam er Frostbeulen, seinem Tod und der heranrückenden Roten Armee durch eine Offiziersausbildung in Wiener Neustadt. Er wurde Fahnenjunker-Feldwebel und kam gestärkt zurück in seine Division. Die ging aber unter. Die Männer verseuchten Brunnen in kleinen russischen Dörfern, sie benutzten Kinder und deren Mütter als Schutzschilde und steckten alles in Brand, was sie konnten, auf ihrer Flucht vor den russischen Soldaten. Pfandl wurde Leutnant und in den Böhmerwald abkommandiert, davor heiratete er die blond glühende Faschistin Ingrid. Zum Kriegsende rechnete das junge Ehepaar fest mit dem Tod, sie kamen aber zu ihrer eigenen Überraschung als minderschwer belastet davon. Pfandl musste die Leichenberge der Opfer aus Mauthausen beerdigen. Streng von den *American Soldiers* bewacht, grub er und grub er, um den armen Seelen ein Grab und letzten Frieden zu geben. Ingrid traf keinerlei Zäsur, von einer Strafe schon ganz abgesehen. Das Wort Kriegsverbrechen war und blieb Udo Pfandl unbekannt. Und noch im Sterbebett flüsterte er unablässig ein »Jederzeit« auf seine an sich selbst gerichtete Frage, ob er auch heute wieder für »*die Soche*« in den Krieg ziehen würde. »*Jedazeit!*«

Den Gernot holte beim Bergen des Ruck'schen Kinderkörpers die Vergangenheit seines Vaters als Spuk ein. Seitdem mied er jede Beerdigung und trat immer erst beim Leichenschmaus auf. Damit er ja nie wieder durch die Augen seines Vaters sehen musste, nie wieder, wie er seinem Carli einmal offenbarte.

Dichter Zigarettenrauch steht über Gernot Pfandl und meinem Vater. Wie bei der Papstweihe. Ich stelle mir vor, dass der Rauch sich verfärbt, immer wenn sie ein neues Geschäft abschließen. Mein Vater geht weg, um seinen Zigarettenstummel zu entsorgen, und Gernot schaut sich um. Ich sehe ihn und seine sich in alle Richtungen verdrehenden Füße, die schlussendlich, auf Marlene Wallach zeigend, stehen bleiben. Bevor der Wahlkampfleiter Rauschnig oder Gernots wechselnde Fahrer sich seiner annahmen, war sie diejenige, die sich kümmerte. Gernot war Marlenes letzter Versuch, eine dauerhafte Beziehung zu einem Mann aufzubauen, nach ihrem Gespräch mit dem Pfarrer Don Marco. Marlene unterstützte ihn ebenso, beruhigte ihn, als er im Februar neunzehnhundertzweiundneunzig einen Anruf vom Beuschelwieser erhielt. Zwei Jahre vor unserem Umzug. Er solle sich gefasst machen, hieß es. Die Parteispitze ziehe in Erwägung, Gernot zum Bundesparteitag einzuladen, als Redner. Gernot war und ist der erfolgreichste Gemeindebürgermeister aller Zeiten, oder zumindest seiner Partei. Der Bürgermeister wurde im ganzen Gesicht so blass wie sein Schmiss, so groß war seine Aufregung, und er legte schnell auf, um den Anruf der Parteispitze auf keinen Fall zu verpassen. Marlene kochte ihm Kaffee, während er auf den Anruf wartete, massierte seinen Nacken, goss ihm noch mehr Wein ein, machte ihm Mut, wenn er an der Einladung zweifelte. Und dann kam der Anruf tatsächlich. Gernot packte eine kleine Reisetasche mit Lederhose, Ersatzlederhose und Salon-Kärntneranzug. Dann stieg er in seinen Skoda und fuhr zum Parteitag in irgendein anderes Bundesland.

Und so lief alles ab: Gernot schwingt lässig ins Bierzelt hinein, die Kapelle *Zipfleine* bläst schon das dritte Lied. Bevor Gernot durch den Mittelgang zur Bühne schreitet, wird er noch von der Moderatorin Claudia »Claudi« Wetzner für das parteieigene Videoarchiv zum Interview gebeten, das außerdem live auf einer Leinwand vor dem Bierzelt gezeigt wird.

Claudi: »Lieber Gernot Pfandl, verrate unserem Publikum bitte das Geheimnis deiner beispiellosen Karriere.«

Noch bevor der Gernot sein Erfolgsrezept erklären kann, bringt ihn ein Sicherheitsbeauftragter durch die Bierzeltmenge in Richtung Bühne. Der Redner vor ihm ist schon fertig, und das Lied, das sich Gernot für seinen Auftritt gewünscht hat, wird angestimmt. Während er nach vorne geht, schüttelt er zahlreiche Hände. Dann steht er am Pult und hält seine schicksalverändernde Rede, die sogar im Fernsehen übertragen wird:

»Meine Herren, meine Freunde, liebe Gesinnungsgemeinschaft!

Es ist für mich als erfolgreichsten Gemeindebürgermeister aller Zeiten und Mitglied dieser Partei eine ganz besondere Ehre, hier und heute vor Ihnen sprechen zu dürfen. Denn eines sage ich gleich zu Beginn und bei vollem Bewusstsein, mein erfolgreicher Kurs soll und muss beispielgebend gerade auch auf Bundesebene sein!

Meine Wahlergebnisse, liebe Freunde, zeugen von einer Wende in der Gesamtbevölkerung, und zwar einer flächendeckenden, das wird gerade klar, einer Wende hin zum Hausverstand und zum Augenmaß. Und um diese Wende geht es. Wir wollen gesundes Augenmaß nehmen, um die Dinge zu verstehen, anstatt mit einem lexikalischen Wissen herumzutun, das selbst den Philosophen Platon in die Flucht getrieben hätte. Denn diese Wende zu Gesundheit, Hausverstand und Augenmaß macht aus unserem Land wieder eines, in dem die Mehrheit regiert, und was, meine lieben Patrioten, ist gerechter als eine Gesellschaft, in der die Mehrheit bestimmt, wo es langgeht? Gerade jetzt heißt es umso mehr, den linken Paktierern in ihren Lesezirkeln, ihrem Karneval der Minderheiten Einhalt zu gebieten!

Liebe Patrioten, Freunde. – Technik? Entschuldigung. Ich höre hier Widerhall, ich höre mich selbst, irgendwas stimmt nicht. –

'tschuldigung. So. Freunde! Liebe! Freunde in Rot-Weiß-Rot. Unlängst habe ich einen Ratgeber für Frauen in den Händen gehabt, in dem stand, wie man bügelt und putzt, und ich dachte, die Frauen tun gut daran, diese Kunst zu lernen. Von oben nach unten staubt man ab, stand da, und ganz unten am Boden saugt man den Lurch in den Staubsauger ein und schmeißt ihn weg. Und so wie die deutsche Frau es mit dem Dreck hält, so wollen wir es auch mit der Führung dieses Landes halten. Denn einmal – und das sage ich abermals bei völligem Bewusstsein –, denn einmal an der Spitze, werden wir die Spitze so weit ausdünnen, dass für Späne kein Platz mehr sein wird, die Späne werden fallen und unten eingesaugt und entsorgt und nicht mehr in unserer Erinnerung wohnen. Denn wir werden auch unsere Erinnerungen aushobeln. In diesem Sinne proste ich euch zu, meine liebe Entsorgungsgemeinschaft!«

Auf sein Stichwort kommen Menschen im Staubsaugerkostüm auf die Bühne und tanzen eine Choreografie zur Blasmusik. Sie drehen sich und saugen und schultern den Gernot, der seine Arme in die Luft reißt, und sofort steht auch das Publikum auf und prescht zur Bühnenkante hin, den Staubsaugern den Gernot abnehmend. Die Menge trägt den geschulterten Gernot durch das Bierzelt und ruft »Gerri, Gerri, Gerri!!!«, und ihr Testosteronschweiß steigt hinauf in die Bierzeltspitzen wie der Heilige Geist.

Und von da an war es nur noch ein kleiner Augenblick,

bis der Gernot Parteichef wurde, nur ein kleiner Augenblick. Durch alle Gasthäuser des Landes raunte Zufriedenheit und noch irgendetwas anderes. Oder durch fast alle zumindest.

Einige Zeit später saß Gernot neben einem rot-blauen *Konsum*-Plastiksackerl voller Geldscheinen am krümeligen Küchentisch seiner Klunzenveiter Wohnung. Er versuchte zum zweiten Mal, Marlene Wallach zu erreichen. Seit tausend Jahren wieder einmal. Wohl wissend, dass er Marlene aufwecken würde. Gernots Klunzenveiter Wohnung war kahl, die Leuchten alle ohne Lampenschirm, kein einziges Bild an einer Wand. Nur ein vergrößertes Foto seines Vaters, eine Presswurst in Uniform, lehnte in einem schlichten Bildhalter neben dem dunkelbraun getäfelten Kamin. Das Foto sollte schnell wegzuräumen sein, »*wos waßt, wer vur da Tir stäht*«. Der Pfandl hatte sich die Wohnung gekauft, falls er nach langen Bürotagen nicht mehr ins Tal hinunter, nicht mehr nach Hause fahren mochte. Zu seiner neuen Frau und dem Kind. Oder falls er einen jungen Mann noch etwas ausführlicher sprechen musste, kennenlernen, noch über die Gasthaussperrstunden hinaus. An jenem Abend sah mein Bruder Thomas – der Gernots Chauffeur geworden war, um endlich einen BMW in Spitzengeschwindigkeit lenken zu dürfen – beim Ausparken, nachdem er besagtes Plastiksackerl abgeliefert hatte, wie ein Bub völlig verstört beim Pfandl zur Tür hinaus und über den Parkplatz wetzte. Thomas kannte den Burschen schon. Er gabelte ihn auf und fuhr ihn nach Hause. Der Junge war blass und brachte kein Wort heraus.

Pfandl goss sich einstweilen noch einen Schnaps ein und wählte einmal, zweimal Marlenes Telefonnummer. Eine müde und gereizte Stimme antwortete.

»*Marlene, i hob mi vielleicht a bissl vaton. Mit olm eigentlich. De Bank, des wüllst du gor nit wissn. I brauch Leit um
mi, denen i vatraun konn, jez. Damit wos weitagäht, muass
mia jemond den Ruckn freiholtn. Ane wie du, Marlene. Mei
Sekretär is, was soll i sogn, davongongan …*« Aber Marlene ließ ihn nicht ausreden und hielt gleich ihren Monolog,
von dem sie meiner Mutter letzte Woche erzählte.

Der Gernot steht noch immer im Garten und versucht,
mit Marlene ins Gespräch zu kommen, aber sie weigert
sich, von ihm Notiz zu nehmen. Er steht alleine da, dreht
sich, sucht nach Anschluss oder präsentiert sich seinem Fo-
tografen, das kann ich nicht eindeutig ermitteln. Und der
Fotograf liegt und hockt und steht und steht gebückt, immer den Auslöser seines Fotoapparats drückend. Der Gernot sucht weiter nach einer Beschäftigung und hebt das
Wäschewandl mit dem Schmuck auf, mit dem Gold und
Weißgold und den Designerjagdtrophäen, mit dem mein
Vater vorhin noch seine Bandscheiben sekkierte. Er hebt
das *Wandl* auf und geht damit auf den Anhängerschlund
zu. Zuerst sehe ich ihn noch kompliziert auf die Laderam-
pe hinaufkraxeln, er findet den Hebel zur Bedienung der
Hydraulik nicht. Dann verschwindet er nach und nach
im Anhängertunnel. Zuerst verliert der Anzug sein Muster, dann seine Farbe, dann ist der ganze Gernot nur noch
ein Schatten, der mit einem größeren Schatten verschmilzt.
Der Schatten bleibt ewig im Anhänger drin, mir kommt
es ewig vor, bis ich wieder eine kleine Bewegung wahrneh-
me. Er kommt zurück. Allerdings sieht der Gernot aus, als
hätte er gerade den Karawankentunnel durchwandert. Er
schirmt sich mit einer Hand gegen das Sonnenlicht ab, das
sich wie Stecknadeln in seine Augäpfel rammt, läuft auf die
Rampe und – schon wieder, er übergibt sich auf die Wiese.

Der unten schnuppernde Dackel macht einen Satz und ist weg. Vielleicht ist Gernots Wiedergänger-Vater in unserem Umzugslastwagen aufgetaucht, bei den kostspieligen Möbeln und dem unbezahlbaren Schmuck, überlege ich.

Jetzt zieht er seinen blechernen Flachmann aus dem Sakko und nimmt einen kräftigen Schluck, während der *Focknhocker* auf ihn zugeht und sagt, dass die Einbildungskraft der Schlüssel sei. Seine Einbildungskraft würde nämlich mit ihm, Gernot, *obkutschieren*, durchgehen wie ein wildes Pferd. Das solle dem Gernot Beweis genug dafür sein, dass ihm seine Gedanken zwar gehören mögen, insofern sie nicht abgehört werden können, er aber keinerlei Besitz davon ergreifen könne, im Sinne von: der Gedanken habhaft zu werden und sie zu bestimmen. Und aus diesem Grund solle er aufpassen, mit welchen Taten er seine Einbildungskraft füttere, weil bei bestimmter Kost gehe der Gaul durch und davon, und das wäre es dann für immer mit dem eigenen Verstand. Der Gernot erschlägt eine Fliege auf seinem Handrücken und dreht sich weg.

ZWÖLF

Gernot stellt sich zu Johan. Mein Bruder geht ins Haus. Johan lässt sich trotz aller wiederholt gegen mich gerichteten wie auf mich bezogenen Gemeinheiten durchaus oder nichtsdestotrotz als Hauptgewinn in der Geschwisterlotterie beschreiben, denn schaut man sich die Faktenlage einmal genau an, sieht man sofort, dass mein großer Bruder begehrt wurde, fast kontroversenlos gewürdigt und gemocht, mit einer Ausnahme: der Landjugend. Johan schloss sich der Landjugend, die spätestens ab dem Jahr neunzehnhunderteinundneunzig um ihn warb, nicht an. Ich vermute, wegen deren Trinkritualen. Alle meine Volksschulfreunde gingen, sobald sie in eine Tracht passten, zur Landjugend. Andreas stand sogar schon mit neun eine Erwachsenenlederhose. Nur Hani weigerte sich. Die Landjugendmänner verachteten meinen Bruder dafür, weil sie seine gute Singstimme und sein Improvisationstalent beim traditionellen *Gstanzlnsingen* gut hätten brauchen können. *»A Lidl wer i da singan, und du weast mi dafir nit liabn, dei braune Londjugnd konnst du dir ...«*

Dass Hani zeitweise, wie Thomas auch, lange Haare trug und seine verlotterten Jeanshosen drohten bei jedem Schritt auseinanderzufallen, verletzte ihren die-Volkstracht-geschwollen-Gassi-führenden Anstand zusätzlich. Die Landjugendfrauen hingegen verabscheuten ihn, weil er sie nicht begehrte und Sätze wie *»Kum Hasale, trink ma a Schnapsale, oba muasst aufpassn, des is a Schenklspreiza«* zur Auflockerung der Stimmung und wohl auch zur amourösen Annäherung nicht und nicht aus seinem Mund kamen. In der Regel kannte er nicht einmal die Namen der Landjugenddamen, die er verprellte, und mit den Männern handhabte er es gleich.

Einmal saß er bei Marlene Wallach in der *Buschenschank*, wo sich die Dorfjugend – das Kärntner-Karohemd-Gemenge – jeden Freitag traf. Er saß in der Ecke, seine schweißnasse Hand in die schweißnasse Hand eines Mädchens verästelt. Johan saß verliebt da, und Frieder Guggwirt, ein frommer Landjugendbursche, stellte mit viel Mühe seine Pupillen scharf und schaute zu ihm hinüber. Da sah er, dass mein Bruder verliebt war, und schrie »*Schwuchtl*«, woraufhin sich alle Landjugendbuben zu Johan drehten und gleich wussten, was los war. Ein öffentlich verliebter Mann, ein Schandfleck. Sie haben meinen Bruder, »*du dreckige Schwuchtl*«, an den Haaren aus der *Buschenschank* hinausgezogen, haben ihn in den Bauch und Rücken getreten und versehentlich auch einmal ins Gesicht. Und so schlugen sie weiter auf ihn ein. Seine Freundin hielten sie fest, sie sollte zuschauen. Johan wehrte sich nicht. Ganz ruhig lag er da, während die Burschen auf ihn eintraten. Zum Schluss fasste Frieder Guggwirt seine langen Haare zu einem Zopf zusammen und schnitt ihm mit dem Teppichmesser die Mähne ab. Sie haben sein verliebtes Gesicht, das hinter seinen langen schwarzen Haaren hervorschaute, einfach nicht ertragen. Den Zopf haben sie seiner Freundin in die Hand gedrückt.

Marlene Wallach fragte Frieder Guggwirt, ob das wirklich notwendig gewesen war, und rief Thomas an. Dass er Johan abholen müsse, er könne nicht vor der *Buschenschank* herumgammeln, das sehe nicht gut aus, Thomas solle seinen kleinen Bruder bitte wegräumen. Mit der orangen Puch Maxi raste er los und legte Johan über den Mopedsitz. So fuhren sie von der *Buschenschank* nach Hause. Dort an-

gekommen, schaute Johan in den Spiegel. Durch das Abschneiden des Zopfs hatte er einen klassischen sogenannten A-Linien-Bob, hinten kurz und vorne lang. Er kämmte
sich die Haare und korrigierte mit der Nagelschere ein wenig nach, aber beließ es im Großen und Ganzen bei der
Frauenfrisur. Was bedeutete, dass er ein schneller Läufer
werden musste, um den Griffen und Fäusten der Landjugend zu entkommen. Und das wurde er. Nicht so schnell
wie Thomas, aber schnell genug für die Burschen. Sein mo-
discher Damenhaarschnitt glich »a Revolution«, tönte der
Focknhocker anerkennend.

Johan war der Held meiner Kindheit, Galionsfigur des
Widerstands im Dorf. Er gebar zum Beispiel eines Tages
die bahnbrechende Idee, dass man die schweren Feuerholz-
klötze optimal in meinen alten, mit blauem Cord tape-
zierten Kinderwagen stapeln könne, um mit herausragen-
der Effizienz den elterlichen Auftrag, die Holzkiste neben
dem Kamin nie leer werden zu lassen, zu erfüllen. Oder
er schmierte in einer Guerilla-Aktion bei vollem Bewusstsein und damit absichtsvoll sein Vanillejoghurt in die neue
Chaiselongue der Mutter. Ich fragte ihn, warum er die
Chaiselongue nicht gleich in die Luft jage, Hani grinste.
Wir beide liebten nämlich Teppichkracher, die wir hinter
dem Rücken der Mutter kauften und die sich hervorragend
zum Abhalten von Kriegsmanövern mit Playmobilfiguren
eigneten. Gemeinsam befestigten wir die zwei Zentimeter
langen, roten Stangen Miniaturdynamit an der Playmobil-
burg und ihren Figuren, dann zündeten wir die graue Lun-
te an, so dass es die Spielzeuge sprengte, sie zusammen-
schmolzen, halb verbrannten und das Kinderzimmer voller
Rauch stand, während es penetrant und giftig nach ver-
kohltem Plastik roch. Schnell wickelten wir uns ein Klei-

dungsstück um Nase und Mund und robbten dicht am Boden unter der Nebelwolke hindurch zur Zimmertüre hinaus. Erst ein tellergroßer Brandfleck im Teppichboden verriet uns eines Tages an die Mutter und veranlasste uns nach großem Geschrei, unsere Truppen- und Gefechtsübungen temporär einzustellen, was von ihr naiverweise als endgültiges Aus eingeschätzt wurde.

Erst neulich hat sich Johan im Der-beste-Bruder-der-Welt-Sein wieder einmal selbst übertrumpft. Die Eltern waren irgendwo zum Abendessen eingeladen, und Hani erhielt von ihnen den Auftrag, auf Luca und mich aufzupassen. Luca durfte nämlich bei mir übernachten. Wenn es brannte, sollte er schnell zu Emir und Lucas Mama hinüberrennen. Wir waren artig und zogen den Schlafanzug schon vor dem Zapfenstreich an, putzten uns die Zähne, ohne aufgefordert werden zu müssen, wuschen unsere Hände und Gesichter und verzogen uns in mein Bett, das wir uns diese Nacht teilten. Ich holte mein Christine-Nöstlinger-Buch hervor, *Hugo, das Kind in den besten Jahren*, und wir lasen uns gegenseitig vor. Aber dann kam Johan herein und flüsterte: »*Wollts ihr noch an Fülm schaun?*« Der Film hieß *True Romance* und war auf Englisch. Johan saß mit dem Langenscheidt Wörterbuch am Sofa. Luca und ich drückten immer wieder auf Stopp, mein Bruder übersetzte. In dem Film verlieben sich Patricia Arquette und Christian Slater ineinander. Christian will Patricias Koffer von ihrem Zuhälter holen, tötet den Zuhälter dabei und erwischt den falschen Koffer. Der ist voll mit Kokain. Die beiden versuchen, das Kokain in Hollywood zu verkaufen, doch der Deal geht schief, und in einer fulminanten Schlussszene kommt es zu einer heftigen Schießerei zwischen der Mafia, die ihre Drogen gerne zurückhätte, dem Schauspieler, der sie gern von Slater und Arquette gekauft hätte, und der Polizei, die alle Beteiligten verhaften will. Sie schreien durcheinander, und die Polsterbezüge platzen im Kugelhagel auf, so dass es im Hotelzimmer zugeht wie bei Frau Holle. Fast alle sterben. Zuerst denkt Arquette, auch Slater wäre tot, eine Kugel hatte ihn am Auge getroffen, und erschießt wutblind den letzten Lebenden, einen Bullen. Aber dann erwacht Slater aus seiner Bewusstlosigkeit. Arquette bringt den Verletzten aus dem Hotel, vorbei am FBI, raus auf den Parkplatz und fährt im Fluchtauto mit dem Geld und mit dem verwundeten Clarence, wie Slater im Film heißt, davon. Arquette heißt Alabama. Am Ende sagt ihre Stimme aus dem Off, dass ihr mitten im Chaos dieses Tages, als sie nichts hören konnte außer dem Donner der Pistolenschüsse und alles, was sie roch, die Gewalt war, die in der Luft lag, ihre Gedanken so klar vorkamen und wahr. Und dass ihr nur drei Worte durch den Kopf gingen, in einer Endlosschleife, wie bei einer kaputten Schallplatte: »*You're so cool, you're so cool, you're so cool.*« Nach vier Stunden schauen und übersetzen war der Film zu Ende, und wir gingen ins Bett. Ich hielt Lucas Hand unter der Bettdecke und sah sie hinter meinen geschlossenen Augenlidern von mir wegdriften, unsere Arme wurden länger und länger wie Fäden und schließlich ein reißender Zwirn. Schnell öffnete ich die Augen, drückte Lucas Hand, nur leicht, damit sie es nicht merkte, und schaute zu meinem Bruder hinüber. Wenn mein Bruder nicht weit war, der Prellbock in meinem Ministerium, war ich in Sicherheit. Johan lag in seinem Bett – ausnahmsweise teilte ich mir in jenem Augenblick gern mit ihm das Zimmer –, Luca und mir konnte nichts passieren. »*Juar so kuul*«, dachte ich, zu Johan gewendet, und schlief ein.

Die Sache mit dem Vanillejoghurt und der Chaiselongue war Johans letztes Aufbegehren dieser Art. Und während er noch grinste, sah ich förmlich vor mir, wie die Mutter meinen Bruder ausweiden würde, wie ein totes Reh würde sie Hani ausweiden, dachte ich. Sie würde ihm sein für ihre Befehle taubes Ohr abschneiden und sich auf ihren Jägerhut stecken, bevor sie ihn an den Hinterläufen ins Kühlhaus hängen und ihm mit ihrem Hirschgeweih-Messer die Brust aufbrechen würde. Ein Stubenhof-Sippe-Gesicht hätte die Mutter dabei, ein morsches.

Die Mutter beklagte sich am selben Abend, wie erwartet, bitterlich und schäumend beim Vater über Hani. Weil er die neue Chaiselongue verschmutzt hatte, sie sei sich sicher, Hani sei es gewesen, warum, könne sie nicht so genau sagen, aber eine Mutter wisse so was schließlich. Daraufhin hagelte es zuerst Beschuldigungen gegen sie, Beschuldigungen, die allesamt den Terminus »DEIN Sohn« beinhalteten. Dass sie IHREN Sohn offensichtlich zum Vandalismus erzogen hätte, was man auch an seinen langen Haaren ablesen könne, und überhaupt, wie es sein könne, dass sie IHREN Sohn nicht erfolgreich zum Frisör zwinge, ob ihr das verlotterte Langhaar insgeheim nicht vielleicht gefalle. Und »DEINE Tochter« genauso, fuhr er fort. Kurze Haare und Bubenhosen. Emirs Kleine wäre schon ganz verwirrt wegen dem »*Ausgschau DEINA Tochta*«, skandierte der Vater lautstark, während ich mit meiner Puppe Kidnapping spielte. Dann weinte die Mutter Entschuldigungstränen über ihr Versagen, das sich in den Haaren IHRER Kinder ausdrückte.

Der Vater rief die Namen meiner beiden Brüder in Richtung Kinderzimmer und »*ins Wohnzimmer, oba dalli!*« Ich sollte derweil Zähne putzen und danach im Zimmer bleiben. Soweit ich mich erinnere, hatte meine Mutter mich nur aus zwei Gründen von Zeit zu Zeit in mein Zimmer befohlen. Der erste betraf das Christkind, das nämlich im Wohnzimmer den Tannenbaum *aufputzen* musste und die Weihnachtsgeschenke hinlegen, und der zweite Grund war, wenn der Vater meine Brüder im Wohnzimmer mit dem Gürtel auf den nackten Hintern schlug oder *durchwixte*. Meistens schlug er nur Thomas, den Älteren. Aber manchmal, selten, holte er Hani dazu. Die Buben mussten, wenn sie etwas falsch gemacht hatten oder die Mutter sich beschwerte, aber auch aus Gründen, die nur der Vater selber verstand, die Hose und Unterhose hinunterziehen und, sich vornüberbeugend, den nackten Hintern hinhalten. Eventuell verschwammen deswegen die Bilder vom Christkind und von den Prügeln in meinem Kopf zu einem Bild, und ich sah meinen Vater meine Brüder unter dem Weihnachtsbaum verdreschen, während die Glocken läuteten und ein Engelschor sein Halleluja dazu sang. An diesem Abend suchte der Vater auch wieder aus seinen dreißig Gürteln einen aus, der ihm besonders zum Schlagen taugte. Dann hieb er fest und mehrmals auf die Buben ein, dass es nur so durchs Haus schnalzte. Vorsichtshalber *wixte* er beide durch, denn einer von ihnen musste es ja gewesen sein, schloss er. Dazu murmelte die Mutter in der Küche vor sich hin, dass sie die Chaiselongue nun vermutlich neu beziehen lassen müsse, woher sie einen passenden Stoff im richtigen Farbton bekommen solle, und dass dann das Möbelstück ja nicht mehr original wäre, sie aber jedem im Dorf erzählt hatte, dass sie diese originale Chaiselongue erstanden hätte. Die Mutter murmelte hochtemperiert in der Küche vor sich hin, während der Vater im Wohnzimmer meine Brüder schlug. Aber diesmal mischte sich in das Gürtelschnalzen schon bald Hanis Lachen, und zuerst dachte Thomas, sein kleiner Bruder sei übergeschnappt, aber dann musste er selbst auch lachen, und so lachten die Buben und lachten und lachten. So dass auch ich, die ins Kinderzimmer Verbannte, mitlachen musste. Es war das letzte Mal, dass der Vater meine Brüder schlug.

DREIZEHN

Zum ersten Mal weinen habe ich meinen Vater am einundzwanzigsten August neunzehnhunderteinundneunzig gesehen, an seinem fünfzigsten Geburtstag, auf dem Fest, zu dem auch der Beuschelwieser gekommen war. Strenggenommen hat meine Mutter ihn zum Weinen gebracht. Denn die Mutter hatte es geschafft, Tante Helene, der zwei Jahre älteren Schwester meines Vaters, mit der er bis heute nicht viel spricht, all die großväterlichen Abzeichen aus dem Zweiten Weltkrieg abzuquatschen, die er so gerne nach dem Tod seines Erzeugers neunzehnhundertvierundachtzig geerbt hätte. Die Tante wollte sie aber nicht herausgeben, bis meine Mutter sie schließlich dazu überredete. In der kleinen Schatulle befanden sich außerdem das Mutterkreuz meiner Großmutter und ein Ariernachweis mit Stammbaum, auf den mein Großvater sehr stolz war, weil er bewies, dass die Familie über viele Generationen hinweg »reinrassig«, wie sie sagten, reinrassig wie der Hund vom *Focknhocker*, und »arisch« war. Die Mutter meines Großvaters, meine Uroma, war Slowenin und nach der Volksabstimmung neunzehnhundertzwanzig eine sogenannte Kärntner Slowenin, was der Großvater aber immer zu verheimlichen gewusst hat, weshalb mein Vater natürlich kein einziges Wort Slowenisch spricht, ganz zu schweigen von Thomas, Johan und mir. Keins der Abzeichen deutete jedenfalls darauf hin, dass der Großvater, wie er behauptete, an der Seite der SS gefochten hatte. Er war angeblich zu Fuß von München nach Kärnten geflohen, nach dem Krieg, vor der russischen Gefangenschaft. Auf dem Weg habe er seine SS-Uniform vernichtet, was aber die Oma nicht bestätigen konnte, denn sie hatte weder jemals diese SS-Uniform gesehen, noch habe der Großvater eine SS-Tätowierung gehabt.

Schon vor dem Krieg war der Großvater ein leidenschaftlicher Anhänger der in Österreich noch verbotenen NSDAP gewesen, und deshalb musste er nach Deutschland auswandern, vor der Kärntner Polizei war er ausgebüxt, bis Österreich sich anschloss und er wieder nach Hause konnte. Dann leistete er seinen Wehrdienst und wurde bis Kriegsende in München stationiert. Wahrscheinlich war er als Beamter bei den Nazis angestellt, da er aber immer wieder behauptete, er wäre bei der SS gewesen, ist seine genaue Tätigkeit unbekannt geblieben.

Nach dem Krieg gab der Großvater auf dem Bezirksamt Sankt Fraten Essensmarken aus. Als dann im Zuge der »Entnazifizierung« sein Name auf einer Liste derjenigen zu finden war, die aufgefordert wurden, sich wegen ihrer wie auch immer gearteten Zugehörigkeit zur NSDAP oder ihrer anderweitigen Unterstützung Hitlers den Engländern oder Amerikanern, das weiß ich nicht mehr, zu stellen, tauchte der Großvater sofort unter. Sobald die Engländer oder die Amerikaner kamen, um die Kriegsverbrecher einzusammeln und ihnen den Prozess zu machen, wurde das Haus der Großeltern aber gar nicht aufgesucht, denn irgendein einflussreicher Mann hatte den Großvater von der Liste der Verbrecher streichen lassen. Und er tauchte wieder auf und gab weiter Essensmarken aus.

Nach der Erzählung meines Vaters blieben oft Essensmarken übrig, die der Großvater dann wie ein Samariter an die Familie und Freunde verteilte, obwohl jede Österreicherin von Bregenz bis Eisenstadt darüber klagte, dass es nach dem Krieg einfach nichts gegeben hat und man für die Marken sehr früh aufstehen musste, in der Dunkelheit noch aufstehen musste und sich ins Bezirksamt *tummeln*, um dort möglichst vorne in der Warteschlange zu sein und überhaupt noch welche ergattern zu können. Deshalb glaube ich, der Großvater wird Marken gestohlen haben, die er dann, geschäftstüchtig, wie er war, teuer weiterverkaufte, wenn er sie nicht selbst genutzt hat. Das würde auch zur anderen Erzählung meines Vaters passen, dass er als Kind oft zum Spielen mit einem Butterbrot hinaus ist und alle anderen Kinder ihn angeschaut haben mit hungrigen Augen, so dass er es ihnen schenkte und sich ein neues von seiner Mutter holte, die ihm noch eines schmierte, und dann ging er wieder hinaus zu den anderen und ließ es sich von der hungrigen Meute wieder abknöpfen und immer so weiter, bis die Oma merkte, was los war, und den kleinen Carl zwang, sein Brot im Haus zu essen.

Nach dem Krieg war der Großvater noch patriarchaler und grausamer als vorher und ließ sich von seiner Frau und Tochter von hinten bis vorne bedienen, und auch sein Sohn, mein Vater, hatte sich bedienen zu lassen, ob er wollte oder nicht. Ein anständiger Mann hat im Haushalten nichts zu suchen. Als dann der Großvater meiner Berti-Oma einmal – den Grund konnte sie mir selbst nicht mehr nennen – im Rausch eine Ohrfeige gab, dass sie umfiel und sich verletzte, suchte sie sich ab dem darauffolgenden Tag heimlich eine Arbeit, umgehend am nächsten Tag suchte sie sich Arbeit, so erzählte sie es. Mein Großvater hatte ihr verboten zu arbeiten, denn eine anständige Frau arbeitet nicht, oder jedenfalls nicht sichtbar, und ein anständiger Mann lässt seine Frau auch nicht »draußen« arbeiten. Die Oma suchte und suchte wochenlang und musste die Bewerbungsgespräche immer als Einkäufe deklarieren, damit der Opa ja nichts merkte, denn er hätte es mit sofortiger Wirkung unterbunden und die Oma von da an zu Hause aufgehalten. Aber die Oma war geschickt, ließ sich nicht erwischen und fand eine Anstellung als Köchin im Sankt Fratener Kindergarten, und somit war sie unabhängig vom Großvater und knallte ihm, sowie sie den Arbeitsvertrag unterzeichnet hatte, die Scheidungsunterlagen auf den Tisch. Die Berti-Oma traute sich das, und der Großvater willigte ein. Vermutlich, weil er eine Affäre hatte. Mit der er noch ein Kind bekam, meine Halbtante, zu der ich keinen Kontakt habe und von der meine Großmutter behauptet, dass sie raucht wie ein Misthaufen, »*die raucht wiara Misthaufen!*«, hat die Oma gesagt und gelacht, weil ihr das Bild vom Misthaufen gut gefiel.

Die Berti-Oma kam neunzehnhundertzehn in Schwechat bei Wien auf die Welt, als es den Vienna International Airport noch nicht gab. Der wurde erst neunzehnhundertachtunddreißig errichtet, und zwar »*ois Flughofn fir de Suldotn*«, als Militärflughafen. Die Berti-Oma lief oft am Flughafen vorbei und an den Plakaten, die an den Zäunen flimmerten wie Gespenster. Es waren NSDAP-Plakate. Einmal blieb sie vor einem solchen mit der Aufschrift *Ein Volk, ein Reich, ein Führer!* stehen, das Hitler im Profil zeigte. So hat es die Oma gern beim Kartenspielen mit ihrer Damenrunde im Gratschbacher Hof erzählt, und deswegen kenne ich selbst die Geschichte fast auswendig. Sie stand vor dem Hitlerprofil und machte sich Gedanken über sein Gesicht. Versuchte etwas herauszufinden und hineinzulesen in dieses Gesicht. Bis sie von einem jungen und sehr großen Mann unterbrochen wurde. »*Gehst liaba mit ihm oda liaba mit mia auf an Getreidekaffää?*«, fragte der Opa. Und weil die Oma Politiker generell abstoßend fand, ging sie mit meinem Opa auf einen Getreidekaffee und heiratete ihn. Dass sie mit Hitler, »*dea wär da liabare gwesn*«, einen offeneren und humaneren Mann gehabt hätte, stellte sich erst nach dem Krieg heraus, sagte sie, »*sunst häd i eh den Hitla gnumma*«, und lachte.

Mein Vater Carl König wurde wenige Jahre später, neunzehnhunderteinundvierzig, während eines Bombenalarms geboren. Vielleicht kam der Vater in einem Luftschutzbunker zur Welt. Meine Tante Helene war zwei Jahre älter, sie bekam die Oma »*kane nein Monat noch da Hochzeit!*«, und weil es in und um Wien zunehmend gefährlicher wurde, siedelte die Oma von ihren Eltern weg aufs Land, in die ländliche Kleinstadt Sankt Fraten in Kärnten. Dort lebte sie bis zur Scheidung mit meinem Großvater, nachdem er aus dem Krieg zurück war. Sobald er nicht mehr Essenmarken ausgab, eröffnete Carl Senior ein Busreiseunternehmen mit dem Werbeslogan *König Reisen, ein Genuss*, und die Großmutter kümmerte sich um den Haushalt. Sein Reiseunternehmen startete er mit nur einem einzigen und schrottreifen Bus, für den er sogar Geld bekam, nämlich um das rostige Gefährt zu entsorgen. Ich weiß nichts über die Reparatur dieses *hinichn* Busses, irgendwelche Kameraden sollen ihm geholfen haben. Damals, in den Vierzigern und Fünfzigern, fuhren quasi keine Autos, so dass alle Kinder und Erwachsenen zusammenliefen und innehielten, wenn einmal jemand mit seinem Saab oder Citroën durch die unbefestigten Straßen Sankt Fratens rollte. Es gab auch keinen Kühlschrank, wie mir der Vater erzählte, der täglich Eisblöcke holte, um das Essen *einzufrischen*.

Mein Vater wäre gerne Koch geworden, wurde aber vom Großvater dazu gezwungen, Kfz-Mechaniker zu werden, damit er die Busse des Reiseunternehmens reparieren und

instand halten könne. Als er sich, kurz vor seiner Meister-
prüfung, wegen einer Unachtsamkeit in den Finger schnitt
und am Blut leckte, hatte er allerdings eine Eingebung: Er
hielt den metallischen Geschmack für ein Indiz der Ma-
schinenähnlichkeit des menschlichen Körpers. Das gefiel
ihm. Von nun an freute er sich darüber, Mechaniker zu sein,
Maschinendoktor.

Als er anfing, ins Gasthaus zu gehen, suchte mein Vater
oft den Stubenhof auf. Dort verliebte er sich in Stubenhofopa Louis' Tochter Margarethe, in meine Mutter, die
er dort häufig antraf. Obwohl er schon verheiratet war
und zwei sehr kleine Kinder hatte, Carl und Maria, meine Halbgeschwister, die wir aber nur alle heiligen Zeiten
einmal sehen.

Damals war mein Vater fünfundzwanzig Jahre alt und
Verkaufsleiter für einen großen Autohersteller. Seine Lehre
zum Kfz-Mechaniker hatte er in Wien gemacht, während
er in der österreichischen Handball-Nationalmannschaft
als Torwart spielte und bei der Tanzschule Elmayer tanzen
und mit bescheidenem Erfolg mit der richtigen Gabel das
Richtige essen lernte. In dieser Zeit sah er Elvis Presley und
Bill Haley live singen und brannte generell für amerika-
nischen Rock 'n' Roll. Danach ging er nach Deutschland,
zuerst München, dann nach Kassel. Schließlich kehrte er
als Kfz-Mechanikermeister und Jungunternehmer zurück
nach Kärnten, wo er bald seine eigene Firma gründete, die
Lkws verkaufte, nach Europa und später, vermittelt durch
den Beuschelwieser und Gernot Pfandl, viel nach Osteuro-
pa und auch Russland, und er wurde sehr schnell sehr wohl-
habend dadurch. Er lud seine Freunde dazu ein, mit ihm
in einer gecharterten Maschine nach München zu fliegen,
um dort ein Fußballspiel anzusehen, trug maßgeschneider-

te Anzüge und einen weißen Seidenschal, der heute noch in seinem Schrank hängt, und man kann sagen, ihm gehörte die Welt, eine Eigenschaft, die ihm geblieben ist. Oder wie mein Bruder Johan meinen Papa beschreibt: »Wenn Gott nicht weiterweiß, fragt er unseren Vater.« Unser Großvater konnte Gott ja auch immer eine aufschlussreiche Antwort geben, Carl senior sitzt mit Sicherheit zur Rechten Gottes, mittlerweile.

Jedenfalls bekam mein Vater die der Tante abgeluchsten Kriegsabzeichen, die ihn an seinem fünfzigsten Geburtstag zu Tränen rührten. Ich weiß nicht, ob es Freudentränen waren, ich denke, es war auch Erleichterung. Über irgendetwas Verschüttetes und nicht mehr zu Ermittelndes. Ihm war die Aussage seiner Mutter immer unangenehm gewesen, dass der Großvater über seine vermeintliche Tätigkeit bei der SS gelogen hatte. Aber dann hat der Beuschelwieser einmal gesagt: »Carl, dein Vater war ein aufrechter Held des Deutschen Reichs. Du kannst stolz sein.« Und so war mein Vater, wie vom Beuschelwieser nahegelegt, stolz, auch ohne SS-Beweis.

Kurz darauf fuhr der Vater mit seiner Herrenrunde nach Serbien, um dort Politiker kennenzulernen und Unternehmer. Der Wahlkampfleiter Rauschnig hatte den Kontakt hergestellt. Und so fuhr der Vater in einem neuen Mercedes 500 E mit dem Rauschnig, dem Gernot Pfandl und dem Beuschelwieser nach Belgrad. Die Runde versicherte sich immer wieder ihrer berechtigten Sorglosigkeit, da dieser Krieg ja nicht ihnen gelte, ganz im Gegenteil, und dass man sie herzlich empfangen werde. Über Ungarn fuhren sie, mit zwei Autos. Um die fünfzehn Stunden werden sie schon unterwegs gewesen sein. In Belgrad ließen sie die Wagen von einem Hotelangestellten parken, aßen im Zimmer jeder für sich eine Kleinigkeit und kamen etwas später im Wellnessbereich des Hotels zusammen, um das morgige Arbeitstreffen bündig zu besprechen und die lange Autofahrt aus den Muskeln zu bekommen. Dazu bestellte der Rauschnig ein paar Flaschen Krimsekt, was meinem Vater, »*muaß des sein?*«, nicht gefiel, weil er sich von den fragilen Champagnergläsern immer etwas eingeschüchtert fühlte, angegriffen. Aber »*Carli, so a Flaschale kostet do haruntn anfoch nix, des miaß ma ausnutzn!*« Nachdem die wichtigen Eckpunkte für den morgigen Termin besprochen waren, rief der Wahlkampfleiter Rauschnig die Rezeption an. Um sich über die Einsamkeit der Männer zu beklagen und zu fragen, wo denn die feschen Belgraderinnen seien, die Lust hätten, ein paar österreichische Geschäftsleute und Politiker der gehobenen, der oberen Gesellschaft, so hat er es gesagt, zu eskortieren. Im Handumdrehen wurde der Wellnessbereich von einigen Frauen bevölkert, die mit der Herrenrunde tranken, die Männer massierten und sie wuschen und ihre Stimmung auf unterschiedliche Art hoben, also nur die der anderen, nicht die meines Vaters, beteuerte er gegenüber meiner Mutter.

Am nächsten Tag sahen die Männer sehr ordentlich aus, entspannt und guter Dinge. Das Hotelpersonal hatte ihre Anzüge aufgebügelt und die Schuhe geputzt, und eine Delegation kam ins Hotel, um die entspannte und geschniegelte Truppe für eine Stadtrundfahrt abzuholen. In einem gepanzerten Militärfahrzeug fuhren sie. Der Chauffeur erzählte eine Menge über Serbien und philosophierte über die Zukunft Jugoslawiens. Als sie zurückkehrten, war der Tisch im Hotelrestaurant schon gedeckt, und eine Gruppe Belgrader Politiker begrüßte sie herzlich. Erst wurde gegessen. Und nach einer Weile zeigte der Beuschelwieser den Männern zwei Glashütte-Uhren, für die er ihnen gerne einen guten Preis machen wollte, wegen weiterer Luxusuhren oder Schmuckstücken für die Frau sollten sie nicht zögern und sich wieder bei ihm melden. Die Lieferzeiten seien kurz, denn er komme persönlich wieder in ihr schönes Land mit den schönen Frauen, das würde er sich natürlich bei keiner Gelegenheit nehmen lassen. Die Herren aßen ihr Spannferkel und tranken ihren Wein und Rakija.

Auch mein Vater war tüchtig. Carl Ferdinand König besiegelte das allergrößte Geschäft, das er jemals abschließen würde. Mit einem festen Handschlag, so fest, dass er nach Knochenbrüchen klang, verkaufte mein Vater fünfzig Lkws, vom Wahlkampfleiter Rauschnig vermittelt, nach Belgrad. Fünfzig Lkws! Am nächsten Tag fuhren die Männer zurück nach Wien und Kärnten. Mein Vater fuhr in seinem Mercedes 500 E mit Gernot Pfandl zurück nach Kärnten, Beuschelwieser und der Rauschnig fuhren zusammen nach Wien. Meine Mutter umarmte »ihren Carli« und war so froh, *»Fünfzig Lastwägen! Bist du gscheid!«*, dass sie das Damenhöschen in seinem Koffer übersah.

Kurz vor Abschluss dieses ultimativen, *»Fünfzig Autos, a Wahnsinn!«*, Geschäfts kam einer der Belgrader Männer auf Gegenbesuch. Ich habe *Majka* Lopo und meine Mutter im Nachhinein darüber sprechen hören. Die Mutter kürzte nebenbei eine Hose für mich, und Frau Lopo flickte daneben Lucas Socken. Im Kamin knackte das Holz, das ich gerade mit dem alten Kinderwagen geholt hatte. Vor kurzem, erzählte meine Mutter Lucas *Majka* Lopo, sei mein Vater von einem Belgrader Politiker oder Unternehmer, das wurde ihr anscheinend nicht ganz klar, zu einem Geschäftsessen eingeladen worden. Dass dieses Essen von unbeschreiblicher Wichtigkeit und wegweisend für seine Zukunft gewesen sei, von geradezu enormer Wichtigkeit, erklärte sie Lucas *Majka*. Deshalb habe sie den besten seiner maßgeschneiderten Anzüge aufbereitet und herausgelegt, von den Socken bis zur Krawatte bestimmte sie ja täglich, was mein Vater trug. Dann habe sie den Faltenwurf am Körper des Vaters korrigiert, ehe die beiden vom Hotel ins Restaurant im ersten Wiener Gemeindebezirk fuhren, wo sie auf den Wahlkampfleiter Rauschnig und den Geschäftsmann oder Politiker aus Belgrad trafen. Der Gernot Pfandl war auch dabei, sein Chauffeur wartete auf der Straße vor dem Auto. Bestimmt tauschte er sich mit den anderen Fahrern darüber aus, ob und wie oft sie Plastiksackerln mit Geld in den Kofferräumen ihrer Chefs vorfanden.

Der Geschäftspartner erlaubte sich, einen sehr besonderen Fisch für seine Gäste zu ordern, einen Wolfsbarsch. Die Runde war hingerissen. Meiner Mutter allerdings entging nicht, dass mein Vater unruhig wurde. Schweißperlen liefen ihm übers Gesicht, und er rutschte am Stuhl hin und her. Wenn er etwas sagte, räusperte er sich häufiger als gewöhnlich, und seine Augen wirkten verkniffen. Das Essen wurde serviert.

Während die Gäste inklusive meiner Mutter ihren Fisch ordentlich filetierten, trank mein Vater eine Flasche Wein leer und machte Witze, über die er selbst am lautesten lachte. Und sowie der Geschäftspartner anfing, sein Filet zu essen, nahm auch mein Vater Messer und Gabel, durchtrennte den unfiletierten Brocken auf seinem Teller und biss in den grätendurchzogenen Happen, dass es nur so krachte. Carl König wusste nicht, wie man einen Speisefisch handhabt, er war als junger Mann in den Benimmkursen der Tanzschule Elmayer zu sehr auf die Mädchen fixiert gewesen, aber er wollte auch auf gar keinen Fall eine Sauerei auf seinem Speiseteller anrichten. Deshalb verputzte er das gesamte Tier mit Haut und Gräten, und meine Mutter selbst sei danebengesessen, wie sie erzählte, das *Ave-Maria* im Geiste aufsagend, aus Angst, ihr Mann könnte sich an einer der Gräten die Speiseröhre aufschlitzen und an diesem wichtigsten Tag seiner Karriere von der Familie scheiden.

Die Mutter lachte Tränen. Sie lachte so sehr, dass die Holzbank ins Wippen geriet, wie ein Boot. *Majka* Lopo presste ihre Lippen fest aufeinander. Ich stapelte derweil das Holz neben dem Kamin.

Nachdem die Teller abgeräumt waren und mein schweißgebadeter Vater seinen Fisch überlebt hatte, unterhielt man sich über die *Cesare*-Oper, die meine Mutter am Vortag in der Staatsoper gesehen hatte, und sie berichtete der Dolmetscherin jedes Detail der Inszenierung. Der Geschäftsmann oder Politiker hatte den Namen Giulio Cesare aufgeschnappt und begann auf Italienisch *Es blaut die Nacht* zu singen. Zum Entzücken der Frauen sang er, sie applaudierten. Nach dem kleinen Intermezzo fragte er meinen Vater, welche Händel-Oper er am liebsten möge oder ob er dem Reformer Christoph Willibald Gluck eher gewogen sei. Mein Vater sagte so was wie: »Im Theater schlafe ich besser als in der Oper, wegen der Lautstärke.« Für einen Augenblick wurde es ganz still, und die Mutter wurde stellvertretend für den Vater, aber schon auch für sich selbst, ganz rot im Gesicht.

Trotzdem, der Anruf des Geschäftsmanns oder Politikers folgte zwei Wochen später, und es kam zur Besiegelung des größten Deals, den Carl König jemals abschloss. Fünfzig Renault-Lastwägen verkaufte er, es ging um fünfzig Millionen Schilling. Abzüglich der Vermittlungsgebühr, die Gernot Pfandl und der Wahlkampfleiter Rauschnig bekamen, natürlich.

Mit dem Geld erweiterte der Rauschnig sein geerbtes Anwesen um einen Swimmingpool. Und weil danach noch Geld übrig war, um eine Überdachung für den Autoabstellplatz. Und weil auch dann noch Geld übrig war, folgten noch weitere Anbauten und Umbauten und Anschaffungen, bis dem Rauschnig einfach nichts mehr einfiel und er als letzte Geldausgabemöglichkeit einen riesengroßen, zehn Meter breiten Wassergraben um sein Grundstück anlegen ließ.

Meine Mutter war in dieser Zeit sehr vergnüglich mit meinem Vater. Der auf diese Art ins Expandieren hineingeschlittert war, könnte man sagen. »Fünfzig Lastautos nach Belgrad!«, hörte ich sie immer wieder sagen.

Der Vater saß indes über den Abzeichen seines Vaters, dem Ariernachweis und dergleichen. Und erzählte den Abzeichen, durch dieses Abzeichentelefon seinem Vater, dem alten König, meinem Opa, dass er es geschafft hätte. Er hätte alles erreicht, was ein Mann erreichen kann. Alles. Dann verstaute er die Schatulle wieder in der Glasvitrine unserer Kredenz, wo er sie nach dem Geburtstagsfest tränenverschmiert eingeschlossen hatte.

Ich habe meinen Vater oft schlagen sehen oder gehört, aber kaum je habe ich ihn weinen gesehen. Und ich habe ihn, den Vater, kaum je geschlagen gesehen, könnte ich auch sagen, erlegen.

Das erste Mal war nach dem Chaiselongue-Tathergang, wie ich ihn nenne. Nachdem der Vater die Brüder wegen der Chaiselongue verdroschen hatte, ging er zu meiner Mutter in die Küche, krempelte seine Ärmel wieder hinunter und fragte sie, ob es ein normaler Entwicklungsschritt bei Mädchen sei, dass sie sich küssten. Die Mutter lachte und sagte nur: »*Is es noamal, dass da Teifl Weihwossa trinkt?*« Dann wurden beide farblos, fast durchsichtig und setzten sich zusammen, die Küchentüre schlossen sie.

Das zweite Mal ist erst ein paar Wochen her. Der Vater wollte mit seinem Auto wie gewohnt in die Firma fahren, aber einer der mütterlichen Besitz-Berge, den Emir unterm Pfettendach aufgetürmt hatte, war offensichtlich über Nacht umgekippt und hatte den Mercedes-Benz halb unter einem Möbelhaufen begraben. »*Hadifix und beim Grofn nochamol*«, hat der Vater geschrien und so fest gegen einen Pfosten der Pfettendachgarage getreten, dass ich kurz dachte, sie würde auch gleich einstürzen. Aber der Stubenhofopa hatte gute Arbeit geleistet. Der Vater meiner Mutter alias *da Grof* hatte sich die Pfettendach-Bautechnik *in Deitschlond draußn* abgeschaut und mühseligst, mit flachem Atem und blau gehämmerten Fingerspitzen, nachgeahmt. Er hat zunächst auf abnehmenden Mond warten müssen. Dann schlägerte er das Holz, Pferde zogen die Stämme zum Haus. Vom *Focknhocker* sollen die Pferde gewesen sein, damals hatte er noch welche.

»*Beim Grofn*«, fluchte mein Vater jedenfalls wie ein Rohrspatz und trat abwechselnd gegen die zertrümmerten Möbelstücke und gegen die Garagenpfosten. Dann nahm er ein Brett und drosch auf sein Auto ein, bis das Brett brach, drosch er ein, und das abgebrochene Teil nur so durch die Luft segelte und ein Rotkehlchen im Sinkflug streifte. Er riss die Bambusimitat-Tür des viktorianischen Buffetschrankes, der mittlerweile aus dem Wohnhauskeller hierher umgeschlichtet worden war, heraus und drosch weiter auf den Mercedes ein, zertrümmerte die bereits *geschrickte* Frontscheibe, stieg auf die Motorhaube und sprang wild klabauternd darauf herum. In die dadurch aufgebogene Motorhaube griff er hinein und fetzte alle Kabel und Teile heraus, die er in seiner Rage zu fassen bekam, das ganze Mercedes-Gedärm packte er und weidete sein Fahrzeug förmlich aus. Die Lichter trat er ein, nahm den kantigen Kerzenleuchter, der auch vom Stapel gefallen war, und schnitt damit die Sitze auf, mühseligst schnitt er an der Naht entlang, öffnete er die gut verarbeiteten Ledersitze. Als nichts mehr zu verbeulen und aufzuschlitzen war, ging der Vater seelenruhig in den Keller, seelenruhig, in seinem vom Toben zerfetzten und verdreckten Anzug, und kam mit der Flex zurück zum Wagen. Damit erledigte er den Rest. Er flexte den vom Besitz erschlagenen Besitz, den Mercedes-Benz, auseinander, bevor er sich auf die Trümmer, auf die Autoüberreste stellte, sich eine Zigarette anzündete, seinen Hosenschlitz öffnete und auf den Haufen unter ihm urinierte. Dann rief die Mutter zum Mittagessen.

Der Vater setzte sich komplett durchgeschwitzt, in seinem Wut-*zerlemperten* Anzug an den gedeckten Mittagstisch und griff mit seinen angeschwollenen Pranken zum Besteck. Niemand von uns hätte sich in diesem Augenblick zu sprechen getraut. Wir wagten es gerade so, den Mund zu öffnen, gerade weit genug, dass die Gabel hineinpasste, dann kauten wir, nicht einmal Hani hätte sich zu schmatzen getraut. Der Vater schob sich indessen die großen Gulaschbrocken in sein vor Schweiß triefendes Tollwutgesicht. Unter ihm, am Boden, hatte sich bereits eine Pfütze angesammelt.

»Es reicht, wir ziehen um«, schrie er schließlich. Alles sei angeräumt, überall türme es sich, er brauche Platz. Aber keiner nahm ihn ernst, nach seinem Nervenzusammenbruch, nicht einmal meine Mutter, die nur aus Verwunderung und

Angst nickte. Der Vater schaute durchs Küchenfenster auf seine Autoüberreste hinaus und blaffte meine Mutter an: »*Noacha homa glei den Spinna deina Tochta mitkuariat.*« Ich verzog mich unter die Eckbank, wo ich eine meiner Kaugummi-Zigaretten gebunkert hatte, und verschanzte mich dort rauchend. Der Vater beklagte sich bis spät in die Dämmerung hinein über das Wuchern unserer Besitztümer, dass die Mutter vor lauter Einkaufen keine Zeit mehr für die Kindererziehung hätte, wie man an Thomas, Johan und mir sehen könne, denn Thomas und Hani hatten noch immer lange Haare und ich hatte kurze und Hani würde außerdem nur Blödsinn treiben, tagein und tagaus würde mein Bruder Johan nur Blödsinn treiben. Wenn wir Kinder, so der Vater, auch nur ansatzweise so viel Aufmerksamkeit wie die Palisanderkredenz bekämen oder ihre maßgeschneiderten Dirndlkleider, so wären wir der Norm entsprechende Kinder, so hätte die Mutter uns anständig normieren können. Aber so wuchere der Besitz exponentiell und begrabe den Gratschbacher Hof, sein Auto und den Anstand der Kinder, brüllte der Vater meine Mutter an. Und dass unser Wohnhaus schon Risse bekommen hätte von den Anschaffungen, Risse, in denen man uns Kinder locker verschwinden lassen könnte, so groß seien sie.

VIERZEHN

»Zehn, neun, acht, sieben, sechs, fünf, vier, drei, zwei, eins, ich komme!«, zählt Luca. »*Deset, devet, osam, sedam, šest, pet, četiri, tri, dva, jedan*«, zähle ich innerlich mit. Einmal habe ich versucht, Volker, Ludwigs kleinem Bruder aus der Klasse unter uns, beizubringen, was ich selbst schon an bosnischen Wörtern konnte. *Biciklo, djevojka* oder *ti ne smiješ* und die Zahlen von eins bis hundert. Wir waren im Discoschuppen, illegalerweise, denn der Intendant des Discoschuppens, mein Bruder Thomas, billigte dort keine Aufenthalte von Menschen unter siebzehn und über neunzehn Jahren. Mit einer Ausnahme im Frühjahr, wenn Schulklassen mit Vierzehnjährigen vor der Touristensaison ihre Sportwochen bei uns im Gasthof verbrachten. Thomas hatte an dem Tag vergessen, seine Disco abzuschließen, und Volker und ich stahlen uns hinein, während die anderen am Spielplatz schaukelten. Kinder unserer Gäste, Karla, Andreas und Ludwig. Volker und ich saßen unter dem Poster mit dem Strohhalm in der Erdbeere, und ich brachte Volker meine bosnischen Wörter bei. Zugegeben, ich schummelte auch ein paar frei erfundene Vokabeln dazu. Er bemerkte das leider irgendwann und war bald von meinen Täuschungsversuchen gelangweilt. Viel mehr interessiere ihn, ob ich schon einmal jemanden geküsst hätte, lenkte er um. Ich log. Einerseits war ich mir unsicher, ob die Küsse mit Luca galten, andererseits, weil ich Volker gernhatte und spürte, dass auch er mich mochte. Wir beschlossen, es miteinander zu probieren. Und schon drückte ich meine Lippen auf die seinen. Blitzschnell. Danach waren wir so scheu, dass wir ohne Evaluation nach draußen zu den anderen rannten und mindestens drei Wochen lang kein Wort miteinander sprachen und schon gar nicht über unsere Kusserfahrung. Aber neben dem Scheusein stellte sich noch ein weiteres mulmiges Gefühl bei mir ein, immer wenn ich Luca sah. Eine Zeitlang wollte ich deswegen meistens allein sein, und wenn Luca bei mir war, sehnte ich mich nach Einsamkeit, wegen des mulmigen Gefühls. Alleine angeln wollte ich dann.

Luca sucht jetzt nach mir, und ich ducke mich, spähe hinter dem Fahrersitz in Deckung heraus. Wie ein Jäger. Wie die Jäger, die bei uns ein und aus gingen. Zweimal jährlich stellten sie sich bei uns sogar in Reih und Glied auf, und die Musikanten unter ihnen bliesen ins Horn. Die Töne schrien zum Himmel hinauf, und die blutgeilen Hunde schienen danach zu schnappen. Wie Furien schnappten die Hunde in die Luft und zerbissen, was das Jagdhorn an Tönen herausließ, mit trenzenden Lefzen und einer schlackernden Zunge. Nur der Dackel vom *Focknhocker* machte nicht mit, der hatte Schussangst und verkroch sich in der Regel, bis alle verschwunden waren. Luca und ich hatten keine Angst vor den Schüssen der Jäger. Luca nicht, weil sie vielleicht durch Schüsse unter einem raketenerleuchteten Himmel zu uns nach Kärnten gereist war und dabei Whitney Houston im Autoradio hörte. Mutmaßte ich. Aber vielleicht ist das Unsinn. Und ich nicht, weil ich zeit meines Lebens die Jäger schießen und feiern hörte. Die Jäger und meine Mutter, die Jägerin, formierten sich zweimal jährlich auf unserem Grundstück, teilten sich auf in jagende und treibende Meuten. Dann zogen sie los, in den ängstlichen Wald hinein. Sie trieben die Tiere in die Schusslinien der Waffen. Füchse, Vögel, Hasen und Wildschweine. Die Hunde bellten und johlten, dann feuerte es aus dem Wald heraus. Es roch nach Schießpulver und Tod. Die Mutter könnte, wäre sie so schnell wie ihre rastlosen Beine, die Tiere auch ohne Flinte fangen, denke ich.

Mit Treibjagden vergingen jedenfalls zwei Sonntage im Jahr, ein winterlicher und ein sommerlicher. Die Jäger kamen aus dem Wald zurück, mit den assistierenden Hunden. Ihre Beute legten sie auf die Wiese vor dem Eingang zum Gratschbacher Hof. Luca und ich spielten einmal mit den Kadavern. Hauchten den Fasanen, Hasen und Füchsen wieder Leben ein, die dabei ihr Blut auf unseren Pullovern und Hosen hinterließen. Bis uns die Jäger die Tiere aus der Hand nahmen. Die schönste Feder rissen sie aus ihren Fasanen und steckten sich die Federn an die Hüte. Irgendwann schwappten die Weidmannsheil-Lieder, »auf dass die Büchse sicher knallt«, aus ihren Mündern, und zu jedem Lied wurde mit einem Schnaps, »Weidmannsheil!«, »Weidmannsglück!«, angestoßen. Manch ein gut gelaunter Weidmanns-Glücklicher forderte meine Mutter sogar zum Tanz auf, direkt auf den Waschbetonplatten neben den Kadavern. Mit Einbruch der Dunkelheit legten die Jäger ihre toten Tiere in den Kofferraum und fuhren davon, die Beute musste ja noch aufgebrochen werden und zum Ausbluten aufgehängt. Derweil gingen die noch übrigen Jäger, die ohne Weidmannsglück, in die Gaststube des Gratschbacher Hofs, um dort zu feiern und ausgelassen zu sein. Und der *Focknhocker*-Dackel leckte draußen das Blut von den Grashalmen und den Waschbetonplatten herunter. Bei der letzten Treibjagd schoss auch meine Mutter einen Fasan. Sie brach den Vogel auf. In eine alte Wäschewanne tropfte das Blut. In so ein *Wandl* wie die Wanne mit unserem Gold und Silber. Die der Gernot Pfandl in den Anhänger getragen hat.

Nach getaner Arbeit kam die Mutter zurück in die Gaststube und reinigte dort neben den Feiernden ihre Flinte. Dafür brauchte sie Öl, Pinsel, Bürstchen und weiche Tücher, womit sie die Waffe kitzelte, streichelte und abtupfte, wie es mein Kinderkörper selten zu spüren bekam. Und schon überhaupt nicht mit der zum Teil anlasslosen Regelmäßigkeit, mit der das Schießgewehr Pflege erhielt. Die von einem Ferlacher Büchsenmacher hergestellte Flinte meiner Mutter war schön, »a fesches Ausgschau«, wie immer betont wurde, wenn jemand sie zu Gesicht bekam. Einmal streichelte einer der Jäger, Hans, über das Ornament der frisch gereinigten und eingeölten Waffe. Dann schob er sich den Lauf zwischen die Beine und schaukelte die Flinte freihändig zwischen seinen Schenkeln hin und her. Dazu legte mein Vater Elvis-Platten auf. »Baby, what you want me to do«, sang Elvis, und Hans tanzte mit der feschen Flinte dazu, die nach Ballistol-Waffenöl roch. Die ganze Gratschbacher Gaststube roch nach Ballistol. Und Hans tanzte mit der feschen Flinte meiner Mutter zu Elvis Presley.

Die Jägerfreunde saßen auch oft »nur so«, zum Schauen, in einem der umliegenden Hochsitze. Weswegen Luca und ich immer zuerst die Hochsitze ausspähten, bevor wir spielend Geheimnisse erschufen. Einmal sind wir auf unseren Rädern zum *Katzlteich* gefahren, nachdem wir den nahe gelegenen Hochsitz inspiziert hatten, und warfen ein paar Steine ins Wasser. Bis Luca unter ihr Hemd griff und ein Heft hervorholte. Es war ein poröses Sexheft, das sie in der Umgebung vom Waldhaus gefunden hatte. Ehrfurchtsvoll blätterten wir die Seiten um und konnten kaum fassen, was wir sahen. Eine Frau, nicht Christy Canyon, ließ in einer Fotobildergeschichte allerhand Gegenstände in ihrem Körper verschwinden. Sie schob die Dinge in ihren Unterleib hinein, wie wir mit Faszination feststellten, ließ die Dinge von ihrer Vagina schlucken. Viele Jahre war ich der Überzeugung, ich hätte im Sexheft gesehen, wie die abgebildete Frau sämtliche Einrichtungsgegenstände einer Wohnung in sich aufnahm, Schränke, Tische, Lampen, Porzellan.

Wir gingen mit dem Sexheft in eine Scheune, um dort unsere Körper auf die anatomischen Voraussetzungen für das Verschwindenlassen von Gegenständen hin zu untersuchen. Ich schob meinen Zeigefinger in Lucas Vulva, den Eingang in ihr Körperinnenleben fand ich allerdings nicht sofort. Ich glitt zwischen ihren Schamlippen entlang, bis ich an die Öffnung kam, und steckte meinen Finger mit Neugier und vorsichtig in sie hinein. Ich tastete mich an der weichen Höhlenwand entlang. Luca schaute abwechselnd auf meinen langsam in ihr verschwindenden Finger und in meine Augen. Ich schaute zurück. Mit langem Hals, wie ein Wiesel. Luca lachte. Ein plötzlicher Schock ließ mich zackig zurückfahren. Wir hörten jemanden atmen. Luca zog ihre Hose hoch. Ein Auge starrte zwischen den Scheunenbrettern hindurch zu uns herein. Blitzartig war das Auge wieder weg, und wir sprangen auf und liefen wie ein von Bremsen gejagtes Kalb nach Hause, unsere Fahrräder hatten wir völlig vergessen. Als ich mich irgendwann umdrehte, sah ich die unverkennbare Silhouette vom *Focknhocker* in der Ferne. In mir war Todesangst.

Kein Erwachsener sprach mich je auf meinen in Luca steckenden Zeigefinger an. Dem *Focknhocker* ging ich trotzdem einige Wochen aus dem Weg. Was mit dem Sexheft passierte, weiß ich nicht. Ob Luca es im Heu liegen ließ? Gesehen habe ich es nicht mehr. Vielleicht nahm der *Focknhocker* es mit. Ich weiß es nicht.

Dieses von uns, mit unseren Körpern produzierte Geheimnis war anders als alles, was wir bisher getan hatten. Luca und ich sprachen nie mehr darüber. Das wäre nicht so gewesen, hätte uns der *Focknhocker* nicht erwischt. Wären wir durchgekommen, hätte es keinen Grund zur Scham gegeben. Noch schlimmer als die Scham war, dass ich, am Gratschbacher Hof angekommen, ein klein wenig Blut auf meinem Finger entdeckte. Ich leckte das Blut vom Finger herunter, wie der *Focknhocker*-Dackel nach einer Treibjagd das Tierblut von unseren Waschbetonplatten leckte. Ich löschte die Spuren unseres Spiels und bekam es mit der Angst zu tun, dass Luca verbluten könnte. Ich schlief keine Sekunde in jener Nacht.

Jetzt macht sich Luca auf die Suche nach mir. Zuerst vermutet sie mich in der Baumgruppe vor dem Gasthaus. Dann verschwindet sie. Vielleicht sucht sie im Discoschuppen und bei den Tennisplätzen oder im Wald. Nach einiger Zeit sehe ich sie unter der Rotbuche stehen. Sie klettert auf den Baum, in dessen Rinde sie vor einiger Zeit *L+J* geritzt hatte. Dann klettert sie wieder herunter und kommt schnurstracks auf mich zu. Als hätte der Baum mich an sie verraten. »Hab dich!« Ich bin froh.

Sie steigt zu mir in die Kabine. Der Schlüssel steckt in der Zündung. Gemeinsam versuchen wir, den Motor des Lkws zum Laufen zu bringen. »Du musst hinunter in den Fußraum und das Gaspedal drücken.« Auf diese Weise sind wir schon unzählige Male mit dem roten Steyr-Traktor des *Focknhockers* gefahren, der sich mit einem Hunderter-Nagel ganz einfach starten lässt, wie mir Johan beibrachte, weil er der Meinung war, ich sei nun alt genug, um ab und zu eine kleine Spritztour mit dem Nachbartraktor zu wagen. Meiner Meinung nach hatte er völlig recht.

Jetzt, endlich! Luca hat im Fußraum unten mit ihrer Hand genau zur richtigen Zeit das Gaspedal gedrückt und ich oben den Zündschlüssel gedreht. Der Motor läuft. »Okay, Luca, jetzt die Kupplung, das rechte!« Und auf einmal heult der Motor laut auf, wie ein alter Elefant. Alle schauen herüber und entdecken meinen kleinen Kopf hinter dem Lenker. Gerade wimmelte es noch wie auf einem Hieronymus-Bosch-Gemälde, jetzt stehen alle da wie eingeübt, wie ein deutscher Wald, kerzengerade und zu uns gedreht. Das Radio läuft noch. Irgendwo in Bosnien habe man fünfzig Stück ausgebrannte Lastwägen gefunden.

Da kommt mein Bruder Thomas in die Kabine gesprungen. Er lacht laut, »*Spinnts ia a bissl?!*«, und greift über mich drüber. Jetzt lachen auch alle Erwachsenen. Ich kratze mich am Hinterkopf, Luca taucht auf, wir grinsen und lachen mit. Die Radiostimme berichtet davon, dass die gefundenen Lkws Leichenfracht auslieferten. Die Fahrer lieferten die Leichen nirgendwohin, an keinen bestimmten Ort, sondern ließen die Wagen anscheinend samt Fracht an der nächstbesten Stelle einfach in die Luft gehen und ihre Anhänger samt Inhalt im stinkenden Qualm verbrennen. Thomas nimmt uns den Schlüssel ab, das Radio ist aus.

Mein Vater und der Gernot Pfandl rauchen wieder. Ich stelle mir auch jetzt wieder vor, dass der Rauch, der über ihnen steht und in dem sie stehen, sich verfärbt. Immer wenn sie ein neues Geschäft abschließen.

Luca klettert aus der Kabine: »Komm, fahren wir mit den Rädern irgendwohin!« Aber ich will nicht. »Mein Rad ist schon verladen.« Mein BMX ist rot mit gelben Reifen und einem gelben Schaumstoff-Mantel um die Mittelstange. Ich habe es von Hani geerbt, zu Ostern neunzehnhundertneunzig, als er sein erstes Mountainbike bekam. Der

Vater operierte mein Erbstück in einer vielstündigen Aktion in die Hecke gegenüber der Pfettendachgarage. Hani assistierte mit Baumschere, Motorsäge und seinen eigenen Gliedmaßen, die dem Vater als Expander für die Äste dienten. Der Vater war von zehn Minuten ausgegangen, aber die lapidare Osteraktion entwickelte sich zur Operation BMX. Hanis Mountainbike versteckte er danach am Pfettendach. Das war in zwei Minuten erledigt. Mein Bruder suchte bis zum folgenden Tag, bis zum Ostermontag sein Geschenk. Nur weil meine Mutter immer wieder ihr »Carli, bitte!« an die väterliche Wange schmierte, war das Oberhaupt irgendwann erweicht und ließ sich auf eine Art Vergleich ein. Er navigierte Hani mit »heiß/kalt«-Kommandos ans Ziel. Für mich war äußerst rätselhaft, wie der Vater auf das Dach gekommen war. In seinem Alter. Mit dem stahlschweren Mountainbike noch dazu. Eventuell hatte er Thomas bestochen, als Kurier engagiert. Mein Versteck entpuppte sich jedenfalls als umständlich, aber umso leichter zu finden. Funkelnder Augen entdeckte ich mein BMX. Ohne Navigation. Sogar noch bevor die Mutter den Startschuss für die Suche nach unseren Ostergeschenken gab. Noch neunzehnhundertneunzig bestand sie mir gegenüber auf dem Osterhasen, obwohl mir längst geläufig war, dass der Vater alljährlich sein Leben aufs Spiel setzte, indem er für unsere Geschenke riskante Verstecke auserkor.

Mein BMX-Erbstück löste mein vorheriges Rad ab. Ein rosa Mädchenrad. Das ich wenige Wochen zuvor halb mutwillig oder blindwütig, halb unabsichtlich im Teich versenkte. Ich liebe mein BMX. Dessen mitgeerbte Kratzspuren mich zu jenem Rabauken machen, als der ich verstanden werden muss. Luca hat ein Rad mit Gepäckträger und einem Korb am Lenker. Emir hat den Korb installiert, es ist ein alter Brotkorb aus dem Gasthaus, eckig und aus Bast geflochten. Das Rad haben Luca und Emir gemeinsam rot besprüht, und an den Griffen wehen links und rechts zwei Fähnchen. Auf einem Fähnchen steht *LUCA*, auf das andere hat Luca die Regenbogenfarben aufgemalt. Einmal hat sich ein Mädchen, das mit ihren Eltern bei uns Urlaub machte, Lucas Rad genommen. Ohne sie zu fragen. Ich glaube, die Familie kam aus Kassel. Ich begrüßte die Tochter nach ihrem Ausflug galant und erklärte ihr, dass das Moos, das bei uns sehr gut und überall wächst, weswegen die Leute aus den umliegenden Dörfern oft »ins Moos ause« fahren und damit den Gratschbacher Hof meinen, dass dieses Moos heilende Kräfte hätte. Einzig durch sie könne die seltene und gefährliche Krankheit, die in ihr gärte, gebannt werden. Ein paar Erklärungen und Argumente später fühlte sich die Tochter schon ganz krank und aß bereitwillig meine Moosmedizin. Später hat sie ihren Eltern natürlich von meiner Behandlung erzählt, und noch am selben Tag ist die Familie abgereist. Meine Mutter trug ihnen einen *Reindling* als Entschuldigung hinterher, aber den ließen sie am Holzstapel unter der Pfettendachgarage liegen. Im Gesicht meines Vaters, der sich kurz davor seinen Goldzahn herausnehmen ließ, sah ich Amüsement, im Gesicht meiner Mutter das direkte Gegenteil. Ein höllisches Kind sei ich, wie die Mutter in Richtung Ex-Goldzahnlächeln meines Vaters fluchte, während ich mich rasch auf die Rotbuche verzog.

Ein anderes Mal verteilte ich vertrocknete Lärchennadeln, die ich mühsam und über Stunden, wenn nicht sogar Tage im Wald zusammengesammelt hatte, auf dem Gästezimmerboden eines Buben. Ich hatte ein Problem mit dem Jungen und wollte, dass er in seine Fußsohlen gestupft wurde. Der Junge hatte zuvor mit Luca gespielt und sich in sie verliebt. Ganz eindeutig. Gestupft wurde, gelinde ausgedrückt, allerdings ich, von meiner Mutter und dem Gasthauspersonal, das die Sauerei wieder in Ordnung bringen musste. Das war sicherlich eine etwas unangenehme Tätigkeit, weil sich die Lärchennadeln im Teppichboden verhedderten und somit nicht einfach vom Staubsauger aufgesaugt werden konnten, sondern mühselig per Hand eingesammelt werden mussten. Das gesamte Gasthauspersonal, inklusive meiner Mutter, rannte mir nach, schnatternd wie die Gänse. Ich versteckte mich in der Scheune. Mit meiner Angst, Luca könnte den Buben lieber mögen als mich. Nachdem ich ihr meine Angst gestanden hatte, denn es gab ein recht großes Brimborium wegen meiner Aktion, nahm Luca mich an der Hand und zog mich hinter sich her ins Gasthaus. Sie nahm ein Cola-Glas, und wir gingen hinaus zum Teich und befüllten das Glas mit Schlamm. Dann trugen wir die Schlammcola zum Gästezimmer des Jungen, Luca klopfte an und rief mit tief verstellter Stimme »Zimmaservis«. Dann rannten wir beide wie der Teufel davon. Erst hinter dem Haus stoppten wir und warteten darauf, dass sich unser Atem beruhigte.

Gestern ist Luca in mein altes Zimmer gekommen. Es stand nur noch das Bett darin, das die Umzugshelfer heute in eine der Tonnen entsorgten. Jedes meiner Möbelstücke in Klosterberg wird neu sein. Luca bekommt vielleicht auch eigene Möbel, in ihrem neuen Heim. Ich habe sie das noch nicht gefragt. Ich bekomme ein eigenes Zimmer, für mich allein. Nicht jenes, das ich mir gewünscht habe, zwar. Sondern das außen liegende, das kleine. Weg vom Wohnbereich meiner Eltern und vom Wohnbereich meiner Brüder. Mein neues Zimmer ist abschüssig gelegen, aber ich brauche es nicht zu teilen. Weil meine Eltern das Anwesen in Gratschbach verkauften und wir unwiderruflich nach Klosterberg ziehen, muss auch Luca umziehen. Emir hat lange suchen müssen, weil er zwar Erspartes hatte, aber kein Haus war günstig genug für sein Erspartes und den kleinen Kredit, den ihm die Bank gewährte. Bis er schlussendlich in St. Petern fündig geworden ist, einem Dorf auf einer kleinen Anhöhe. Zwischen drei kleinen Bauernhöfen mit Schweinen und Kühen und einem Wildgehege lag dieses von der Bank günstig abzugebende Haus, das schon seit Jahren leer stand, niemand wollte es haben, »*nit amol gschenkt!*«, wie Gernot Pfandl höhnte.

Gestern ist Luca jedenfalls zu mir gekommen. Sie wollte unsere Verabschiedung üben: »Für morgen!« Luca trug ein Kopftuch und ein weißes Männerhemd, das sie auf Höhe ihres Bauchnabels verknotet hatte. Auch eine Sonnenbrille trug sie. Jeanshosen und Turnschuhe. Mir warf sie ein Sakko meines Vaters zu, das mir fast bis zu den Zehenspitzen reichte. Es war so groß wie ein Zelt und braun. Außerdem legte sie mir eine Schleife um den Nacken, in die ich später meinen Arm legen sollte. »Wegen der Schießerei. Bei der Preisverleihung.« Wir spielten nämlich, sie wäre Whitney Houston und ich Kevin Kostner. Luca ist Whitneys ergebenste Verehrerin. Gestern auch ich. Der TV-Moderator verlas in meinem Kinderzimmer die Nominierungen. Gleich im Anschluss wurden die Filmausschnitte gezeigt. Danach öffnete er endlich das Kuvert. Er zog die Lasche heraus, dann das Kärtchen, faltete es auf und grinste in das Publikum. Er nickte, hob seinen Arm und rief: »Rachel Marron!« Das Publikum grölte, es war noch nie so einstimmig, so laut und froh. Whitney als Rachel stand auf, sie trug das Hochzeitskleid meiner Mutter und drängte sich durch die

Menge. Alle wollten sie noch einmal berühren, ihre Hand, Schulter, irgendwas von ihrem heiligen Dasein. Whitney schritt elegant auf mein Bett und nahm die Trophäe entgegen, umarmte den gutaussehenden Moderator im Sakko meines Vaters, trocknete mit der Ringfingerspitze ihre Augenwinkel. Dann holte sie tief Luft und bedankte sich bei Robin und der ganzen Welt. Mit ihrem bosnischen Akzent, in den alle so verliebt sind. Der Moderator ging inzwischen von der Bühne, um sich das Mascherl abzunehmen und in Whitneys Leibwächter zu verwandeln. Als dieser wurde ich nervös. Denn die Scheinwerfer blendeten mich. Ein roter Punkt tauchte auf Whitneys Gesicht auf, ich rannte schnell wie mein König der Leichtathletik, Carl Lewis, auf die Bettbühne und stieß Whitney um. Es roch nach Schießpulver und Blut. Sanitäter eilten auf mich zu, ich lud meine Handfeuerwaffe und erschoss mit letzter Kraft über die Schulter der Sanitäterin hinweg den Bösewicht. Er ging zu Boden. Whitney bückte sich zu mir, sie hielt meinen Kopf und sang. Dann flüsterte sie mir ins Ohr, dass sie es in ihrem Leben nicht so weit gebracht hätte, wäre sie immer vernünftig gewesen, und küsste mich. Durch den Kuss waren meine Wunden unmittelbar geheilt. Ich stand auf, und jetzt sang auch ich auf Phantasieenglisch so was Ähnliches wie: »*Äni teim ju fil dentscher, Ei äpir …*«

Nach dem Lied umarmten wir uns und wünschten einander »Lebewohl!«. Dann drehte Luca sich um und ging aus dem Kinderzimmer. Das spielten wir so oft, bis wir beide mit der Intensität und dem Fluss und Rhythmus unserer Bewegungen einverstanden waren. Nach diesen Proben kam schließlich die Generalprobe. Luca legte jetzt ihre mitgebrachte Kassette ein und spulte zum richtigen Lied vor. Wir verabschiedeten uns wieder, dann drückte sie auf Play.

Das Schlusslied aus *Bodyguard* füllte das Kinderzimmer aus, lückenlos, wie Germteig. Luca ging zur Tür hinaus, drehte sich noch einmal nach mir um und verschwand hinüber ins Gasthaus, in die zweite Etage zu ihren Eltern. Ich schaute aus meinem Zimmerfenster. Licht brannte drüben, und die Gardine war in Bewegung. Luca zeigte sich mir und winkte, bevor ihre Mutter den Vorhang wieder zuzupfte. Ich hörte mir das Lied zu Ende an. Vielleicht bin ich doch kein Whitney-Houston-Anhänger. Mir wurde schwindlig und übel. Die Mutter gab mir Effortil-Tropfen und legte mich ins Bett. Für die letzte Nacht hatte sie meine Lieblingsbettwäsche aufgezogen. Wir schliefen immer in der ausrangierten Bettwäsche aus dem Gasthaus. Was andere nicht sahen, konnte ruhig löchrig sein und alt. Nur das für die Außenwelt Sichtbare musste kostbar sein. Die Bettwäsche war hellgelb mit weißen Streifen. Die Mutter hatte für mich allerdings auf einen Bettbezug die Silhouette einer Mickey Mouse genäht, die sie aus einem Hemd meines Vaters ausgeschnitten hatte. Ich kuschelte mich zu meiner Mickey Mouse und schlief ein.

»Komm, wir fahren mit den Rädern zu meinem neuen Zuhause!«, will mich Luca wieder überzeugen. Das Haus in Schobernigg ist keine fünf Kilometer weit entfernt. Aber ich stelle mich quer. Nichts bringt mich in die Nähe dieses Hauses. Alle wissen, dass der ursprüngliche Eigentümer darin seine Frau und seine zwei kleinen Kinder umgebracht hat. Mit der Axt. Die Polizei rief er selbst an. Der Wohnraum, in dem es geschah, war bis vor kurzem noch komplett mit Blut besprenkelt. Der Bank gelang es nicht, das Haus zu verkaufen. Sie setzten den Preis immer weiter herab. Irgendwann war es für Emir leistbar. Die Wände strich er drei Mal.

FÜNFZEHN

Der letzte Umzugshelfer kommt. Hochwürden Don Marco. Don Marco studierte, kurz nachdem Mussolini den Vatikan für unabhängig erklärte, Theologie. Er schwankt auf unseren Grund, *»Buon giorno!«*, und witzelt meine Mutter an, wo sie denn das Refektorium angelegt hat. Jetzt ist alles verladen, die Lkws geschlossen und abfahrbereit. Der Pfarrer ist nur hier, um das gesamte Unterfangen zu segnen. Zwischen den nie tragenden und von Lastautos umsäumten Obstbäumen steht die lange Tafel, auf der meine Brüder das Essen auftragen. Thomas hat den weiten roten Plastik-Jogger seines Leichtathletik-Vereins an und Birkenstock-Schlapfen. Johan eine abgeschnittene, zerlumpte Jeanshose, Unterhemd und im Haar ein neongelbes Tennisstirnband. Die Brüder sind schön. Jeder sieht sie. Bevor unsere Familie inmitten der Kolonne ins neue bürgerliche Zuhause davonrollen wird, soll ein letztes Mal zusammen gejausnet werden. Der Pfarrer nimmt Platz und sprenkelt Weihwasser über den halb gedeckten Tisch. Johan serviert den frischen Reindling. Nach und nach setzen sich auch die anderen Gäste. Die Bressler-Sippe, natürlich außer der Stubenhofoma Lone, die sich von uns vergrault fühlt, die gesamte König-Sippe und das halbe Dorf. Marlene Wallach, Karlas Papa, Gernot Pfandl, Volkers und Ludwigs Großvater mit ein paar weiteren Jägern. Der *Focknhocker* setzt sich zu Maja und Emir. Die Fahrer der Lastwägen. Meine Lehrerin. Und sowie alle am Tisch sitzen, wird angestoßen und die Freude über die Feierlichkeit ausgedrückt. Andreas hat sein Fahrrad jetzt abgestellt und kickt meinen zerfledderten Fußball in den Garten herüber. Wahrscheinlich hat er ihn aus der Mülltonne gezogen. Der Ball eiert an ein Tischbein, bringt die Weinflasche zum Torkeln. Karla winkt Andreas zu sich und lädt ihn zum *Himmel und Hölle*-Spiel ein.

Alle sitzen jetzt am Tisch im Obstgartenrefektorium. Karla und Andreas spielen *Himmel und Hölle*. Für Luca, Karla, Andreas und mich gibt es einen Extratisch, einen niedrigeren, der steht vor dem der Erwachsenen. Es wird gegessen und mit dem *Kärntner Reindling* in die Soße getunkt. Alle tunken fleißig Soße und brechen den *Reindling*. Mit vollem Mund huldigt man der Köchin und Bäckerin, meiner Mutter, für die guten Gaben und freut sich über die Üppigkeit des Buffets. Das Essen sei »*a Wunder, a Wahnsinn!*«, und selig seien die anwesenden Bäuche. »*A Hauswirtschaftswunder*«, blökt der Großvater von Ludwig und Volker, und alle lachen ausgelassen, sind wie geschmolzene *Reindlingbutter*. »Ein Hauswirtschaftswunder«, wiederholt mein Vater, den *Reindling* in die Höhe reckend, anstatt ihn in die Soße zu tunken, und alle lachen noch lauter. Und der Großvater von Volker und Ludwig sticht jetzt auch in den *Reindling*, mit seinem besonderen Messer, und hält ihn in die Höhe. Dann rutscht ihm das Messer aus der Hand. Einige Erwachsene erschrecken sich. Das Messer fällt zu Boden, und die Klinge verschwindet vollständig in der Erde. In diesem Augenblick denken alle an den Franzi, und der Gernot wird ganz grau im Gesicht. Ich weiß, warum: Als Gernot Pfandl den Buben barg, sah er das Messer im Schein seiner Stirnlampe glänzen. Er hantierte mit dem Kind und dem Messer im verbreiterten Schacht unten herum, suchte eine gute Position für den kleinen Körper, und es muss eine winzige Unachtsamkeit dafür verantwortlich gewesen sein, dass ihm das Messer, in den toten Bubenbauch hinein, entglitt.

Ich sehe, wie die Mutter den übrig gebliebenen *Reindling* unter den Nachbarsleuten und Umzugshelfern verteilt. Aus einem Korb heraus bricht und verteilt sie ihn unter den Anwesenden, aus dem nicht und nicht leer werdenden Flechtkörbchen heraus. Wie die Apostel am See Genezareth. Und der Pfarrer kippt überall sein Weihwasser drauf. Von außen in die Ladeflächen hinein, auf die Lastwägen selbst, auf den Tisch mit dem Essen und auch auf die Anwesenden. In der Dämmerung ist die Zeremonie beendet. Der Germgeruch weicht allmählich dem Dieselgeruch.

Nach der Bewässerung allen Lebens wie der Maschinen und unseres Besitzes durch den Hochwürden ist Luca unauffindbar. Nachdem ich ausdauernd an *Majkas* Kittelschürze gezogen habe und dabei genauso ausdauernd wiederholt habe, dass ich nicht fahren kann, ohne mich von Luca zu verabschieden, rufen Emir und *Majka* Lopo nach ihrer Tochter. Mein Vater drängelt schon, wie gewohnt, und auch die Lkw-Fahrer warten, deren Konvoi mein Vater mit seinem Mercedes anführen soll. Alle rufen jetzt nach Luca. Aber Luca taucht auf unser Rufen hin nicht auf. Zum letzten Mal betrete ich den Pavillon, in dem oft Blindschleichen zu Besuch kamen, um sich in der angestauten Hitze aufzuwärmen, bis Luca und ich die beinlosen Echsen wieder nach draußen in die Wiese verfrachteten. Nachdem wir damit nicht selten die Kinder unserer Gäste, meist Stadtkinder, erschreckten. Der Pavillon ist leer. Gasthaus, Discoschuppen und Wohnhaus sind abgeschlossen, da drin kann sie nicht sein. Ich gehe ratlos an den Hauswänden entlang, hier ist sie nirgends. Auf der Rotbuche ist sie nicht und auch auf den Tennisplätzen nicht, im ausgelassenen Schwimmbecken nicht und weder am Teich noch an irgendeinem Waldrand. Ganz zum Waldhaus hinein traue ich mich nicht. Ich gehe zur Pfettendachgarage. Nichts. Und dann hinter die Pfettendachgarage. Und da sehe ich endlich einen kleinen Schatten vor dem Hochsitz, Luca, die in den Schießstand hinaufklettert. Ich renne hin. Jetzt sitzen wir zu zweit. Luca rotzt auf den Boden vor uns und schiebt den Rotz mit ihrem Schuh in die Baumstammrillen hinein. Ich habe nichts zu sagen, keine Wörter parat. Luca ist auch still. Wir sitzen nur. Im Schießstand ist es dunkel. Auf der Wiese draußen lässt das Mondlicht das Gras glänzen wie die Adria im Hafen von Triest. Vor uns ist das Meer, denke ich, bis drei Rehe ins Bild huschen. Eine Rehkuh mit ihren zwei Kitzen. Sie fressen, dann schaut die Rehkuh konzentriert und ganz ruhig zu uns herüber, genau in unsere Augen, kommt es mir vor. Die drei springen schnell wieder davon. Wir hören unsere Mütter rufen und springen auch davon, zu ihnen. Luca versteckt sich hinter der Kittelschürze ihrer *Majka*. Sie versteckt sich wie damals, als wir uns zum ersten Mal begegnet sind. Alle gehen zu den Autos. Meine Mutter durchbricht die Stille, indem sie mich, »*sog Pfirti!*«, auffordert, mich zu verabschieden. Ich schüttle Emir und *Majka* Lopo die Hand. Sie umarmen mich gemeinsam. Luca bleibt hinter ihrer Mutter stehen. Sie sagt nur »*Pfirt eich!*«, ohne jemandem in die Augen zu schauen. Meine Eltern umarmen Luca nicht. An *Majka* Lopo vorbei gebe ich Luca einen Zettel, einen Brief. Und schwächle zu meinem Privatflugzeug, das uns gleich in eine andere Dimension fliegen wird. Der Pilot wartet schon. Die Luke schließt, wir rollen und heben ab. In meinem inneren Ohr erklingt das Lied von unserer gestrigen Abschiedsübung. Luca zieht sich auf einen Punkt zusammen, dann allmählich, mit ihr, die ganze Welt. Falls sie auf den Zettel schaut, darauf steht: *BUMMM!*

Don Marco geht indessen zum Teich, schöpft Wasser daraus in sein Aspergill und sprenkelt unablässig weiter. Er weiß ja nichts von dem Knall.

SECHZEHN

Die startenden Motoren der Fahrzeuge donnern. Fünf oder sechs Lastautos mit »guten Dingen« trampeln über Schotter und Wiese, walzen zwischen Terrasse und Teich hinaus. Die Erde klappert regelrecht, und das durchgerüttelte Wohnhaus bekommt auf der Seite zum Hof hin einen weiteren Riss. Durch den lässt sich hineinspähen, aber die Räume dahinter sind leer. Forellen schweigen rücklings in den Teichwogen. Du trittst hinaus aus dem Wald, mit goldenem Schuh, denkst du zuerst, wegen des edlen Lichts, das ihn trifft. Rechts von dir rotglühender Sand am Court und links von Abgasen flirrende Luft über dem dumpfen Klang der Lkw-Motoren. Überhitztes Hundegebell, spitz, geil, hechelnd zum Rasseln der *Focknhocker'schen* Kette. Gleich hat er den Dackel, »*Wonn I di awisch!*«. Der kolonnenerste Lkw fährt mit singendem Fahrer los, das Autoradio gesundheitsschädlich laut: *One Piece At A Time* von Johnny Cash klackert aus der Kabine heraus. Die Tiere hinter dir im Wald bekommen hundertprozentig einen grauenhaften Schreck, denkst du wahrscheinlich, manche auf der Flucht und schon über alle Berge, andere kampfbereit im verborgenen Unterschlupf oder erstarrt. Es stinkt nach Diesel. Motoröl tropft auf plattgedrückte Pflanzen. Auf Glatthafer, Mäusegerste, Quecke. Der Maulwurf unten wird im Graben vom Horror unterbrochen, weil seine Tunnel einkrachen. Augenblicklich ist es dunkel, duster und kühl.

Die Gratschbacher Gegend ist ein Wald ohne Augen. Ohne Sträucher und Äste, die sich hinter deinem Rücken raschelnd zusammenbiegen, um die Todesangst vorzubereiten, die sie gleich in dir auslösen werden. Einen sprechenden Wolf gibt es auch nicht. Der dir geifernd dabei zusieht, wie du in ein Tellereisen jagst. Hinterlist und Bosheit sind hier Menschenerfindungen. Der Gratschbacher Wald und die Felder, die Wiesen, der Teich sind eine ganz übliche Summe aus Pflanzen, Wasser und Tieren, die darin wohnen. Sonst nichts.

Unweit vom Schakaltal, das nicht von Anfang an das Schakaltal gewesen war, gewittern jetzt die Lkws davon. Gleich dort, wo der spitzeste Zahn der Karawanken in den Himmel hinauf fletscht, siehst du die Honigbienen vor den Lastautos wegstressen, um nach ihrer Königin zu sehen. Ein Wagen reißt den Apfelbaum um. Seine Wurzel hebt sich aus der Erde, bis der im Rückspiegel verhakte Ast bricht und den Stamm fast völlig entrindet.

ZITATNACHWEIS

S. 123: *Is schon still uman See …*
Text: Gerhard Glawischnig
Komposition: Günther Mittergradnegger

DANK

Alexander Hummler, Amin Motallebzadeh, Conrad Niemeyer, Daniel Lommatzsch, Daniel Möring, Dorothee Halbrock, Elfriede Jelinek, Elisabeth Botros, Friederike Harmstorf, Gärtel Wölger, Gudrun Krebitz, Herbert Baumer, Ina Hielscher, Irene Eidinger, Isolda Mac Liam, Julia Hippmann, Julia Riedler, Katharina Hetzeneder, Karin Held, Karin Tonsern, Karsten Ehlers, Kiky Thomanek, Lila-Zoé Krauß, L Twills, Luis Randu Neumann, Martin Spirk, Martina Wunderer, Mascha Dabić, Michael Jost, Mic Pusch, Moana Vonstadl, Nicolas Stemann, Nuriye Tohermes, Pauli Faschang, Raha Emami Khansari, Ricarda Schwarz, Rosemarie Pilz, Silke Briel, Susanne Vonstadl, Thomas Meinecke, Tobi Blume, Vedi Emde, Frau Z. und Herrn O., Wolfi, meinen Eltern.

Valerie Fritsch
Zitronen
Roman
st 5479. Broschur. 186 Seiten
(978-3-518-47479-2)
Auch als eBook erhältlich

»Von hypnotischer Intensität.«
The New York Review of Books

August Drach wächst in einem Haus am Dorfrand auf, das Hölle und Paradies zugleich ist. Der Vater misshandelt seinen Sohn, Zärtlichkeit hat er nur für die Hunde übrig. Trost findet August bei seiner liebevollen Mutter. Doch als der Vater die Familie verlässt, verwandelt sich ihre Zuwendung …

Sprachgewaltig, in packenden Bildern und Episoden erzählt Valerie Fritsch von der Ungeheuerlichkeit einer Liebe und über die Abgründe der menschlichen Seele. Ein packender Roman über das Münchhausen-Stellvertreter-Syndrom.

**»Der Fährte von Fritschs verdichteter Sprache zu folgen,
ist ein Genuss.«** *Neue Zürcher Zeitung*

»Von berückender sinnlicher und bildhafter Opulenz.«
Die Presse

»Schwindelerregend.« *Libération*

suhrkamp taschenbuch

Weitere Informationen erhalten Sie unter www.suhrkamp.de
oder in Ihrer Buchhandlung.

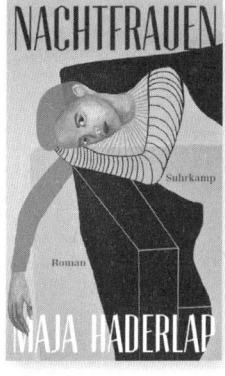

Maja Haderlap
Nachtfrauen
Roman
st 5454. Broschur. 295 Seiten
(978-3-518-47454-9)
Auch als eBook erhältlich

»Ein tief bewegender Roman von großer poetischer Kraft.«

Jury des österreichischen Buchpreises

Als Mira ihre Mutter in Südkärnten besucht, verdichten sich ihre Kindheitserinnerungen an das Leben im Dorf, geprägt von einer rigiden patriarchalen Ordnung und den Dogmen der katholischen Kirche. Und sie beginnt zu verstehen, woher die alten, unaufgelösten Konflikte in ihrer Familie kommen. Maja Haderlap erzählt aus dem Leben dreier Generationen von Frauen und von ihrem Ringen um Autonomie. Es ist eine Geschichte der Verluste und des Schweigens, in der trotz allem der Respekt füreinander, und vielleicht sogar die Liebe, nicht aufgegeben wird.

»Die Bachmann-Preisträgerin erzählt wortgewaltig von Frauen, ihren Vorbildern und Verlusten.« *Woman*

»Eine berührende Generationen-Saga.« *Elle Magazin*

»Absolute Leseempfehlung!« *Buchkultur*

———— **suhrkamp taschenbuch** ————

Weitere Informationen erhalten Sie unter www.suhrkamp.de
oder in Ihrer Buchhandlung.

Deniz Ohde
Ich stelle mich schlafend
Roman
st 5483. Broschur. 248 Seiten
(978-3-518-47483-9)
Auch als eBook erhältlich

»Ein bestürzend aktuelles Buch.«

Der Standard

Das Haus, in dem Yasemin bis vor kurzem gelebt hat, steht nicht mehr. Von dem Leben, das sie mit Vito geteilt hat, sind nur Erinnerungen übrig: an die erste Verliebtheit mit dreizehn, an das Wiederaufflammen der Gefühle zwanzig Jahre später. Doch dann zeigt Vito sein Inneres, das bedrohlich ist und leer. *Ich stelle mich schlafend* erzählt von männlicher Gewalt gegen Frauen – und die Geschichte einer Befreiung.

»Ein bemerkenswerter Roman
in bedrückend starker Metaphorik.«
Frankfurter Allgemeine Zeitung

suhrkamp taschenbuch

Weitere Informationen erhalten Sie unter www.suhrkamp.de
oder in Ihrer Buchhandlung.